中公文庫

阿呆旅行

江國　滋

中央公論新社

目次

阿呆旅行

精進落さず――伊勢

1

　お伊勢さんに詣《もう》でて、それで、向う二年間のこの企画の、道中恙《つつが》なきことを祈念しようなぞという、そういう殊勝な気持が、そりゃ、ないこともなかったが、ふだん神前に手を合わせたこともない人間は神様にしてみれば一見《いちげん》のお客にすぎないわけで、そんな一見客の虫のいい願いをそう簡単に神様が聞《きこ》し召すわけがないのであって、だから二年間の無事を祈るというのは、あくまで付帯目的にすぎない。そんなら主たる目的は何かというと、それが、あるようなないような。

　当年とって私は三十六歳である。お正月がきても三十七歳にはならない。けれども、昔の流儀に従えば、すぐ目の前の昭和四十六年一月一日付で不意に三十八歳。一歳どこかにいってしまう。六か八か。そんなことはどうでもいいことで、いったい何を言いたいのかというと、三十六だか八だかになって、実は私、まだほんとうの男になっていないのである。ウヒヒ……なぞと、はしたない想像をめぐらしてはいけない。

伊勢へ行きたい伊勢路が見たい
せめて一生に一度でも
ソリャソリャヤートコセ

という『伊勢音頭』の文句は、あれは誇張でもなんでもなくて、日本人一般の切なる願望だった。そんなところから、由来男たるもの、一に女を知り、二に横根を切り、三に伊勢参りをすませて、それではじめて一人前、といったような言い伝えが残っている。私は富士山には三回登ったけれど、残念ながら、一度もお伊勢参りをしたことがない。したがって、男としてはいまだに半人前。男になりたい男になりたいヤートコセ、である。

どこに行きますか、といわれて即座に「伊勢」と答えたのは、つまりこのへんで男になるのも悪くないなと考えたからにほかならない。それにもう一つ、年頭一月四日には時の内閣総理大臣が閣僚を従えて、何を祈念なさるのかは知らねども、毎年欠かさず伊勢神宮に参詣《さんけい》なさることは〔宇治山田発〕の新聞記事で夙《つと》に存じ上げている。総理大臣に続いて、衆議院議長が一月七日、某元大臣が一月何日、某々大物代議士が一月何日……と、えらいお人の伊勢参りはみんな年頭に集中していますと、あとで伊勢市役所の助役氏が教えてくれた。

驥尾《きび》に付す、という言葉もある。お歴々の顰《ひそ》みに倣《なら》って、私もめでたい第一回を〔宇治山田発」で飾ってみたい。第一回の原稿が雑誌に載るのは新年号であって、新年号の締切は新年よりずっと早いので、一月に出掛けていたのではまにあわない。必然的に私の参詣のほうが一と足お先に、という結果になるわけで、してみると、驥尾に付すのはむしろあちらさんと思えば思えないこともない。なんだか、だんだんえらくなってきたような心持がする。

えらいといえば、伊勢神宮でいちばんえらいお方は徳川宗敬大宮司《ぐうじ》である。お名前で察しがつくとおり、徳川御三家の一、水戸徳川家のお生れで、元伯爵で、奥様が十五代将軍徳川慶喜《よしのぶ》公のお孫さんで、それで大神宮の大宮司とくればまったくもって雲上人である。その徳川大宮司にさるお方のご紹介で謁見が叶《かな》うことになった。

旅仕度をととのえるうちに、胸がわくわくしてきた。

正午発ひかり37号は全車輛《しゃりょう》座席指定である。10号車6A予約番号32のシートにすわって、しばらくのあいだ口もきけないほど胸がどきどきして閉口した。これはさっきのわくわくとはまったくの別物で、なにしろ同行三人、息せき切ってとび乗ったとたんにドアがしまり、6A6B7Aにめいめい腰をおろしたときには、もう品川辺にさしかかっていたのだから心悸亢進《しんきこうしん》も無理はない。こう書くと、いかにも発車時間ぎりぎりに東京駅にかけつけたようだけれど、それが決してそうではなくて、発車三十分前に地下の名店街でとっくに待合せを完了していたのである。それで、たっぷり時間をみて改札口を通ろうとしたら、三人のうちの私でもカメラマンでもないもう一人がとびあがって叫んだ。

「しまった、切符忘れてきたア」

もちろん三人分の、である。鶴見の自宅を出る前に、忘れちゃいけないと思って机の上に置いて忘れてきたという。とにかく電話を、とあわてふためいてかけだしていった彼が、すぐ戻ってきた。

「ありました。四十分前におふくろが発見して、妹が持って出たそうです。もう東京駅につくころです」

八重洲中央改札口の電気時計の針がピクンと一と刻み動くたびに心臓のほうもピクンとする。およそ十五、六回ピクンとして、とうとう十一時五十九分。駄目だ、あきらめよう、と顔を見合せた一瞬、愚兄賢妹を絵にかいたような悧発《りはつ》そうなお嬢さんが、雑踏を縫って走ってきた。

「はい切符」

「おう、すまん」

あとは一目散にホームの階段をかけあがって、文字どおり間一髪セーフ。

これから毎月旅に出る、その第一回の、それもスタートからこれでは先が思いやられるが、しかし、ものは考えようで「阿呆旅行」の幕あきにはまことにふさわしい。

「阿呆旅行」というタイトルは、内田百閒《ひゃっけん》先生の名品『阿房列車』の、いわずと知れた模倣である。三十いくつ仮のタイトルを考えたが、一つとして模倣にまさる題はなかった。いうなれば貧《ひん》の盗みである。ただし盗むについては、先生の腹心中の腹心ヒマラヤ山系こと平山三郎氏を通じて、勝手にせいとの許諾のご返事だけは頂戴したのだが、それにしてもぬけぬけと「阿呆旅行」とは、江國のやつ、気でもふれたのか、と小説新潮F編集長が長嘆息を漏らしたそうである。私にしてみれば、阿房を阿呆に変えることで、早い話が、菊の御紋章の十六花弁を十五に変えるのと同じように、憚《はばか》りの意を表したつもりだけれど、憚りの意を表したから犯意が阻却されるというわけのものではない。

で、その百閒先生の『阿房列車』にヒマラヤ山系あり、野坂昭如氏の『黒メガネ道中記』に〇青年あり、山口瞳氏の『なんじゃもんじゃ』にドスト氏あり。

「どうしようか、われわれの場合は」

「どうしようって、何をです」

「お二人の呼称さ」

「いいですよ、なんでも」

「ケンボウっていうのはどうだろう」

「健坊？　どうしてです」

「下に症の字をつけてごらん」

「健忘症……あ、こりゃひでえや」

「そちらは亀ちゃんでどうです？　いや、亀ちゃんは安っぽいかな」

「亀ちゃん？」

「カメラマンのカメさ。そうだ、亀羅氏にしよう」

「亀羅？　なんだか正覚坊になったような気がするけど、まあいいでしょう」

「これはいい。正覚坊はお酒に目がないっていいますもんね。いいじゃないですか、亀羅氏で」

　と衆議一決したとき、えー罐《かん》ビールにジュースはいかが、とビュッフェの手押車が通りかかって、亀羅氏が「ちょっと、ちょっと、罐ビール」と身をのりだした。

2

〔宇治山田発〕二番目にえらいお方は小宮司である。以下、禰宜《ねぎ》、権禰宜《ごんねぎ》、宮掌、伶人《れいじん》、衛士《えじ》長、衛士副長、衛士、技師、技手、雇員、嘱託員、傭人《ようにん》、従業員と続いてざっと六百人。そのてっぺんに位《くらい》する徳川宗敬大宮司は、福々しいお顔の持主であられた。七十三翁とはとても思えないほど色艶《いろつや》もよく、瀟洒《しょうしゃ》なダークスーツがよくお似合いで、と、世が世ならばそんな観察は許されない。苦しゅうない近う近う、ハハッと平伏する場面である。

「いやあ、僕は水戸《みと》だし、それに次男坊だったから気は楽ですよ」

　内宮《ないくう》手前の神宮司庁。古めかしくも威風あたりを払うこの建物は明治三十七年の木造建築で、天井の高い洋風の大宮司室には、しんとした空気がみなぎっていた。

「いよいよ遷宮が近づいてきたから、準備でたいへんなんです」

二十年ごとに内宮正殿を建てかえ、いっさいの調度品を新調する式年《しきねん》遷宮の儀は、伊勢神宮最大最高の祭典である。持統天皇の御代に行われた第一回遷宮から数えて千二百八十三年目の、今度が第六十回目に当るそうで、それが昭和四十八年のこと。ことしはまだ昭和四十五年である。「近づいた」といっても、まだずいぶん先の話ではないかと思うのは認識不足であって、前回に例をとると、昭和二十八年の式年のために昭和十六年から準備が開始されている。準備のあいだに戦争が一つ始まって終って、それでまだおつりがくるのだから、われわれの引越しとはわけがちがう。

正殿の様式は「唯一神明造《ゆいいつしんめいづくり》」と呼ばれる。ブルーノ・タウトが、単純質素で世界の建築の王座だと三嘆した日本最古の建築様式である。どれだけ「単純質素」かというと、造営に要する檜《ひのき》が三万五千石、本数にすると樹齢四百年クラスの巨木を含めて一万三千六百本、屋根に葺《ふ》く茅《かや》は長さ二メートル以上直径四十センチの束が二万五千束。ついでにいえば、新規に作りなおす御装束、御神宝が二千五百点。

「そういう古格の技術を伝える工芸家がしだいに減ってきておりましてな。これがいちばん心配なんです。御料木の檜も、このままでは良材が尽きてしまうから、いま五千五百町歩の植林をしております。さよう、二百年後の遷宮にはまにあうでしょう」

国家は百年の計、伊勢神宮は二百年の計。

「終戦まで遷宮は国の事業だった。いまは民間の寄付に仰がにゃならん。こんどの遷宮費用は四十二億円です」

「たいへんですね」

「たいへんなんです。労銀《ろうぎん》一つにしても馬鹿にならん。万博以後、労銀、あがりましたからねえ」

労銀というすこぶる古風な言葉がとびだして、それが少しも不自然に聞えないところが、徳川御三家の貫禄であった。

五十鈴《いすず》川にかかる宇治橋を渡ると、老杉鬱蒼《ろうさんうっそう》たる、そこはもう神域である。平日の午後、それもいましがた俄雨《にわかあめ》が降った直後とあって、晩秋の内宮はひっそりとしずまりかえっていた。

玉砂利を踏んで内宮正殿へ。千木《ちぎ》、鰹木《かつおぎ》の輝く正殿を中央に、背後の左右に東宝殿と西宝殿……と、パンフレットにそう記されてはいるものの、正殿の前から順に、瑞垣南御門《みずがきみなみごもん》、蕃垣御門《ばんがきごもん》、内玉垣御門《うちたまがきごもん》、外玉垣《とのたまがき》、板垣《いたがき》と、むやみやたらに仕切りがあって、これが越すに越されぬ境界線。

「お前はここまで、といわれると、だんぜん越境してみたくなるなあ」

「それが天邪鬼《あまのじゃく》というものです。越境できるもんならしてごらんなさい」

「無理だろうか」

「無理ですよ。徳川大宮司のさっきの説明をおぼえてないんですか」

「おぼえているとも」

まず正殿の床《ゆか》。これはもう天皇陛下が即位ご報告の際に衣冠束帯を召してお昇りになるだけで、あとは陛下といえども瑞垣南御門の内側まで。皇太子ご夫妻も御成婚のご報告のときだけここまでお入りになるが、ふだんは瑞垣の外まで。一般皇族方が蕃垣御門内で、内閣総理大臣はそのまた外側の内玉垣御門の茅葺きの庇《ひさし》の下まで。

「あのとき、小宮司さんがそばから教えてくれた言葉をおぼえてますか」

「うん、内玉垣御門雨垂れ落ち」

内玉垣御門の庇から落ちる雨垂れに肩を濡らすことができたら、それはそれはたいしたものなんだそうである。

「ね、それが勅任官、つまり民間人の限界ですよって、はっきりいってたでしょ」

「だから限界まで行ってみたい」

「そいつは総理大臣になってからいうことです」

「しかし、いまお賽銭《さいせん》をたっぷり……」

「たっぷり納めたって駄目」

「あそこに見えてて……」

「見えてたって駄目です」

「くやしいなあ」

と、目と鼻の先の内玉垣御門を見つめていたら、さっきの驟雨《しゅうう》で水を含んだ茅の庇から、ほんとうに雨垂れが一滴キラリと光って落ちた。

「あ、あ、一滴千金の雨垂れだ」

3

お伊勢参りをすませたら、あとは精進落しとむかしから相場がきまっている。旧伊勢参宮道に沿った古市《ふるいち》の宿場。江戸時代にはいって爆発的に蔓延《まんえん》した「おかげまいり」「抜けまいり」以来、全国の伊勢講の連中が、みんなこの宿場に泊って一夜の愉快をむさぼった。『宇治山田市史』によれば、宝永二年のおかげまいりは四月九日から五月二十九日までの五十日間で三百七十五万人なり、と記録されている。

幕末から明治にかけて、遊廓《ゆうかく》七十八軒、娼妓千人、料理屋六軒、寿司《すし》屋六軒、鰻《うなぎ》屋四軒、旅館十四軒がこの鰻の寝床のような街道に密集していたそうだ。その十四軒の旅館のなかでも老舗《しにせ》格の「大安《だいやす》」が、明治時代の建物そのままに、いまも営業を続けていた。古い古い建物よりもっと古いのが「大安」のおばあちゃんで、明治二十年生れの満八十四歳。牧野富太郎翁を媼《おうな》にしたようなこの井村かね刀自《とじ》は、

「わたしらぐらいな、世の中の移り変りをな、いろいろ見てきたものはございませんやろな」

　と、本場の「伊勢のな言葉」で遠い日の記憶をついきのうのことのように話してくれた。

「ま、ここ古市はな、ええとこでございました。日本三大遊廓の一つでございましてな、ヤクザいうようなうるさい人はな、だーれもはいってきませんから、ゆゥったりと遊べました。朝になりますとな、お客様がわたしどもの宿へ帰っておいでになる。すぐあとへ大見世の女中さんが、黒塗りのな、定紋入りの立派な文箱《ふばこ》の中に、昨夜のお敵方《あいかた》の手紙を入れてとどけてきます。奉書の巻紙の上のところを紅《べに》で染めた文《ふみ》でな、不思議なご縁でお遊びいただいて、あなたさまのことは忘れません、またのお越しをお待ち申上げております、と書いてありましてな、そういう楽しい遊びが、むかしはございました。お女郎さんは薄化粧でな、縮緬《ちりめん》の別染めの長襦袢《ながじゅばん》を寝巻にして、わたしら女《おなご》がみても、そりゃきれいでございました。朝も十時ごろになりますと三味線の音が聞えてまいりましてな、ええ、ええ、七十年も前のことでございますなあ」

　七十年は夢か現《うつつ》か幻か。表へ出たら、古市の家並みは夕闇の中に黒く沈んでいた。紅燈狭斜の巷《ちまた》の面影はどこにもない。健忘と亀羅氏が殆ど同時に口を開いた。

「精進落し、できないなあ」

「精進落さず、か」

「あのね、ご両所、精進落しはなにも古市とは限らない、鳥羽《とば》で落そう」

「そうそう、そういえばほうぼうの電柱に鳥羽トルコって看板が出てましたね」

大事な切符は忘れる健忘が、こんなことだけはいやにはっきりおぼえている。

「そうじゃないよ、晩めしで精進落しをしようという話さ。鳥羽は海の幸の宝庫……」

と、みなまでいわさず、くいしん坊の亀羅氏があとを引取った。

「伊勢海老《えび》、鮑《あわび》、さざえ、牡蠣《かき》……」

「唾が出てきた」

「早く行きましょう、早く」

手鍋《てなべ》さげたり――長崎

1

クーラーの取付け職人が天井にのぼったら、天井裏を立って歩けたという。だから二階建でも三階建のようにがっしりしている。材木はぜんぶ栂《とが》。どこもかしこも飴《あめ》色に光っているのは、長い歳月に艶出しされたからだろう。釘《くぎ》を一本も使わずに、大正六年から丸三年かかって普請したんだそうで、宿の名を染めぬいた半纏《はんてん》姿の老下足番が、

「あンときの大工は、一日に板二枚削るだけでよかとです」

と、手柄ばなしでもするように胸をはった。

長崎おくんち祭りの勧進元諏訪《すわ》神社の長い長い石段をおりたところにある宿の、これは旧館の話である。むかし第十八銀行頭取のお屋敷だったという旧館の二階は、十八畳の座敷に十畳の控えの間がついて、合計二十八畳のまん中にぽつんと宮様が一人でお泊りなされました、と誇らしげにつぶやく老下足番の鼻先をふさぐように、道路をへだてた向う側

の温泉マークのネオンが、ガラス障子越しにぐいとこっちを睥睨《へいげい》している。各室近代設備完備、特別室あり、お泊りいくらで、ご休憩いくら……。

「あんげんもんの建ってしもうて困りますばい。ようはやっとって、土曜日曜はもう一杯ですばい。お客さんはいろんな人の来《き》よんなるごたる」

長崎の言葉はむずかしい。ついいましがた大村空港に著《つ》いて、ここへくるあいだのタクシーの中でも、

「お客さん、ヌッカトでしょう」

と若い運転手に話しかけられてめんくらったばかりである。ヌッカトは温《ぬ》くかと。こんな単純な日常語でさえ、咄嗟《とっさ》にはわかりかねる。

「ばってん、この旅行でようおぼえて帰りんしゃい」

二十八畳のほうではない新館のほうの座敷で夕食の膳を囲みながら、同行の健忘がしたりげな表情で似而非《えせ》長崎弁をあやつりはじめた。こざかしいかぎりである。

「どこがこざかしいというんです」

「ばってんの使い方がでたらめだよ。ばってんというときには、かならずその前に言葉をともなう」

「へえ、そうですかね。たとえば？」

「たとえば、珈琲《コーヒー》もよかばってん紅茶もよかばい、とざっとこんなもんだ」

「ふーん」

「それをテレビドラマなんかで長崎人が出てくると、いきなり『ばってん、うち（私）はオーチ（おうち＝あなた）ば好いとっとさ』などと口走るからボロがでる」

「うまいじゃないですか。へえッ、おどろいたなあ」

おどろくことはないのであって、宿に著くとすぐ健忘と亀羅氏が、ちょっとロケハンに行ってきますと散歩に出たすきに、長崎放送のH氏に会って教わったことを、そっくりそのまま復唱しただけの話である。東京を発《た》つときに、ぜひ会ってくるがよい、と友人が紹介してくれたのがH氏で、H氏は祖父の代から三代続く長崎っ子で、それを長崎の言葉でいうと〝ジゲモン〟。地生者という文字を当てるらしい。

「そのジゲモンのH氏にね、旅行の目的を聞かれてハタとつまった」

「つまりますよ、そりゃ。僕だって説明できないもん、あんまりバカバカしくて……で、どうしました」

「したよ、説明を。説明するよかしょうがないだろ」

前回のお伊勢参りが無事にすんで、なにはともあれ祝杯を、と健忘と二人で新宿の酒場を三軒まわってすっかりいい心持になった。三軒目の、クラブだかバーだかキャバレーだかよくわからない騒々しい店で、円いテーブルにすわったとたんに「チコです、どうぞよろしく」といって、肉体派の一方の雄のようなホステスが現われた。何か話をするたびに、上三分の一露出した乳房がゆさゆさ揺れて、二十歳《はたち》になるやならずの若さで、座持ちがたいそううまい。元長崎の不良少女で、東京に出てきたのが半年前で、それは恋人にふられたのかその反対だったか、そのへんの事情も縷々《るる》聞いたような気がするが、酔っ払っていたから忘れてしまった。おぼえているのは次の一と言。

「長崎のズベ公で、チコの名前知らなきゃもぐりだと思ってよ」

よし、ズベ公に会いに行こうか、と反射的に口走ったのは、酒の勢いということもあったけれど、一つには、チコ嬢のたくみな座持ちに対する、これはまあ返礼みたいなもので、もとより本気でそう考えたわけではない。それをどうとりちがえたか、たちまち健忘が悪《わる》のりした。

「行きましょう、行きましょう」

「行きましょうって、長崎までだぜ」

「長崎、結構ですね」

「ズベ公たずねて長崎へ、か」

「おもしろいッ」

結構ですね、おもしろいッ、と叫んだ同じ健忘が、いま長崎の宿にたどりついて「バカバカしくて……」とぼやきながら、改めて浮かかない顔をしている。

2

「しまった、名刺がなかった」

翌日、おそい朝食をすませて、これから出掛けようという段になって、健忘がいいだした。きょうは夕方まで、H・ジゲモン氏が市中を案内してくれることになっている。健忘と亀羅氏は二人とも初対面である。名刺はあったほうがいい。

「きのう家を出るとき、会社に寄って切符とお金と名刺を忘れずに持って行かなくちゃ、と思ってたんですよ。切符とお金はちゃんと持ってきたけど、名刺は箱の中にはいってるからなあ。なんか忘れたと思ったら、やっぱり忘れてた」

先月は切符。今月は名刺。健忘の名をはずかしめないところがみごとである。どうしても下に「症」の字をつけたくなる。

H氏との約束までにまだ時間があるので、大浦天主堂、オランダ坂、グラバー邸といったお仕着せコースをひとまわりしてみた。観光バスが何台もとまっていて、人がゾロゾロ歩いていて、碧眼《へきがん》の僧衣の人がロザリオを売っていた。坂をおりると、といっても長崎は町じゅう坂だらけなので、どこのなんという坂をどっちのほうにおりたのか、はじめての旅行者にはさっぱりわからない。そのわからない坂をおりたところに、極彩色の孔子廟《びょう》があって、広いコンクリートの中庭で中国服を着た少女たちが蛇踊《じゃおど》りを踊っていた。

孔・孟《もう》・曽・顔・子思を祀《まつ》る大成殿の賽銭箱の横に、赤紙のおみくじが箱に入れて置いてある。子《し》のたまわく何と出るか。一本引いてみると「吉」と出た。

三陽開泰喜逢春
財運十分
行人順風相送

「中国語の辻占《つじうら》ですね。読めますか」

「サンヤンカイタイシーポンチュン。ツァイユンスューフン。シンレンシュンフンシャントゥエイ」

「ほんとかなあ。もう一度読んでみて下さい」

「二度読むと舌を噛《か》む」

「意味は？」

「旅よろし、さ」

長崎のよさは歩かなくてはわからない、とたいていの案内書に出ている。長崎文献社刊行の『長崎への招待』（嘉村国男編著）には「歩くことは制作することです。そのとき、あなたは画家となり詩人となるでしょう」とまで書いてあった。テレビ局のロビーで待っていたH・ジゲモン氏も、まったく同じ意味合いのことを口にして、迷路のようにいり組んだ裏町をスタスタ先に立って案内してくれた。石畳の坂道をのぼったりおりたりするたびに、黒い屋根瓦の向うにまっ青な海が見えたりかくれたり、なだらかな山の斜面にびっしり建てこんだ色とりどりの家が迫ったり離れたり、ほとんど一と足ごとに風景が千変万化して目をたのしませてくれる。目はたのしくても、しかし、足は災難である。しまいに、ふくらはぎと太腿《ふともも》がギシギシきしむように痛みはじめて、のぼり坂よりくだり坂のほうが一層つらかった。

「こりゃ、長崎には住めそうもない」

「長崎の者《もん》は足が丈夫になるとです」

本場のかすていら本舗にはいってお茶をのみながら一服したら、もう動くのもいやになった。もとより、いやになったのは下半身だけで、腰から上はH氏の親身のガイドにおおいに感謝している。お礼の気持をこめて、粗餐《そさん》を献じたい。

茂木《もぎ》ビワで知られる茂木の海岸へ、いくらなんでもそこまでは歩くわけにはいかないので安心して車をとばして、魚をたべに行った。新鮮そのものの、まだピクピク動いているご馳走をたっぷりつめこんだら、にわかに眠くなったけれども、いまから眠くなってはいけない。肝心の用向きが残っている。

茂木を出て、途中でH・ジゲモン氏と別れてから再び市内に戻ると、ちょうど肝心の用向きにふさわしい時間になっていた。

新宿のチコが長崎時代にいりびたっていたというバーP亭は、思案橋の南の赤い灯青い灯の奥にあった。チコ？　そんな子は知らんとよ、といわれるかもしれないが、それならそれでいい。ドアを押すとき〝だれかチコを知らアないイか、というような、流行歌の主人公になったような心持がして、この気分を一度味わってみたかったのである。

おしぼりで顔をふいているところへ、いらっしゃいませ、と和服姿のきれいな婦人が出てきて、いきなり、お待ちしてました、といった。

「チコから三度ぐらい電話がありました。三人でおみえになるって。チコ、元気ですか。いい子でしょ」

まさか手がまわっているとは思わなかった。カウンターの棚にズラリと並んだ洋酒壜《びん》のうしろがわで、にやりとチコが笑っているようである。盛り場をうろつく手間がはぶけたのはありがたいが、しかし、どうも勝手がちがう。洒落《しゃれ》た紬《つむぎ》に博多の変り織りの帯をキリリとしめたこの女性が当店のマダムだそうだが、これが元ズベ公とは信じがたい。

「いやだ、チコ、そんなことといってました？」

「うん、あなたとチコが不良少女の頭目だったといってたよ。聞いているうちに、ズベ公の本場は長崎だっていう気がしてきて、それではるばるやってきた」

「失礼しちゃうわ、本場だなんて」

「ズベ公という言葉の語源を知ってますか」

「存じません」

「ズベはズベタの略で、ズベタはスベタさ。スベタというのは、うんすんカルタのスペイド札からきている。うんすんカルタとくればどうしたって長崎じゃないか」

「そんなのこじつけよ。だいいち、あたしだってチコだって、ズベ公ってわけじゃなかったのよ。そりゃ、毎晩おそくまで飲んだり、コイコイで夜明かししたりしたけど……」

「それそれ、それを虞犯《ぐはん》少年という」

「チコは女の子ですよ」

「女の子でも少年法では少年と呼ぶ。少年少女の飲酒、喫煙、怠学、盛り場徘徊《はいかい》、これみな虞犯行為さ」

「盛り場徘徊」をつい重ねたくなるような、結構なムードが長崎の繁華街にはある。だからこそ、長崎、長崎と流行歌にくりかえしうたわれてきた。店のすみに据えつけられたジュークボックスをのぞいてみると、A6長崎ごころ、J6出島長崎異人館、E3長崎の夜はむらさき、B6長崎非常（情）のブルース、と、とうとう「非常のブルース」までとびだして、これで「救急のブルース」があれば平仄《ひょうそく》が合うというものである。

「長崎ぐらいたくさんうたわれている土地はないだろうな」

「民謡まで含めると三百六十何曲あるんですって」

「知ってる歌を片っぱしからうたおうか」

といってうたった有様をここに詳述するわけにはいかない。著作権法第三章第三十条に

「正当ノ範囲内ニ於《オイ》テ節録引用スルコト」とある。正当ノ範囲というのは、音楽著作権協会のパンフレットによれば「歌詞の一節以内もしくは楽曲の二分の一以内」である。P亭のマダムと健忘と亀羅氏と私のカルテットでうたった歌のさわりを、正当ノ範囲内ニ於テご紹介しておく。十曲あって、はじめの一節から順に『長崎シャンソン』『長崎ブルース』『長崎の雨』『長崎のお蝶さん』『長崎物語』『長崎は今日も雨だった』『長崎の女《ひと》』『長崎の蝶々さん』『長崎の鐘』『思案橋ブルース』で、作詞は同じく順に内田つとむ、藤浦洸《こう》、丘灯至夫《としお》、藤浦洸、梅木三郎、永田貴子、たなかゆきを、米山正夫、サトウハチロー、川原弘の諸先生であることを明示しておいて、さて、うたった十曲の歌詞を一節ずつ「節録引用」すると——

花の丸山蛇皮線も
ギヤマンビードロ灯がゆれる
恋の長崎夜もすがら
だれを待つのかお蝶さん
オランダ屋敷に雨がふる
行けど切ない石だたみ
遠くささやく鐘の音
晴れた天主《クルス》の丘の上

気高く白きマリア様
ああ長崎、思案橋ブルース
おや、大バラード「長崎」が一曲できてしまった。

3

カマキリが鎌をひろげたような形で南にのびる右の鎌が島原半島で、左の鎌が長崎半島で、その長崎半島の突端の野母崎《のもざき》のあたりまで、三日目はドライブをすることになった。昨夜、P亭のマダムが電話で招集した女性二人が同行してくれる。ともにチコの遊び友達で、一人は現ホステス、一人は現無職。

車が走りだして、ひとしきりチコの噂《うわさ》でにぎわったあとは、急に静かになった。平坦な一本道を南下するあいだ、彼女たちを退屈させては悪い。何か話題はないか。こういうときには、土地の言葉で話しかけるにかぎる。


「オーチたち二人ともジゲモンごたアる?」

「わア、よう知っとっとね」

「そう、うちたち二人ともジゲモン」

「それで、オーチたち、あおもち（恋人）おるんと?」

「そうやね、うちら博多あたりまで行かんと恋人《あおもち》できんとよ」

「長崎は町も小さかし、事業するとでもこまかし、サラリーマンは月給の少なかし、どいが（どれが）成長株かわからんもん」

「うちら、いっしょに苦労して生活築き上げる気はなかと。手鍋さげてもっていうのはもう古かですよ」

不意に視界がひらけて、前方に五島灘《ごとうなだ》の海が見えてきたかと思うと、右手に、軍艦島というその名称を知らぬ人でも一と目で軍艦島とわかる島がポッカリ浮んでいた。やがて、亀羅氏が撮影地点を見つけたとみえて、車をとめて、健忘といっしょにどこかに見えなくなった。二人の女性に声をかけて波打際につきでた崖《がけ》の上に立つと、澄んだ空気に汐《しお》の香がまじって、まことにいい心持である。頬をなぶる風は、爽やか、新鮮、すがすがしい、などと形容するより、おいしいという言葉がぴったりする。

ふと、きのう風頭《かざがしら》山山麓《さんろく》の国宝崇福《そうふく》寺で見た額の文字を思いだした。唐寺《からでら》だけあって、境内の随所に聯《れん》や額が掲げてあったが、そのなかの一つにひときわ立派な書体で、

〈山河正気〉

とあったのは、まさにかくのごとき自然環境をいうのか。

「わア、よか気分。うちら長崎におっても、こんげんとこにはめったに来《こ》んもんね」

それはそうだろう。P亭のカンバンまでお酒を飲んでいて、それから朝までコイコイに興じて、その上このおいしい空気を吸いたいなんて、こいつはちと虫がよすぎる。

「そうね、よう夜遊びしたもん、仕方なか」

「分別もない時分から、飲む打つやったもんね」

「立派な虞犯少女だ」

「フフフ」

「今朝ね、浦上天主堂を見てきた」

「よかったでしょう」

「天主堂と平和公園のあいだに、少年鑑別所があった」

サムソンが胡坐《あぐら》をかいて交通整理をしているようなお行儀の悪い平和祈念像の下に神学校があって、神学校の裏手の川っぷちに、その建物はあった。灰色の無愛想なコンクリート塀が、中の施設をすっぽりかくしている。

「あの塀のこっち側から、煙草ば塀越しに投げてやるとです」

「オーチたち、煙草を受取ったほうではなかったのか」

「残念でした」

「だいたいチコが、ズベ公ズベ公いうて、えらそうな口ばきくからいかんとよ。チコだって、あいで派手に見えるばってん、根はまじめかとですよ」

そうだろう、と思う。現に、見も知らぬ遠来の客につきあって、こうして海を眺めながら屈託のない笑顔を浮べる二人を見ていると、ズベ公なんていうもんじゃなくて、あどけない蓮ッ葉娘という趣《おもむき》なのである。

「市内に戻ったら、皿うどんたべようか」

「よかですねえ」

「うちら、いい店ば案内したげる」

「ありがとう」

「時間のあったら、まだ見とらんとこ案内してもよかとよ」

「君たちは長崎でどこがいちばん好き？」

「オランダ坂の石畳がよかです」

「雨あがりはよけいきれかと（美しい）」

「しとしと降るときゃもっとよかア。そんげんときに蛇ノ目の傘さして歩けばひどうよかですねえ」

「いうことは古風で、考えることはC調だな、手鍋はごめんだなんて……」

いくら、手鍋は古か、と大きな口をきいていたって、そのときがくれば彼女たち、欣々《きんきん》然《ぜん》として手鍋をさげていくにきまっている。動かぬ証拠を見つけたのは、ドライブを終え、オランダ坂を見、皿うどんをたべてから、バーP亭に二人を送りとどける途中、雑踏をきわめる食料品市場に立寄ったときである。チコたちの仲間のリーダー格だった某女が、間口半間の蒲鉾《かまぼこ》専門店のおかみさんとして、かいがいしく働いていた。だぶだぶのセーターに前掛け、ゴム長という姿で、髪ふり乱したその表情が、なんともいえずいきいきとして美しい。

「へえッ、チコのお知合いですか。チコ、元気にしとってですか。うちですか？　ええ、二、三日前もあけ方の四時まで飲み歩いて、そいでも朝の六時にゃ仕入れにいきました。悪か癖のまだなおらんと、東京へ帰ンなったらよろしゅういうて下さい」

いうとも。いわずにおくもんか。彼女は一流の主婦になっていたよ、とね。

白い墓地——網走《あばしり》

1

一望のもとに見おろすオホーツク海から、氷の矢のような風が吹きつけてきて、骨の髄に突き刺さるようであった。何か口をきこうと思うのだが、口をひらくと内臓まで凍りつきそうである。あんまり寒いものだから、ひとりでに涙が出てきて、その涙がサングラスの内側のレンズと縁《フレーム》の溝《みぞ》に溜《た》まったかと思うと、たちまちシャリシャリと凍りついた。

網走の北の、海豹《あざらし》の群棲《ぐんせい》地として知られる能取岬《のとろみさき》の突端に立って、もとよりこの寒さは覚悟の上である。北緯四十三度四十六分から四十四度六分というのが網走の地球上の位置で、その数字がどんな意味を持つのか私にはわからないが、おそろしく寒いところだということぐらいはわかるから、防寒準備には万全を期した。アノラックの下にとっくりセーター、毛糸のチョッキ、肌着が二枚、肌着と肌着のあいだに真綿《まわた》をしのばせ、腰のあたりに白金懐炉《はっきんかいろ》をぶらさげて、それで車の中はヒーターがよくきいているから、まるで人間のふかし芋が出来上りそうなあんばいだったが、雪一面の岬に著《つ》いて、車をおりたとたんに縮み上った。

「氷点下十二、三度ぐらいかな」

「そんなにはないでしょう。風が冷たいんですよ」

フード付の防寒服に身をかためて、エスキモーそっくりに着ぶくれた健忘の声がふるえている。

「でも、よかったですね、雪がやんで」

「やんでも寒いよ」

「何いってるんです、懐炉までぶらさげているくせに」

不意に鉛色の雲が切れて太陽が顔をだした。一面の銀世界がキラキラ光って、サングラスをかけていてもまぶしいほどである。

「ああ、助かった」

「待てば懐炉の日和《ひより》かな、ですね」

あくまで懐炉にこだわる健忘の顔に、よりによってこんな季節にくることはないのに、と書いてある。国定公園網走は「年間十五万人の観光客が集まる北海道観光のホープ」（七〇年版網走市勢要覧）だそうだが、それは六、七、八月の話であって、もうすぐ流氷が押し寄せてこようというこんな季節をえらぶのは、たしかに酔狂といえば酔狂である。

出発の前に健忘とかわした会話を思いだした。

「いまは、なんにもない時ですよ。原生花園は枯れ草畑だし、食べものだって……」

「鮭《しゃけ》もない、蟹《かに》もない」

「ないないづくしじゃないですか」

「刑務所がある」

冬の網走刑務所を見てこようと思った。聞くところによると、夏の観光シーズンには一日千人もの若者たちがやってきて、刑務所の正門をバックにうれしそうに写真をとっていくという。いわずと知れた東映映画「網走番外地」シリーズのなせるわざである。さいはての地の、赤煉瓦のむこう側の人たちの涙と悔恨が観光の薬味になっている。わが身つねって人の痛さを知る前に、人の痛さがわが身の快感につながるように、人間はできているのだろうか。そういうことに対する反撥もあって、行くなら冬、と思い立った。

網走湖畔の宿に著いて、ロビーをひとまわりすると売店で「赤煉瓦」というお菓子を売っていた。ラベルに、網走銘菓番外地、と印刷してあった。

「まったく、骨までしゃぶるという感じでしたね、あのお菓子は」

クリームソーダを攪拌《かくはん》して凍らせたような色をしたオホーツクの海を眺めながら、健忘が歯をガチガチいわせていう。

「銘菓番外地、そりゃ、ま、番外地といえば知らないやつはいませんものね」

「その番外地に、あしたは行ってみよう」

行ってみたらば、番外地というところはなかった。煉瓦百五十万枚、地上十五尺のあの赤煉瓦の内側は、網走市字三眺《あざさんちょう》官有無番地という。

2

獄トハ何ゾ、罪人ヲ禁鎖シテ之《コレ》ヲ懲戒セシムル所ナリ。

明治四十一年制定の監獄法の、そのまた前の監獄則（明治四年）にそう書いてある。禁鎖、懲戒という文字面《づら》を一瞥《いちべつ》しただけで身の毛がよだつが、網走につきまとっているイメージは、それよりもっと陰惨暗鬱である。網走送りになったら最後、二度と生きて帰れないというふうな世間の印象が、いつとはなしに定まって、それはそれで理由のないことではない。

明治二十三年、網走刑務所は釧路《くしろ》監獄署網走囚徒外役《がいえき》所として発足した。囚徒を外役につかせるから、すなわち外役所。北海道の行刑史はそのまま開拓史につながっていて、この時も、網走と旭川を結ぶ二四〇キロの国道開鑿《かいさく》工事の、いうなれば飯場《はんば》として外役所が設けられたわけで、必然的に長期囚が送り込まれた。記録によると、工事にかりだされた囚徒は千百十五人、そのうち百八十六人が死亡、九百十四人が病に倒れているそうだ。単純な引き算をしてみると、五体満足につとめあげた者はたった十五人ということになる。

「禁鎖・懲戒」どころのさわぎではない。

その後、釧路集治監網走分監、網走監獄、網走刑務所と三たび名を変えていまに至ったが、つい最近、新装旭川刑務所に百九十一名（うち無期懲役四十五人）の受刑者を移すまで、一貫して「長期囚を収容するための重警備刑務所としての性格」（網走刑務所発行の小冊子）を備え続けてきた。どういう長期囚がいたかというと、たとえば五寸釘寅吉。巡査に追われて五寸釘を足の甲に踏み抜いたまま三里走ったというしたたかもので、強盗、強姦、窃盗、放火未遂、脱走をくりかえして、実に無期徒刑三回、徒刑十五年二回、懲役七年と重禁錮《きんこ》五年が各一回というのだからおそれいる。

暗く長い歴史を染み込ませて懲役監はしずまりかえっていた。明治四十五年以来の建造物だそうで、高い天井の下に、八角形というのか八面体というのか、むかしのポリスボックスに角《かど》をつけたような監視所があって、所内ではこれを「中央」と呼ぶ。その「中央」から放射状に第一舎から第五舎まで五本の石畳の廊下がのびている。磨滅しきって角々が丸くもりあがった石畳の長い廊下の両側に、ずらりと房が並び、あれは何錠というのか、ちょっと形容しかねる複雑な形の鉄の錠が、各房の扉ごとににぶい光を放っていた。

「これが、パノプチコン（円形監獄）といって、独特の監獄建築なんです」

土橋英幸網走刑務所長の案内で、ぐるりと一巡する。もっとも凶悪、ないしは問題の受刑者を収容する第四舎には独居房ばかり八十房。古めかしい書体で〈第四参房〉と右書きに記された独房の前で、感慨ぶかげに土橋所長がいう。

「ここに徳田球一氏がはいっていたんです。頭の切れる人でね、なにかというと看守を呼びつけて、おまえじゃわからん、所長を呼べって……」

呼びつけられたのは、何代も前の所長の話で、土橋所長は着任後まだ日が浅い。

「どこでも見てください。かくすところは何一つありません」

独居房百、雑居房百二十六のほかに、病舎、女区、それに未決囚を収容する拘置監がある。拘置監の独房の小さな監視窓ごしに収容者の頭髪の部分だけがつぎつぎに見えて、その黒い影はぴくりとも動かない。現在収容中の確定囚は七百人。そのうち無期が三十人、有期八年以上が四十人。職員数は所長以下二百二十四人。それが明治二十四年の記録では、収容者千二百六十四人、無期三百十九人、終身六十六人、有期八百七十九人、職員二百十三人。

「むかしは〝監獄部屋〟などという言葉があったが、いまはちがう。大自然の懐ろにいだかれた矯正施設です」

暖房のよくきいた広い部屋で、灰色の作業衣を着たおおぜいの収容者が木彫りの人形を作っていた。ニポポと呼ばれるアイヌの民芸品で、幸福のマスコットだという。

まっ白に雪をかぶった山の中腹に黄色いものがちらちらする。作業衣の上に安全服を着た収容者が伐木作業に従事している光景が、遠い霞《かすみ》の中の風景のように映じた。懲役ハ監獄ニ拘置シ定役ニ服ス、と日本国刑法第十二条第二項が規定する、その「定役」の実働時間は正味八時間である。寒風にさらされ、汗を流し、腹をすかして、だから収容者の食欲は旺盛《おうせい》である。

「これがきょうの昼めしです。たべてごらんなさい、おそろしく塩辛いですから。肉体が塩分を要求するんですね」

糠鰊《ぬかにしん》、野菜のごった煮、豆味噌、大根の塩づけ。どれも舌が曲るほど辛い。米麦半々の御飯の上に、一から五までの漢数字が刻印を打ったように打ち抜きになっていて、これは労働量による等級である。空きっ腹にまずいものなし。もりもりたべて、然るのちにゆっくり食後の一服――というあの悦楽だけは味わうわけにはいかない。

「煙草だけはね、絶対に吸わせません」

「吸いたがるでしょう」

「収容者がいちばん欲しがるものです。それをみなさんご存知だもんですから、観光客がヘンな同情を寄せて、火のついていない煙草を塀の外にわざと捨てていくんだなあ。あれには手を焼きます。野外作業の往復に収容者がそこを通りますからね」

全国の刑務所内で規律違反者が年間二万九千二百四十六人、そのうち煙草所持が千九百五十二件、と昭和四十五年版犯罪白書に出ている。

「いっそ、時間と量をきめて吸わせたらどうなんです」

「将来の一つの課題として、そういう考え方もあるんですが、いろいろな弊害を伴うから現状では無理ですな。現場職員の声も、圧倒的に禁止説です」

煙草を吸えない収容者につきあう以上、看守たちもおのずから喫煙を制限される。だから、一日三本なら三本と心に決めて、バラで持っていく。それだけで、私は到底法務事務官看守にはなれない。「でもね、官舎に戻って一服する煙草の味は格別でね、生き返りますなあ」と述懐していた老看守の言葉を思いだしながら、所長室の応接セットの上のロングピースを一本頂戴して、ふかぶかと吸い込んだら、やわらかな香りとともに、まろやかな自由の味がした。

3

「出所時感想録」という粗末な藁半紙《わらばんし》の綴りがあって、万感こもる文章がぎっしりつまっている。殴り書きで「二年の刑で仮釈放六日とはなさけない」とあるのは、一年十一カ月二十五日服役して仮釈放になった男の、なるほどこれは実感だろう。「うれしかったこと・妻の面会」「ためになったと思うこと・別になし」などというその中に、こんな記載があった。

「つらかったこと・自由がない」

刑務所にはいって「自由がない」とぼやくのは滑稽である。滑稽で悲痛で切実で正直で、このくらい適切明快な表現はない。

自由とはいったい何か。煙草を吸える身と吸えない身のちがいだけなのか。

土橋所長の好意で、看守の人たちと一夜懇談の機会を持つことができた。網走刑務所には、開拓時代から三代にわたって看守の職にある人がいる。親子二代の組に至っては五十六組もいて、赤煉瓦のとなりに密集する官舎群の中で生活している。網走川をへだてて、娑婆《しゃば》からいえば「むこう側」の、そこは完全な別世界である。ただ一本の鏡橋《かがみばし》を渡って街に出るのは「はい、年に一度か二度ぐらいのもんであります」と五十九歳のIさんがいった。これまでに十四代の所長を迎えては送ったというIさんには二人の子息がいて、二人ともやはり看守をしている。「収容者との相互信頼、心のつながりがポイントであります」というTさんは五十四歳で、双子の子息が同じく刑務官である。官有無番地で生れて、受刑者を「小父さん小父さん」と呼んで育った少年が、いま逞《たくま》しい青年になって「小父さん」たちを管理している。管理する者とされる者と、失礼千万な話だけれども、どれだけの生活のちがいがあるのだろう。「網走刑務所永久保存書類綴」に、己《オノ》レ共ニ囚《トラワ》ルルガ如ク囚者ヲ念《オモ》ヘト、宜《ムベ》ナル哉言《カナゲン》ヤ、という字句が残されている。「囚ルルガ如ク」……果して「如ク」か。

「受刑者を起して、食事をさせて、働かせて、風呂にいれて、寝かせて、それから自分がめしをたべて寝るわけですから」と、Iさんが笑いながらいった。

「受刑者なんか、ほんと、殿様暮しですよ」

屈託のない物言いの裡《うち》に、使命感と誇りが感じられた。悔いは全然ありません、と「全然」に力をこめてきっぱり語るIさんが看守見習になったのは三十四年前で、初任給二十八円。二カ月の教育期間をおえて三十円。あとは一年一円ずつの昇給と決められていた。

「あの頃は、風邪をひいて休んだりすると〝引きこもり〟といって、手続きをとられるんです。そうすると昇給がストップするおそれがある。それがいやだもんで、みんな一日も休まないで勤務したもんです。いまはそんなことはないですが、休みをとりたがらない風潮は伝統として残っていますね」

それでつい無理を重ねるのだろう。土橋所長が赴任してからまだ一年にならないのに、二人の職員が病気で亡くなっている。受刑者のほうは、昭和四十一年に高血圧で一人亡くなって以来、死亡者は出ていない。

官有無番地で生をおえた人の墓地は、赤煉瓦のすぐうしろの小高い山の上にある。刑務所のジープに乗せてもらって、雪のかたまった急な坂道を登っていくと、整然と植えられた何万本もの落葉松《からまつ》の林があって、その林を突き抜けたとたんに視界がひらけて、一点の足跡もとどめないそれは白皚々《はくがいがい》たる世界であった。高さ五メートルの巨大な石碑が二基正面にそびえ、雄渾《ゆうこん》な筆勢で刻まれた文字は〈合葬之墓〉と読めた。向って左側が刑務所職員とその家族の墓地で、行年二十一歳、行年四十九歳と、さっきの話を聞いたせいもあるのか、むやみに行年の文字が気になった。右側は、明治十八年以来の受刑者の墓地。深い雪にうずもれて、卒塔婆《そとば》が四、五本わずかに先端をのぞかせているだけである。右に眠る人と左に眠る人の身の上に思いを致すと、立場こそちがえ、つまりは囹圄《れいご》の人であることに変りはなかったのではないかというのは愚かしい問いかけであって、ここに立つ私も健忘も亀羅氏も、緩慢な死刑を宣告された実は人生の囚《とら》われ人《びと》にほかなるまい。天を衝《つ》く針葉樹が千本格子のように周囲を囲んで、千本格子越しにまっ赤な夕日が、白い墓地のむこう側にゆっくり沈んでいった。

ととらく紀行——能登

1

「なんだ、また鮭《しやけ》か。鰤《ぶり》はないのか。富山の鰤はうまいぞ」

と名人左甚五郎が居候の分際でおかずに文句をつけるのは、落語『三井の大黒』の一齣《こま》である。この噺《はなし》を得意にしていた故桂三木助《かつらみきすけ》は、落語界きっての食いしん坊だったから、鰤はないか、富山の鰤はうまいぞ、といいながらいかにもたのしげであった。その三木助の遺産を継承した若手真打入船亭扇橋《いりふねていせんきょう》の高座で、久しぶりにこの件《くだり》を聞いたとたんに、無性に鰤がたべたくなった。

二大本能とはまったくうまいことをいったもので、性欲と食欲はよく似ている。何かのはずみで猛然とそそられるところといい、いったんそうなると抑えがきかないところといい、何から何までそっくりで、だから鰤をたべに行こうと思う。

もう長いあいだ、うまい鰤をたべていない。東京というところは不便なところで、日本じゅうの食べ物はもとより、世界各地の料理まであらゆる献立《メニュー》がそろっていて、なんでもくえるけれども、実はなんにもくえない。一千百四十五万七千四百八十四人の巨大な胃袋の前に、味覚の機微は雲散霧消した。黒鯛《くろだい》だと思ったらメルルーサで、平目だと思ったらオヒョウで、それで一と口たべて吐き出したという話は聞いたことがない。全国主婦連合会の告発がなければ、うまいうまいと怪魚や奇魚にいまだに舌鼓をうっているにちがいない。鰤にしたって同様で、一キロ百円のシイラや油ボーズが、ある日忽然《こつねん》として一キロ三百三十六円の鰤に変身する。そういう変身鰤ではなくて、素姓正しき鰤をたべたい。

鰤。硬骨魚目あじ科の沿岸性回遊魚。体は紡錘形、背部は鉄青色、腹部は銀白色、体側に淡黄色の帯があり、体長約一メートル。寒鰤と称して冬季もっとも美味、と各種の辞典に出ている。いわゆる出世魚で、成長するにつれて呼び名が変る、そのめまぐるしいこと古今亭志ん生みたいな魚である。

朝太→円菊→馬太郎→武生《ぶしょう》→朝馬《ちょうば》→馬石《ばせき》→馬きん→志ん馬→芦風《ろふう》→馬生→東三楼《とうざぶろう》→ぎん馬→甚語楼→志ん馬（再）→馬生（再）→志ん生。

改名実に十五回。姓名の姓にあたる亭号も、そのたびに変ったり変らなかったりするのだからややこしい。そのややこしい志ん生さんも三舎《さんしゃ》を避けるのが鰤の呼び名で、なまじ調べたりするとかえって混乱を招くこと次のとおり。

わかし↓いなだ↓わらさ↓ぶり〈東京地方〉〈広辞苑〉
つばす↓はまち↓めじろ↓ぶり〈大阪地方〉〈同〉
ツバエソ↓コズクラ↓フクラゲ↓ブリ〈富山地方〉〈平凡社大百科事典〉
もじゃこ↓いなだ↓はまち↓わらさ↓ぶり〈学習研究社学習ずかん百科〉
つばす↓めしろ↓はまち↓あぶこ↓いなだ↓わらさ↓ぶり〈虚子編「季寄せ」〉
わかなご↓いなだ又ははまち↓鼻白↓わらさ↓ぶり〈新潮社俳諧歳時記〉

尽《ことごと》く書を信ずれば則《すなわ》ち書無きに如《し》かず、とはこのことか。この上、ぶり↓シイラ↓油ボーズときたら面喰うばかりである。鰤から先の出世はひらにご容赦。そこまで立身出世しない、鰤どまりの鰤をたべたい。

「健忘君、鰤をくいに行こうか」
「寒鰤ですか、いいですね」
「富山の鰤だよ」
「なにもそんな遠くまで行かなくたって、鰤ぐらい……」
「いや、行ってこの目で見なくては信用できない」
「それならどうです、いっそ鰤漁の船に乗りませんか」
と張切った健忘が、どこでどう渡りをつけたものか、奥能登《おくのと》の沖合で大敷網《おおじきあみ》の漁船に乗せてもらうことに段取りがついた。蚊帳《かや》をさかさに沈めたような網を何隻もの船で囲んで引揚げるのが大敷網といわれる定置網漁法で、又の名を大謀網《だいぼうあみ》。大いなる謀《はかりごと》によって、一時に数万尾も獲れることがあるかと思えば、まるでゼロのときもあるという。オールオアナッシング。そこのところがいさぎよい。

鰤網や男冥利《みょうり》の汐荒く　　真砂女

勇壮な海のドラマに血が騒ぐようである。目指すは石川県鳳至《ふげし》郡能都町宇出津《うしつ》。

「富山ではありませんが、獲るのは富山湾の鰤です。ほら、能登半島がこういうぐあいになっているでしょ」

こういうぐあいに、と健忘が左手の拳《こぶし》をぐいと下にむけて、障子に影絵をこしらえるような手つきをしながら、ほらここが輪島で、反対側のこっちが小木《おぎ》で、われわれはこの小木に泊って、朝早く小木の手前の、ほらここのところに……とたどってゆくと人差指の絆《ばん》創膏《そうこう》にぶつかって、そこが蛇の頭のような能登半島の上顎《うわあご》のあたりにあたって、その絆創膏の宇出津港から大敷網の船は出るのである。

2

フルスピードで闇から闇を縫う車の左手に黒幕を敷きつめたような海がひろがり、フロントガラスに魚市場の灯《あか》りがぼんやりにじんで、さあ著《つ》いたぞと思った瞬間、プオオオと人を馬鹿にしたようなサイレンが鳴り渡って、何隻もの船が黒いかたまりになっていっせいに出て行ってしまった。暖をとるための炭火が漁火《いさりび》のようにまたたきながら、闇の中をみるみる遠ざかっていく。車をおりた健忘が、

「早くッ、早く走って下さい」

と形相すさまじくせきたてたが、走ってみたところでどうなるものでもなさそうである。午前六時の操業開始のサイレンを待ちかねて、船は残らず出てしまったのだから、じたばたしてもはじまらない。わずか四十秒か五十秒の、しかし、遅刻は遅刻。前夜予約しておいたハイヤーの宿直運転手が、ついうかうかと寝坊したためのこの始末である。

「一と足ちがいやったな。ま、ちょっと待っとってや」

待ち受けていた能都町役場の商工水産課長氏が、寒そうに背を丸めながらどこかへ走って行ったが、やがてニコニコしながら戻ってきた。

「大敷網の組合長さんに船を出してもらう事にしたから、それで追いかけたらええ」

宇出津定置漁業組合長のお名前を魚良忠《うおよしただ》氏という。お断わりしておくが、本名である。

ようやく夜があけはじめて、どことなく青っぽくなってきた空に鳶《とんび》、烏《からす》、鷗《かもめ》が何百羽も乱舞するなかを、魚さんの船はすべるように走った。水到魚行《みずいたってうおゆく》。

沖合では、大敷網の網起しがすでにはじまっていた。五隻の船が大きな円陣を組んで、船べりに並んだ漁師たちがリズム正しく網を引いている。その中の一隻、第五宇宝曳《うおびき》丸十トンに乗り移って、操業中の船長に挨拶をする。船長のお名前は上乗《じょうじょう》茂雄氏である。上乗吉。

ゴムのズボンに作業帽、タオルで頰かむりをした屈強な漁師が五隻の船に四十六人乗っていて、大船頭《おおせんどう》と呼ばれるリーダーの合図にしたがって網をたぐってゆく。べつだん勇壮という感じも受けない。

「調子がええと歌もうたうだがにゃ、ことしは不漁《しけ》つづきで元気にゃアだよ」

わっしょオ、わっしょオという掛け声の中で、上乗さんはそういって苦笑した。並んで網を引かせてもらったら、びっくりするほど重い。へっぴり腰でたぐっていると、たちまち腰が痛くなる。

「濡れまっそォ、濡れまっそォ」

「はあ、濡れてもいいです」

たぐってもたぐっても、びしょびしょに濡れた黒い網が際限もなく出てきて、なんだか大海原の大掃除をしているような心持である。波はない。あたりが白っぽくなってきたかと思うと、鉛色の空と海とのわずかな空間にオレンジ色の細い帯ができた。うっとり見とれていたら、不意に右手の中指に激痛が走ってとびあがった。こまかな網の目に指がはさまって、はさまったままぐいぐい締めあげられたもんだから、いまにも指がねじ切れそうだった。あわてて左手で網の目をひろげようとするのだが、わっしょオ、わっしょオというう機械的なリズムにまきこまれて、なかなかうまくいかない。やっとの思いで指を引抜いてホッとしたとき、実にいい呼吸で肩ごしにいい匂いの気付け薬を差し出してくれたのが、いっしょについてきてくれた小木の旅館の番頭氏で、魔法壜《まほうびん》につめた熱燗《あつかん》の気付け薬が腹の底までしみ渡って蘇生《そせい》の思いであった。

いつのまにか五隻の船がたがいに近寄って包囲陣がぐんと縮まった。網の中で、鱵《さより》や鰯《いわし》がすいすい泳いでいる。その小魚を、鷗がさっとくわえて舞い上った。

「あ、泥棒ッ」

指をはさまれ、腰の痛みに耐えながらたぐった網だもの、雑魚《ざこ》一匹にもいうにいえない愛着があって、思わず声が出る。

水揚げは、アッというまだった。大きな網の袋がついたクレーンで三杯、ばしゃ、ばしゃ、ばしゃ、とこっちの甲板にすくいあげてそれでおしまい。堆《うずたか》くつみあげられた魚群が、ぴちぴちぴちぴち激しく動いて、目がちかちかする。

カワハギ、サヨリ、ウルメイワシ、アジ、ヤリイカ、ハマチ……。

鰤は？　鰤は四本。これでは網曳《あび》き唄も大漁唄も聞けない道理である。執拗《しつよう》に追いかけてくる鷗の群れをふりきるように全速力で港に向う船の上で、漁師たちは黙って煙草を吸っていた。唇に棒を突っこんだような感じの、みんな、くわえ煙草である。鼻息と煙草のけむりが、白く渦を巻いてうしろに飛んでゆく。ドラム罐《かん》の中でまっ赤におきた炭火を、火挟みでひょいと挟んで、二本目のハイライトに火をつけながら「鰤ほど名前が変るものはにゃア」と上乗さんが、辞典類とはまた別の呼称を呟《つぶや》いた。

「ぼうず・つばいそう・ふくらぎ・はまち・がんどう・ぶり」

3

小木の旅館の女将《おかみ》は歌人である。

金色の波は輝き朝あさを

命たたうる緑も碧《あお》も

といったような歌をたくさん詠んでいる。歌人だからお行儀がいい。

「おかえりあそばせ。大敷網、いかがでございました」

「不漁《しけ》じゃけん鰤はよくにゃア」

健忘がいっぱしの漁師のような返事をしている。風呂からあがって部屋に戻ると、ついさっき網の中でぴちぴちしていたカワハギとヤリイカが、きれいな刺身になって山のように出てきた。カワハギはぷりぷり弾力があって、ヤリイカは口の中でとろけるようで、わが獲物、と思えば風味もひとしおである。空きっ腹にお酒がよくまわって、朦朧《もうろう》としてきた頭で考える。ぼうず・ふくらぎ・はまち・がんどう・ぶり。一つ抜けている名前がどうしても思いだせない。健忘がゆらゆらしながら亀羅氏のコップにお酒をついで何かいっている。

「朝湯朝酒っていうのには、何かこう罪の意識がありますね。だけど、われわれは朝五時に宿を出て、六時から九時まで働いたんですからね。藤原審爾さんの説によると、一日に四時間働けばいい、それが人間の暮しだそうです」

弁解しているのか、いばっているのか、結局何をいいたいのかよくわからない。ぼうず・ふくらぎ・はまち・がんどう・ぶり。やっぱり一つ抜けている。面倒くさくなって、炬燵《こたつ》に足を入れたまま横になったら、たちまちわけがわからなくなった。

目が醒《さ》めたら、やわらかな日差しが障子越しにそそいで、部屋の中がまぶしいぐらい明るい。健忘も亀羅氏も、大の字になって寝ていたが、ほとんど同時に目を醒ました。三時間ぐらい眠ったようである。起きてはみたものの、とりあえずどこへ行くというあてもない。

「釣りでもしようか」

宿の裏手が九十九《つくも》湾の静かな入江で、三人並んで糸を垂れたが、水の底まで透きとおっていて、餌《えさ》がふわふわ動くのをただぼんやり眺めるだけである。

能登のととらくという言葉がある。能登の女は働き者が多くて、ために男は楽をするという意味で、能登のととらく加賀のかからくと呼応する。そういえば、能登半島のどこへ行っても、目につくのは働く女性の姿ばかりで、道路工事まで女が受持っていた。モンペに長靴、ひさしの広い帽子の上からネッカチーフで頬かむりをした彼女たちの、まっ赤な頬っぺたの色が目の底に残っている。

キラキラ光る縮緬《ちりめん》波の反射を顔に受けながら釣糸を垂れていると、また瞼《まぶた》がくっつきそうになる。

「能登のととらく紀行となりにけり、だね」

「たまにはいいでしょう」

「人間らしく、か」

夕食に鰤の刺身が出た。ほかに、ズワイ蟹《がに》、さざえ、蛸《たこ》、メバルの唐揚、車海老《くるまえび》の塩焼と海の幸が豊富に並んで、きょろきょろ目移りがするけれど、鰤をたべにきたのだからせっせと鰤をたべる。脂がのってとろりとしていた。テレビの天気予報が「石川県地方、雨のち雪、海上は波浪注意」と報じるのを聞いて、亀羅氏が「よしよし」と満足そうな顔をした。あしたは小木とは反対側の日本海沿いの外浦に出て輪島に泊る。女性的な内浦とは対照的な外浦の風景は、悪天候のほうがふさわしい。それに、どうしても見たいものがある。奥能登の曽々木《そそぎ》海岸に乱舞する「波の花」という珍現象を見て帰りたい。毎年この季節になると、砕けた波の泡が大きなかたまりになって、空高く飛散する。ただし、好天の日には見られない。だからぜひ予報どおりになってほしかったのに、翌日も上天気で、波の花は発生していなかった。

夕方、輪島に著いたら、市役所の観光係長氏が「このところ天気ぐあいがどうも」と、いかにも気の毒そうにいう。

「生憎《あいにく》お天気つづきで、あったかいし、波は静かだし、雪はないし、風も吹かないし、いつもはこんなじゃないんですけどねえ」

生憎お天気つづきで、という言いまわしが妙におかしかった。

次の日、輪島名物の朝市を見に行くと、天候は一変していた。いまにも降りだしそうな灰色の空が低くかぶさり、路地のむこうの防波堤に砕ける波が、白いけむりになってスローモーション画面のように舞い上る。風がおそろしく冷たい。

繁華街の両側にずらりと市が立っていた。コウバコ蟹、サバ、タラ、海草、カレイ、あわびといったものが多い。着ぶくれた婆さまたちが、口ぐちに、

「買ってかんけえ、買ってかんけえ」

と尻上りの調子で呼んでいる。二、三度いったりきたりするうちに、こっちが見物されているような気分になってきた。

お昼前に輪島を引揚げて、きのうのコースを逆にたどって曽々木海岸に車を走らせる。奇岩が連なる波打際の道路に、不意に雪が降ってきたと思ったら、雪ではなくて、それが待望の波の花で、岩と岩との窪《くぼ》みから、ふわりふわりと白いかたまりが舞い上っている。車をおりて、そばに近寄ってみると、打ち寄せた波が岩の窪みに押しこめられて、褐色味をおびた泡が窮屈そうにうごめいていた。

「きれいなものじゃありませんね」

「ガリバーの小便壺だな」

次々に砕ける波に押し寄せられて、泡がもりあがり、もりあがった泡がゆらゆら揺れているところに強風が吹きつけると、大小さまざまな泡のかたまりにちぎれて吹き上げられる。いつまで見ていても見飽きがしない。そのかわり、重武装した足の先まで凍りつくような寒さである。

卍巴《まんじともえ》と舞い狂う波の花のまん中に立っていると、白いかたまりは、泡のようでもあるし、ヘドロのようでもあるし、雪のようでもあって、

降る雪の卍巴に鰤景気　花風

という俳句を思いだしたが、鰤景気はどうやらことしは望めそうもないのである。

留学以前——祇園《ぎおん》

1

さーのやーの糸ざくら
盆にはきょうも忙しや……（略）
赤前垂《あかまえーだ》れに繻子《しゅす》の帯
ちょっと寄らんせ這入《はい》らんせ
巾着《きんちゃーく》に銭《ぜぜ》が無い
無《の》うてもだんない這入らんせ
おー辛気《しんき》こー辛気《しんき》

古い古いわらべ唄の文句を思いだそうとして、さっきからきれいな人たちが、てんでんばらばらに歌っている。

〽赤まえ―だれに繻子の帯……

記憶の糸口はどうやらそのへんにあるとみえて、赤前垂れと繻子の帯がしきりに出たり引っ込んだりするうちに、全文めでたくつながった。なんとなくほっとして、ほっとすると酔いがまた一段とまわるようである。まっ白な顔と極彩色の衣裳《いしょう》が、座敷じゅうにふわふわ棚引いている。

「おひとつどうどす？」

と右から、

「お飲みやす」

と左からお酌の手が同時にのびて、とたんに昔の人の戯《ぎ》れ歌を思いだした。

たのしみは
後《うしろ》に柱前に酒
左右に女懐ろに金

懐ろを除いて、前後左右の条件はことごとくととのっているが、べつだん男子の本懐というほどのこともない。健忘の様子を窺《うかが》うと、同じように美女に囲まれて、赤い顔をして涙ぐんでいる。欠伸《あくび》を嚙《か》み殺した直後らしい。目の前に酒のつまみがちまちまと並んでいて、そのちまちまとした感じはお雛《ひな》様のお供えにさも似たり。そのお雛様のお供えを口に運びながら、わらべ唄を聞いていると、女の子にまじってままごと遊びをしている男の子る。

のような心持になってくる〽赤まえーだれに繻子の帯……

「赤前垂れ」は文字どおり赤の前垂れ、早い話が赤いエプロンのことだが、転じて、お茶屋の格式を示す祇園語彙《ごい》でもある。「あそこのお茶屋は赤前垂れや」というぐあいに用い。

京都の古くからの遊びどころは次のとおり。祇園町・先斗町《ぽんとちょう》・宮川町《みやがわちょう》・祇園東部・七条新地・上七軒《かみしちけん》・島原・五番町・中書島《ちゅうじょじま》・墨染《すみぞめ》。純然たるお茶屋と、それに「六遊廓《ゆうかく》」と呼ばれてもう一つ別の性格を備えていた地域とがごっちゃになっているから、そう簡単にランクづけはできないけれども、格式最高と自他ともに許すのが祇園町で、その祇園のなかでもひときわ誇り高い一流のお茶屋では、むかし仲居たちが深紅色の大きな前掛けをしめていた。即《すなわ》ち「赤前垂れ」である。大石内蔵助《くらのすけ》が遊んだという高名なお茶屋なぞは、さしずめ筆頭赤前垂れだろう。

「大石さんが亡くなりはって二百七十年らしおすけど、あのころの一力さんは伏見の撞木《しゅもく》町《まち》にあったんどっせ」

佐藤さん、岸さん、吉田さんあたりまでならともかく、たとえば伊藤（博文）さんとは呼びにくい。それを区役所の戸籍係のように、いとも気やすく大石さんと発するところもまた格式か。

「そんなんと違います。どういうたらええんやろ。三越、大丸は、三越さん大丸さんやけど、高島屋は高島屋はん、丸物は丸物つぁんいいます。大石さんもそれと同じどす」

その大石さんの遊んだお茶屋に、何かの用事で警察署長がやってきたら、赤前垂れの仲居が「お台所へおまわりやす」と、嘘かまことか、歯牙《しが》にもかけなかったという。

「赤前垂れは仲居さんの勲章どっせ」

そういう赫々《かっかく》たる武勲までは知らなかった。仲居といえば、酒肴《しゅこう》を運んだり下げたりするだけの下女的存在を考えていたからである。九つか十で奉公にだされ、同じ年頃の子が、舞妓《まいこ》見習いから舞妓になり芸妓になり、美しい商品として光り輝くのを横目に、じっと下積みの生活にたえてゆくのはどんな心地だろう。青春をはなやかな場に埋没させ、はなやかな場であるだけに、いっそう哀れを感じる。しかも一方では、極道の終点は祇園の仲居だ、という言葉も耳にした。それもまたうなずけるような気がする。半生を、ということはほとんど女の一生をこの世界に捧げて、両性機微の沙汰をいやというほど裏側から眺めてきた女なら、いかなる男をも満足させるにちがいない。

ああどす、こうどす、いややわァ、かんにんどっせ、と黄色い声が飛びかう座敷のなかで、仲居のおふくさんがどっしりとすわっている。ほんとうは別の名前なのだけれども、こんなところに引合いにだされるのは迷惑なだけだろう。しぶい藍《あい》のお召しに包まれたゆたかな肉づきと、ぽってりとした顔がいかにも福々しいから、仮の名をおふくさん。

あしたは、おふくさんとゆっくり話をしてみたいと思う。

2

「いまの仲居でっか？　まあ話になりませんわ。お茶屋のおかみが社長で、仲居が専務と呼ばれたりするご時勢やさかい……」

おふくさんよりも二た時代ぐらい前に、赤前垂れの仲居をしていた、これも仮の名をおかねさんが、猛烈な早口でまくしたてた。十五歳でこの世界にはいり、〝おちょぼ〟と呼ばれる走り使いを四年、仲居見習いを一年、はたちで仲居、そうして二十三歳のときがいまから四十数年前のことだったというから、若くみえるけれども、もう六十の半ばをこしている。いまはれっきとしたお茶屋のおかみさんで、自分のところにも仲居がいるから、現役のつとめぶりがじれったくてならないらしい。

「むかしはおちょぼを三年から五年せんと仲居になれしまへん。子供心にも、そりゃ舞妓芸妓がうらやましおした。けど、芸ができなあきまへんやろ。ま、家が貧乏で、子供仰山《ぎょうさん》いるようなとこの子ォやないとこの商売続きしません。芸者抱くのに飽いたら舞妓の水揚げ、水揚げに飽いたら仲居、と、よういわれますけどな、仲居はやはりゲテものどす。ほんとうの旦那はなんというたかて、芸妓を囲いはる。それで、ええ芸妓にええお客をあてがうのが仲居の腕どしてな、いうたらホームランや。枕金の配分は、お茶屋が一割、男衆《おとこし》が五分、仲居が心づけいうのがきまりどした」

お断わりしておくが、おかねさんは、むかしむかしの話をしているのである。いまはどうなんだ、などとそんなことを聞くものではない。

このおかねさんを紹介してくれたのは、大金持の七兵衛さんで、七兵衛さんは京都にその人ありと聞えた一代の蕩児《とうじ》である。親から受け継いだ財産を若いうちに蕩尽して、改めて財を築いたご仁《じん》だから、蕩児といっても筋金入りである。

「いや、親の財産いうても知れたもんですわ。いまの金額にして、そうですなあ、不動産をいれて百億、処分値五十億いうところですやろ。ま、たいしたことないですな」

と、こともなく言い放つ七兵衛さんを、不思議のご縁で以前から存じ上げていたので、おふくさんの話を聞く前に、大先輩のおかねさんに会わせてもらったのである。会ったからといって、もとより祇園のすべてがわかるというものではない。あの世界はわからないことが多すぎる。舞妓・芸妓のたどる道にしても、店出し、水揚げ、襟替《えりか》え、引祝いといった言葉としてはよくわかるのだが、それが現代のお茶屋の経済機構とどうかかわりあっているのか、そこから先はもやもやとしていて、どこまでいっても不得要領である。それにまた、いうにいえない暗黙の了解の上に成り立っているような部分が少なくないので、十人に聞けば十人答えがちがう。おそらくそのどれもがあたっているのだろうし、どれもがあたっていないのだろうと思われる。

なまめかしい、しかし不思議が多すぎるお茶屋のあれこれを学習すべく、昨夜に続いておふくさんをたずねたものの、考えてみれば、一度や二度お茶屋にあがって、それで全部わかろうというのがそもそもあつかましい。そんなことでわかってしまったら、百億の財産を蕩尽した七兵衛さんの立つ瀬がないではないか。自分のお金を使って、そうして体でおぼえなければ、こういう世界の真実はわかるものではない。

「そうどすな。ですからね」

と、おふくさんはいう。

「どこのお茶屋さんにも〝台所のお客さん〟いうのが一人や二人いやはります」

遊びにきても座敷にあがらずに、台所の隅で黙々とお酒を飲んで、むろんそのぶんの勘定はきちんとして帰るんだそうである。毎日のように台所通いをして、それでようやくいろいろなことがわかってくる。

「つまり、旦那衆になる修業の場いうわけどす。そういうお客さんが、ドーンとお座敷にあがったら、これほどおもしろいお客さんはおへん」

後学のために、台所を見せてもらった。安アパートの台所と少しも変りがないような流し台の前に三畳の小部屋があって、テレビ、茶簞笥《ちゃだんす》、整理棚、それに普通電話、室内電話、組合直通電話三台の受話器がところ狭しと並んでいるから、実質には二畳分にみたない。棚の上に新書版の本が一冊載っていて、背を見たら『ウンコによる健康診断』と読めた。

この空間で黙然と酒を飲みながら、全身を目や耳にしている大紳士のご尊顔を、一度見てみたい。

3

二十年前、新制中学を出てすぐにこの社会にはいったおふくさんは、だからことし三十六か七である。肌が白くて、顔がふっくらしていて、目が小さくて、笑うとその目が細くなって、向き合っているだけで心がやすらぐような雰囲気《ふんいき》を身につけている。いまの仲居ときたひには、とおかねさんはこきおろしたけれど、白紙で臨んだ私の印象でいわせてもらえば、おふくさんの印象は〝祇園菩薩《ぼさつ》〟である。外面《げめん》如菩薩。ただし内心如夜叉《やしゃ》と続くかどうか、そいつは台所留学をしていないからわからない。ただ、内面的にもすこぶる充実した生活を送っているらしいことは、自信にみちた言葉のはしばしによって察しがついた。

「この商売おもしろうなったんは、三十すぎてですねん。瞬間々々によろこびがあって、女の職業としてはいちばんおもしろいのんとちがいますか。お座敷のプロデューサーとして、自分でアレンジできますやろ」

お客の好みや懐ろに合わせて自由自在に、企画構成演出するのが仲居のまず第一の任務である。祇園のお茶屋は百四十三軒。芸妓が二百二十人。舞妓はたった二十二人。そこで、一人でも多く、しかもできるだけいい舞妓を呼ぶことも仲居の腕の一つとされている。そのほか、料亭での宴会の手配、お客の名所案内、列車や飛行機の切符の手配、毎月の集金、中元や歳暮のおとくいまわり、都をどりの切符販売と、雑多な用事が山ほどある。東京でパーティーがあったり、デパートの物産展があったりすると、舞妓・芸妓を引率して出張もしなければならない。それから、水揚げだの旦那だの、あのいうにいえない任務が現在ただいまでもあるのかないのか、そこのところは〝台所留学〟でもしない限り、そらおますともおへんとも、そう簡単に教えてくれっこない。それで、むかしむかしのそのむかし、おふくさんが多感な娘仲居だったころ、男と女とのことを運びながら、ふとわが身をふりかえったりすることはなかったのだろうか。

「全然おへんね、そらもうビジネスですわ」

と答えて、おふくさんはあとを続けた。

「若いうちはお嫁にいきたいという夢もおしたし、自分が花形になりたい気ィもありました。ときには、好きやなあと思うお客さんもおした。でも帯に短しタスキに長しでしたなあ。ちょっと仲居でもつまもかなあというようなお客さんもおますけど、それはこちらが困りますしな」

舞妓の化粧姿を撮りたいという亀羅氏の希望を容《い》れて、おふくさんが置屋に案内してくれた。置屋のことを館《やかた》と祇園では呼ぶ。その館の、およそ〝女の館〟らしからぬ殺風景な小部屋で、二人の舞妓が素顔で待っていてくれた。顔の化粧に約二十分、着付に十分。われわれが見守る目の前で、二人とも何から何までそっくり着換えたが、電光石火、そのあざやかなお手並みの前に、ハッとするような場面はほんの一瞬たりともなかったのである。お生憎さま。

外に出ると、春の日ざしが、紅殻《べんがら》格子の家並みをやわらかく照らして、まことにのどかな日曜日の午後である。すぐ近くを流れる白川にかかる小さな橋のたもとに立っていると、ミニスカートにポニーテールの一見女子学生風の娘さんや、成人式にでも出掛けるような白い和服の娘さんが、細い路地から出てきて、おふくさんに会釈をして通りすぎてゆく。どちらも舞妓だそうだ。反対側から、垢抜《あかぬ》けたスーツに身を包んだ令嬢風のたいそうな美女が小走りに歩いてきて、橋の前のお稲荷《いなり》さんの鳥居にちょこっと手を合わせてから、また急ぎ足でどこかへ消えた。これは芸妓だそうで、彼女が左へ曲るその曲り角の日だまりの空地に、おそろしくむさくるしい乞食《こじき》が胡坐《あぐら》をかいて、表紙のちぎれた女性週刊誌を熱心に読みふけっている。

「あのお乞食はん、もう長いことといやはるんどす。あんまりきたないさかい退《の》いてもらおういう話もあったんやけど、以前に、お茶屋さんのボヤを発見して報《しら》せはったことがあって、それで強いこともいえしません」

お稲荷さんの手水《ちょうず》で口をすすぎ、時たま裸になって白川の水で体を洗い、お茶屋から出る残り物を食べて、毎日ああやっているらしい。見ていると、小さなブリキの空き罐《かん》から吸いかけのフィルター付きの煙草を大事そうにとりだして、蓬々《ほうほう》たる顎鬚《あごひげ》をかきわけるようにして吸いはじめた。よほど煙草好きらしくて、目を細めて味わっている。その吸い方があんまりうまそうなので、私もつられて一本くわえて火をつけた。私の煙草は「いこい」で、フィルターの付いた彼の煙草に比べたら安物にちがいない。安いけれど、しかし、これは上等の煙草なのである。ゆうべおふくさんのところの座敷で、ポケットから「いこい」をとりだしたとたんに、かわいらしい舞妓が、「いやァ珍しわア、社長煙草吸うてはる」

と叫びはった。うまいことをいうと感心した。

その社長煙草を、あのお薦《こも》さんに献じようと思う。いま二本目に火をつけたばかりで、まだあと十八本残っている「いこい」の袋を喜捨《きしゃ》したら、おおきにおおきに、と何度も頭をさげた。聞いてみると、ことし七十三歳、祇園に住みついてもう八年になるという。八年間、嬌声《きょうせい》さんざめくこの地のにぎわいが、彼の目にどう映じたか。

「なんとも思わんの。むかしはわしもああいう思いをしたことがあったからなあ」

能登の山奥で木挽《こびき》をしていて、そのあと漁師になり、杜氏《とうじ》になったという彼は、低い声でぼそぼそとそういった。こういう人はよくそういうことを口にしたがるもので、だから、嘘かもしれない、ほんとかもしれない。どっちでもかまわない。

横にしゃがみこんで、お鷹さんといっしょに「いこい」をゆっくり吸っていると、白い煙が肌寒い風に流れて、その煙のむこうでおふくさんの丸い着物姿が陽炎《かげろう》のように揺れた。

はずかしい旅——蒲原《かんばら》

1

どこの駅からどうやって貨物列車なぞに乗込んだのか、いまとなってはまるっきり記憶がない。とにかく、行けども行けども闇の中といった感じの、うんざりするほど長い一夜の旅だった。まっくらな貨車の中で、子供心に「動く防空壕《ぼうくうごう》みたいだ」と思ったことと、夜中に尿意を催して目が醒めたことだけをはっきりおぼえている。

日本国有鉄道の符牒《ふちょう》で、あれはワムというのかワフというのか、暗闇から引出した牛みたいな黒い有蓋《ゆうがい》貨車の、大きな重い扉をあけたのが母で、うしろから私の半ズボンのベルトをしっかりつかまえていてくれたのが父で、あるいはその逆だったかもしれないが、驀進《ばくしん》する貨車から身を乗り出したとたんに、バサッと風の塊が顔にぶつかって、ハッと睡《ね》気《け》が醒めたかと思うと、次の瞬間、地の底に吸込まれるような恐怖感に襲われた。見渡すかぎり黒一色の、ここは平野なのか山間《やまあい》なのか海辺なのか、それさえ判別できないくろぐろとした空間に、抛物線《ほうぶつせん》をえがくべきおしっこが水平に流れて、おそろしい勢いでうしろに飛んでゆく。そのおしっこに引っぱられたように、小さなおちんちんの先が弓なりに曲って、いまにもちぎれそうだったことを、二十六年たったいま、ありありと思いだす。

昭和二十年五月二十五日の空襲で東京の家を焼けだされ、とりあえず兵庫県の片田舎の親戚《しんせき》に身を寄せていた母と私を、漸《ようや》く父が迎えにきたのが敗戦後数カ月たったその年の初冬のことで、当時小学四年生だった私には、何が何やらわけもわからぬまま、有蓋貨車は巨大な闇を切り裂きながらいつまでも走り続けた。そうして、気がついたときには見たこともない小さな駅に、親子三人で立っていた。すがすがしい潮の香と、なまぐさい魚のはらわたの臭いがいりまじったような、一種強烈な空気を胸一杯に吸込んで、ほっと生き返った。駅の標識に、

かんばら

と書いてあった。

興津《おきつ》、由比《ゆい》、蒲原……と駿河《するが》湾沿いに続く半農半漁の何の変哲もないこの町が、私の第二の故郷になろうとは、私自身はもちろん、両親にしてもこの時は夢想もしていなかったのだが、あっというまに月日は流れて、少年期から思春期にかけての八年間を私はこの土地で過した。都会の、それもお坊っちゃん学校として知られた小学校の、そのなかでもとりわけおとなしいグループに属していた私は、気性も荒ければガラも悪いこの見知らぬ土

地で、鍛えられる前に萎縮《いしゅく》しきってしまった。

もっとも、子供というのは、環境の変化に対する即応力を本能的に身につけているもので、したがって一と月もたたないうちに「おまえも蒲原の子供になったのう」と父にいわれたりしたのだけれども、肚《はら》の底では、ちくしょう蒲原なんて蒲原なんて、といつも歯ぎしりばかりして暮していた。静岡県庵原《いはら》郡蒲原町は、私にとって終始一貫愁嘆呪詛《じゅそ》の対象であった。

憎っくきあの町へ行ってみようと思う。

「そんなに憎いもんですかね」

「憎いね、思いだすだに身ぶるいがでる。かんばらという音《おん》を聞いただけで蕁麻疹《じんましん》がでそうになる」

「あんなこといって、ほんとは懐かしいんでしょう」

そ、そんなことあるもんか、懐かしいだなんて断じてそんな……とムキになりかかった私の言葉をぴしゃりと封じて、健忘がきいたふうなことをいう。

「ふるさとへまわる六部の気のよわり、か」

冗談いっちゃいけない。あんなところがふるさとであってたまるもんか。

「まあいいですよ。行きましょう、そこへ」

「行ったって、なんにもない町だよ」

「なにかあるでしょう」

「まったくなんにもない。それだけは保証する」

「保証つき阿呆旅行か。それもいいじゃないですか。行きましょう行きましょう」

2

いまにも倒れそうな老朽木造校舎の、四年二組の教室におずおずと這入ると、ここにもやっぱり魚の腐ったような臭いが充満していて、担任訓導の横でペコリと頭をさげたら、教室じゅうの視線が皮膚に突き刺さった。一時限終了の鐘が鳴って、なにはともあれ臭くない空気を吸いたいと思って廊下に出たとたんに、だれかに襟首をつかまれた。

「われァ東京の学校からきただら。おとなしそうな顔してるじゃん。どう（どれ）、かわいがってやらすか（やろうか）」

ああもすうもなかった。いきなり足払いをかけられて、仰向けにたたきつけられた。平家蟹のような顔をした洟垂《はなた》れ小僧が、にやりと笑ってかけだしていった。こにくらしいあの下手人の表情と、Oというそいつの名前を、私は人一倍執念ぶかいから二十六年間忘れたことがない。これからも、おそらく一生忘れないだろう。

「わかってないんだなあ、江國さんは」

と、興津の宿《やど》から蒲原に向う車のハンドルを握りながら、健忘がいう。

「なにがわかってないんだね」

「その平家蟹はね、江國少年と仲良しになりたかったんですよ。足払いは、彼の精一杯の親愛の表現なんだ」

「………」

「どうかしましたか」

「健忘君、もう一度それを言ったら、絶交する」

「そんな無茶な」

　無茶だろうとなんだろうと構わない。いかにも児童心理の機微をとらえたようなこの種の考察を、私は認めないというよりむしろ憎んでいる。いま健忘の口から出た言葉と同じ意味合いの科白《せりふ》を、あの頃、おとなたちから何度聞かされたかわからない。聞くたびに腹が立った。何が親愛の情だ、何が仲良しになりたいだ、いじめられる身にもなってみろと思った。平家蟹を殺してやりたいと思った。あとでだんだん教室の様子がわかってくると、平家蟹はべつに餓鬼大将でもなんでもなくて、もっとおそろしい悪たれがほかにうじゃうじゃいることを、これまた身をもって知らされた。猪《いのしし》のような顔をしたUは、小学生の分際で町のチンピラの仲間に加わっていて、その頃から輪姦の常習者だったということを、ずっとのちになって知った。猪はめったに登校してこなかったが、出てくると「金をよこせ」といってすごんだ。持っていないと答えると、親の財布から抜いてこいという。断われるものではない。二、三回親の金をくすねたところで見つかって、親父にこっぴどく叱られた。蝙蝠面《こうもりづら》をしたKは、授業中に教師の質問に手をあげたり答えたりしてみろ、ぶっくらわすぞ、といった。「ひっぱたく」と「ぶっとばす」を一緒にしたような、これは土地の方言で、ぶっくらわすがさらに訛《なま》って、ぶっかァすぞ、といつも聞えた。転校後初めて受取った通信簿の寸評欄に、分ツテイテモ答ヘナイ、積極性ニ乏シ、とあった。乏シといわれたって困る。なにしろ、蝙蝠も猪も平家蟹もそれ以外の悪たれも、口を開けば「ぶっかァすぞ」である。

休み時間がおそろしい。昼休みは時間が長いだけにさらにおそろしい。授業時間が終らなければよいと思った。

「ふーん、勉強の虫だったんだなあ」

後部シートで亀羅氏が感にたえたようにつぶやいた。

「と、思うでしょ。それがさに非《あら》ず」

教科書はGHQの命に従って墨で黒く塗りつぶされているし、教師自身も、新しい教育方針や価値観にとまどっておろおろしているのだから、勉強なんかおもしろいわけがない。教科書のかげで、先生の似顔をかいたり、消しゴムを刻んで野球ゲームをやったり、それで成績はいつもトップクラスというのは、なにも頭がいいからではなくて、これこそ学校差の見本で、こういう状況は始末に負えない。一生の不幸だったと思う。勉強しなかったのは、だれが悪いのでもない、自分が悪いのにきまっているが、そうはいっても小学四年生、十や十一でそこまで考えが及ぶものか。

絶望的な恐怖感を骨身に染みて味わったその小学校は跡かたもなかった。海と山にはさまれた、ふんどしのように細長い町のほぼ中央に位置する敷地跡に、近代的な警察署、消防署、公民館、福祉センターが、うまい配列で建ち並んでいる。山の中腹を走る東名高速道路のすぐそばに、小学校はとうの昔に移転したのだそうだ。駐車場と児童遊園地を兼ねた小学校跡の広場に、初夏の日差しがきらきらと降りそそいで、午前十一時という時間のせいか、人っ子一人見当らない。

「のどかですねえ。睡くなってくる」

赤青黄に塗りわけられた子供の遊び道具の一つに腰をおろして、健忘がうずくまっている。そういうような恰好で、私もあの頃一人でよくうずくまっていた。放課後、ぐずぐずしているとそれだけいじめられるのだから、終業の合図と同時に一目散に逃げだして、学校から徒歩二十分のわが家の裏山にある立派な神社の境内にうずくまって、眼の下の駿河湾をぼんやり眺めるのが当時の日課だった。その神社にも行ってみた。「立派な」と書いたけれども、それはあの当時の印象で、いま行ってみたら、まるでプラモデルのような、吹けば飛ぶようなみすぼらしい神社で、無人のお堂の中に、静岡県神社庁発行の神社等級認証書という額が飾ってあって〈九等級神社〉と読めた。

「九等級か、おもしろいなあ、うん、おもしろい」

と、しきりにおもしろがる健忘のそばで、亀羅氏がそわそわしている。考えてみれば、警察署だの公民館だの九等級神社だの、そんなところばかりでは写真の撮りようがあるまい。

「健忘君、写真はどうする？」

「あッ、忘れてた」

第一回の伊勢阿呆旅行で新幹線の切符を忘れて以来、毎回確実に何かしら忘れることを忘れない健忘が、ここに至っていよいよ本領を発揮した。いまに、われを忘れなければよいが。

「ちょっと二人でロケハンしてきます」

「何度もいうようだけれど、なんにもない町だよ」

「でもちょっとひとまわりしてきます。一緒にきますか」

「いや遠慮しとこう。蒲原駅の待合室で待ってるよ」

九等級神社のこの地点から、いじめっ子に出会わない道を選んで、路地から路地を抜け、旧東海道と国道一号線を横切ると東海道本線が走っていて、線路伝いに駅まで歩くと、子供の足で四十分ぐらいかかった。同じコースを辿《たど》って、急ぐ旅ではなし、駅までぶらぶら歩いてみようと思う。

3

五分も歩くと、背中が汗ばんできた。けずりぶしの材料の干し場があちこちにあるとみえて、歩いても歩いても臭気が追いかけてくる。天気のよい日は、臭いも一段ときついようである。線路伝いにぼんやり歩くうちに、だんだんつまらなくなってきた。どうしてこの町にやってきたのだろう。きて、どうしようというのか。

これが野坂昭如少年のような、五木寛之少年のような、言語に絶する強烈な敗戦時体験を送ったというのであれば話はべつである。心身ともにもやしのようにひ弱な都会の子が田舎の子にいじめられたというだけのことで、考えてみれば、考えてみなくても、こいつはおよそしまらない。甘ったれるのもいい加減にしろ、と思う。思うけれども、しかし、あいつらを赦《ゆる》す気にはなれない。アドルフ・アイヒマンを草の根わけて捜し出したユダヤ人の心境が、私にはよくわかる。線路ぎわで弁当をつかっていた四、五人の工夫が、いっせいに顔をあげて、怪しいやつでも見るような表情を浮べた。きっと、こわい顔をして歩いていたのだろう。そのこわい顔のまま駅についた。

国鉄東京鉄道管理局発行の機関紙『とうてつ』に「私の好きな駅」という連載欄があって、数年前、私にもお鉢がまわってきた。

「恨みぞ深き蒲原駅を、その後何十回となく急行や特急で通過した。そのたびに、目をそむけて通りたい気持と、目をこらして眺めたい気持の両方が働いて、しかし結局は、おでこを車窓にくっつけて、くいいるように見つめるのが常で、そうすると、窓はあかないのにあの魚くさい臭いが鼻先に漂って、思わずうっとりしてしまうところをみると、私の好きな駅は、いまいましいことに、やっぱり蒲原駅なのである」

といったようなことを、貨車の旅の記憶と結びつけて書いた。

その蒲原駅の駅舎は、いつのまにかコンクリート打放しの瀟洒《しょうしゃ》な建物に変って、面目を一新していた。がらんとした待合室のベンチに凭《もた》れて、プラットホームの向う側から吹いてくる潮風を吸込んだら、それでもうほかにすることもない。時おり、グリーンとオレンジ色の湘南電車型の列車が這入ってきて、すぐまた出てゆく。三島行、甲府行、島田行……。栄光の東海道線もいまやローカル線におちぶれたか、と無理に感慨をこめてつぶやいてみたところで、なんの意味もない。反対側の駅前広場に目をやると、スカッとさわやか、と大書した赤いトラックがたくさんの壜《びん》を積んだまま、さっきから停っている。おもしろくもおかしくもない。何本目かの煙草に火をつけて、健忘と亀羅氏が戻ってくるのをただ待っているだけである。

ゆらゆらと流れて消える紫煙をぼんやり眺めていると、連想はどうしてもそっちのほうに引っぱられて、煙の中から憎たらしいIの顔が現われた。Iは狸《たぬき》に似た子で、授業が終るが早いか、机に腰かけて「アー、ヤニが切れた」とほざいて、ポケットから煙草の吸殻をとりだすのが毎度のことで、これが小学校四年生なのである。この狸にも、さんざんおどかされた。

「われンおやじも煙草吸うら（吸うんだろう）。あしたまでに二、三本持ってこい」

財布から二、三枚抜いてこいという猪の要求のことを思えば、お安いご用である。それで、何度も父の煙草を失敬して学校へ運んだのだが、なんという罪深いことをしたのかと、いまにして思う。昭和二十、二十一、二十二年といったころの煙草は、ダイヤモンドより貴重だった。「煙草配給一日三本に」（毎日新聞22・7・16付）というような時代である。配給の粉煙草に、芋だの虎杖《いたどり》の葉っぱを刻んで、手製の煙草巻き器で一本ずつ巻いた煙草を、小さな鋏《はさみ》でさらに三つに切って、そいつをうまそうに吸っていた父の表情を思いだす。煙草泥棒は、私の生涯での最大の親不孝であった、と、わが身が重量級喫煙者《ヘビー・スモーカー》になってみて、はじめてわかった。いまさらのように胸が痛む。

苦い記憶を嚙みしめながら、所在なく煙草の煙を輪にふかす。その輪がくずれる直前にいろいろな顔の形にみえる。狸がいる、猪がいる、蝙蝠がいる、平家蟹がいる、と数えてゆくうちに、きのうも同じようなことがあったな、と思いだした。興津の宿のすぐ近くにある名刹清見寺《めいさつせいけんじ》に、それはみごとな五百羅漢尊者の石像が並んでいる。仔細《しさい》に見てまわると、一体ずつ全部表情がちがう。不意にかたわらで、「A子がいる、B子がいる、おや、C子もいる」という健忘の声がして、どうやら馴染《なじみ》の銀座ホステスの顔《かんばせ》を石像の面《おもて》に見《み》出《いだ》したらしく、いわれてみれば、なるほど、狸もいた、猪もいた、蝙蝠もいた、平家蟹もいた。

駅の待合室のかたいベンチに、あんまり長くすわっていたもんだから、尻が痛くなってきた。たて続けにふかした煙草のおかげで、舌がヒリヒリする。駅前広場の赤いトラックはまだ動かない。もうかれこれ二時間になる。健忘の車は、いつまでたってもやってこない。忘れたのかもしれない。

うわの空旅——熊本

1

　翼が傾いて、通路を隔てたむこう側の小さな窓ごしに、熊本空港の建物が豆粒ほどの大きさでちらりと見えた瞬間、胸の裡《うち》にあたたかいものがひろがった。そのあたたかいものをもう一度噛《か》みしめてこようというのが今度の旅の目的で、熊本は七年ぶりである。

　そのころ私は週刊誌の編集者をしており、熊本にやってきたのは遠藤周作氏の取材旅行にお供するためで、七年前の、あれはたしか梅雨時分だったと思う。行くさきざきで雨にたたられて、とうとう帰る日まで天気は回復しなかった。滑走路の上に低く雨雲がたれこめた熊本空港の待合室で、遠藤さんは貧乏ゆすりをしながら「まだか、まだか」としきりに催促なさるのだが、しきりに催促したからといって飛行機の出発が早くなるわけのものではない。聞きわけのない子供みたいなことを、遠藤さんは旅に出ると口になさる。

「なあ、江國君——」

「まだですよ」

「まだまだ、か」

「まだまだ、です」

「それならばだな、タクシーでちょっと市内まで引返そやないか」

「忘れ物ですか」

「いや、そういうわけやないが、なあ江國君よ」

「なんです」

「ゆうべ料理屋で食っためし、うまい米やったなあ」

「名だたる肥後米ですからね」

「その肥後米を、いまから買って帰ろやないか。な、いいやろ、タクシーでひとっ走り
……」

「冗談じゃありませんよ。そんなことしてたら乗りおくれます。駄目です、絶対に駄目」

絶対に、と思わずリキみ返ったのは、遠藤さんの突然の提案があまりにも魅力的だったからにほかならない。前の晩、お城のすぐ下の料亭Oでたべた肥後米は、実際、驚倒するほどうまかった。あのお米を買ってこなかったのは不覚であった。かえすがえすも残念無念とボヤいているうちに、ようやく東京行の搭乗《とうじょう》案内のアナウンスがはじまった。

「どっこいしょ」

とご自分の著作目録のような声をだして、長身の遠藤さんが立上ったとたんに、息せき切って、という形容どおりの勢いで、見おぼえのある中年の女性が駆込んできた。

「ああ、間におうてよか。はい、これ女将《おかみ》からのおみやげですたい」

肥後米をぎっしりつめた大きな袋を両手にさげて、仲居のお京さんは息をはずませていた。

勿体《もったい》なくも忝《かたじけ》ない贈物を、後世大事に持って帰って賞味した。豊葦原瑞穂之国《とよあしはらみずほのくに》に生れた仕合せをしみじみ感謝したくなるような、それはすばらしい味だった。私事にわたって憚《はばか》りあるが、ことのついでに付言すれば、当時私の老父が大病のあげく食べものが殆ど喉《のど》を通らない状態が続いていたので、このお米をとどけて粥《かゆ》にしてたべさせた――題して「人情肥後米」の一席、とかなんとか、いつぞや旅先の宿で酔っ払って口走ったのを健忘がおぼえていて、それでいまこうして熊本空港の上空にさしかかったものの、七年も前のお客、それもお供のほうを先様でおぼえているかどうか、そいつはわからない。忘れていたら、それはそれでいい。お米についてはかねがね大いに関心を持っていたし、いいたいことも山ほどある。この際、お米の勉強をして帰ろう。すなわち今月は〝農政エック〟である。

杜《もり》の都といわれるだけあって、眼下に見る熊本の街は、どこもかしこもあざやかな緑に包まれていた。新緑の候は米価の候。毎年この季節を迎えると、新聞が連日一面のトップで報じて飽きないところをみれば、米価というものはよくよくの重大事らしいと容易に察しはつくけれども、しかし、いくら考えてもどうも釈然としない。豚に食わせてなお余りあり七百万噸《トン》の余剰米に悲鳴をあげながら、せっせと高く買上げて安く売って、したがって逆ザヤ方式による食管赤字はふえる一方というのだからおかしな話だと思う。

もう一度座席ベルトをたしかめるようにというスチュワーデスの声が流れるなかで、健忘が思いだしたようにいう。

「それにしてもまずい米ばかりだなあ。政府の買上げ基準はどうなってるんだろう」

「基準はあるさ、一等米から五等米まで」

それがどうして一律にああまずいのかというと、買上げにあたって評価されるのは、粒状《りゅうじょう》、乾燥度、ヌカギレ、胚芽《はいが》残存、異物混入率といった物理的条件ばかりで、肝心かなめの味についてはいっさい評価されないからである。

「へえー、味は二の次というわけですか」

「二の次というより、味はどうでもいいということなんだろう」

「粒状というのはどういう検査をするんですかね」

「胚芽の部分が腐る〝目くされ米〟、その反対の部分が腐る〝尻くされ米〟、表面にヒビが入った〝胴折れ米〟、そういった不良米をチェックするわけだ」

「くわしいですね」

「くわしいさ、なにしろ〝農政エック〟だもの」

聞きかじりの講釈をふりまわすうちに、なんとなく腹がたってきて、そのむしゃくしゃした お腹《なか》のあたりにズシンと軽い衝撃を感じたと思ったら、飛行機は無事に熊本空港にすべりこんでいた。

2

お米の味に、どうしてこんなに執着するのか、自分でもよくわからない。もしかすると、終戦直後のあの一億餓死直前状態のころ、何かのはずみで口にしたまっ白なごはんの味が忘れられなくて、それで米、米と言い暮すようになったのかもしれない。豆カスだの芋の葉っぱだの、そんなものばかりに馴らされた舌は、ピカピカ光る白米のごはんの味を、この世でいちばんうまい味として刻み込んだ。あの記憶を持ったのが、思えばわが身の不幸で、あれ以上にうまい米はついに存在しないのではないか、と半ばあきらめかけていたときにめぐりあったのが七年前の肥後米であった。

七年前とは打って変った上天気の水前寺公園をぶらぶら歩いていると、ズラリと並んだみやげもの屋のなかで、ひときわ目立つ看板があった。〈ホカホカの肥後米でうなぎめし〉と書いてある。私のような〝米コンプレックス〟もしくは〝米亡者〟の気持をいたくそそるキャッチフレーズである。健忘と亀羅氏の様子を横目で窺《うかが》うと、二人ともそんな看板には目もくれずにすたすた歩いてゆく。時間も早いことだし、仕方がない、あきらめるとしよう。

肥後米、と一と口にいうけれど、肥後でとれるお米はぜんぶ肥後米であって、そのなかに、もちろん優劣があり、優劣とはまた別に品種がある。たとえばレイホウ、たとえばニホンバレ、たとえばトヨタマ。

「なんです、競馬の話ですか」

「うん、メジロムサシ、バンライ、ダテテンリュウ……ああいう名馬は一夜にして生れるものではないだろう」

米だとて同様。コシヒカリという、名前からして競走馬のような良米があるが、これは東北生れの亀ノ尾が改良されて陸羽132号になり、それに関西系の良米アサヒ号をかけあわして作られたものだと聞く。レイホウの場合は、西海62号×綾錦というから、なんだか急行列車と相撲とりを組合せたような交配によって生れている。ただし、改良品種かならずしも良米を意味しないところが競走馬とはちがう点で、味覚だけを問題にすれば、むしろ改悪であることのほうが多いようだ。それというのも、味のよいお米ほど病害や低温に弱く、それで耐病性の強い品種に改良すると覿面《てきめん》に味がおちて、かわりにぐんと経済性が出てくる。フジミノリなどがその代表例だろう。悪貨が良貨を駆逐するのは世のならい。作付面積の推移を見ればそれがよくわかる。競馬解説風に申すなら、味のよいコシヒカリ、コシジワセは早くから脱落、かなり以前からホウネンワセが独走していたところへ、外ワクから丈夫一点ばりのフジミノリがぐんぐん追上げてきて、昭和三十八年に作付面積第八位だったのが、三十九年三位、四十年二位、四十二年にはついにトップに躍り出た、と、こういうことになっている。日本中のお米が質より量にむかっているのに、肥後米だけ純血を保っているとは考えられない。そのへんのことを知りたいと思って、水前寺公園をひとまわりしてから、その足で熊本県経済農業協同組合連合会を尋ねてみた。

「そうですなあ……たとえ一等級や二等級さげても、一俵でも多く量産したほうが農家の手取り収入は大きいんですからね。そりゃ、人為的な米づくりをすればどうしても味を損います。なんといっても、自然の摂理に従った方法で作るのがいいにはいいんですがね、それはわかっていても、いまどき火力乾燥をやめて掛干《かけぼ》し（自然乾燥）をしなさいとはいえませんからね」

と語る食糧課長氏によれば、肥後米の特徴は第一にベイリュウ（米粒）が大きい、第二にブドマリがいい、第三に貯蔵性が高い、第四に梅雨を越しても品質が低下しない、第五に近代的な倉庫が多いので管理が完全である……と、どこまでいっても味という言葉が出てこない。いささか心細くなってきた。肥後米のなかで名声の高いのは、菊池郡で産する菊池米だが、同じ菊池米でもニホンバレ（高冷地）、レイホウ（中山間部）、トヨタマ（平坦地）と品種がちがうそうだから、七年前のあの宝石のようなお米がそのうちのどれだったか、いまとなってはわからない。むかし米相場で鳴らした山種証券の山崎種二会長は「細川の殿様の領地でとれる肥後米は俵に〝丸に九の字〟が書いてあって、それはいい米だった」と述べておられる（朝日新聞43・4・30付）が、そういう立派な血統が、あのときのお米には流れていたのだろう。

3

座敷に通されて、眼鏡をはずして、熱いおしぼりで顔をぬぐいおわって、それから眼鏡をかけなおしたら、目の前に七年前と同じ丸々とした顔があった。

「やあ、お京さん、その節はありがとう」

「うわア、ウチおぼえとんなはるですか」

「忘れるものか。お京さんこそ、ようおぼえとんなはる」

「米ばとどくるっていうて、前の晩、袋ば縫いましたもんね、そるだけん、おぼえとるますたい。どぎゃんもこぎゃんも、ウチ、忘れん」

事情を知らない若い仲居が、横から声をはさんだ。

「お京ねえさん、むかしコンお客さんと、よかこつのあったんやろなあ」

「そぎゃんこつは、めっちゃ（何一つ）なかったばいたア、はッはッは」

はッはッは、と豪快に笑うお京さんは座敷芸の名手である。とくに、熊本に伝わる猥褻《わいせつ》無慚《むざん》な地づき唄が絶品で、豆タンクのような体をきびきび動かして、一節ごとにヨイトマケの綱を引く仕種《しぐさ》をみせながら、えんえん四十数節に及ぶ歌詞を一心不乱に歌う。

春の日永の縁側で　エイトエイト
そろそろお母《か》さんの昼寝《ひんね》さす
そこば息子がうち眺め
太《ふと》して長かつばきゃあ入れた
わりゃまた親んてなんちゅこつか
なんならお母《か》さん引っかんぬごか
わりゃまたぬげてにゃ誰がいうたきゃ
…………

強烈な文句が単調なフシにのって、あとからあとからとびだしてくるのを聞くうちに、たちまち酔いがまわって睡くなってきた。お米の勉強はあしたのことにしよう。

翌朝、熊本城に向い合うホテルの自室で目をさますと、きょうもまた眩《まぶ》しいようなよいお天気である。緑に包まれた黒い天守閣が遠くでキラキラ光っている。少々飲みすぎたらしくて、頭に靄《もや》がかかっている。ドアの隙間から半分顔を出している朝刊を拾って、目ざましの一服に火をつけながら社会面に目をおとしたとたん、脳天を一撃するような活字がとびこんできた。

宿酔《ふつかよい》も寝不足も瞬時に吹きとんで、新聞を持ったまま狭い部屋の中をうろうろ歩きまわった。どうしていいかわからない。

百閒文学の、私は長いあいだの熱烈な愛読者、というより狂信者であるが、それはあくまで一方的なもので、もとより百閒先生の関知せざるところである。おそれもなく名作『阿房列車』にあやかるこの企画をたてたのも、直接存じ上げなかったからこそできた仕業であり、これでもし、一度でも謦咳《けいがい》に接していたら、こんなへっぽこ文章、とても書けるものではない。私にとって、百閒先生は常に遠くから仰ぎ見る存在であった。

旅にあって喪に服そうと思う。

それでそのまま旅行を続けはしたが、どこへ行っても、何を見ても、気の抜けたビールでも飲んでいるような心持である。菊池米の菊池平野は青々と光っていた。たいせつな水の源である菊池渓谷は鬱蒼《うっそう》としていた。金峰山《きんぽうざん》のてっぺんから見た有明海の夕陽は血の色をしていた。阿蘇《あそ》山頂には緊急避難用のトーチカがあった。ただそれだけのことで、それ以上の感興がどうしてもわいてこない。心ここにあらずという体《てい》なのだからやむをえない。やむをえなければ即《すなわ》ち仕方がない、と反射的に百閒先生の語法が口をついて出て、それでまた悲しくなる。

一つだけおもしろかったのは田原坂《たばるざか》である。右手《めて》に血刀左手《ゆんで》に手綱馬上ゆたかな美少年が登った坂は、幅三米《メートル》ばかりの何の変哲もない田舎の坂道だが、登りきったところに崩れかけて残っていた「弾痕《だんこん》の家」はなかなかユニークな記念館だった。荒れ果てた農家の納屋のような建物の中に這入《はい》ると、鶏小舎《とりごや》風のこまかい金網が張ってあって、そのむこうに官薩《かんさつ》両軍の遺物が一と山いくらという趣で陳列されているのだが、その一つ一つに添えてある説明文が実に結構であった。「小銃弾命中木」と書いて「たまがあたったき」と仮名がふってある。「軒の屋根板小銃弾痕」には「のきのやねいたたまのあと」とある。二本の鉛管がひしゃげてくっついている奇妙な物体は「空中衝突銃弾」だそうで、これに「ゆきあいだま」とルビがついていたのには思わず笑ってしまった。笑いながら、これを百閒先生がご覧になったら何とおっしゃるだろうと思った。

変な旅になった。〝農政エック〟が途中からどこかへ行ってしまった。田原坂をゆっくり下りながら、健忘が頼りなさそうな顔をしている。頼りなくても、もう旅程は終えたし、改めて行くところもない。

帰る日の朝、フロントから電話があって、ロビーに客人だと知らせてきた。出て行ったら、お京さんがまた重い袋を、今度は三つもさげて立っていた。

熊本空港をとびたった飛行機が、大きく旋回して、有明海が右の窓に見えたり左の窓に見えたりする。きれいな海の色だなあ、とうっとり見とれたまま、思考が停止したような感じで、体だけが大きな飛行機といっしょにふわふわと空をとんでゆく。

大阪さがし――大阪

1

日本芸術院賞の新受賞者は、宮中に召され御陪食の栄に浴す。献立は洋食のフルコース。したがって、ナイフ、フォーク、スプーンとたくさんの銀器が並ぶそのなかで、日本画の中村貞以《ていい》画伯の前にだけお箸《はし》が供されていて、皿の上の肉や魚が一と口ずつのほどのよい大きさに切ってあったと承る。宮内庁大膳部の、これは心ききたる配慮であった。

中村先生は両手が不自由でいらっしゃる。数え年二つのときにそういう体になられた。おそらく火傷《やけど》か何かの凶事《アクシデント》に見舞われたのだろうとお察しはしているのだが、面とむかってお訊《たず》ねしたことはない。七十一歳になられた先生も、六十九年前の出来事を話そうとはなさらない。大阪に出掛けるたびに帝塚山《てづかやま》の先生のお宅にお邪魔するようになってもうかれこれ十二、三年になるけれども、そういうわけで先生の両手についてはいまもって何も存じ上げない。はっきりしているのは、あの不自由な手から繊細華麗な名作がつぎつぎに生れてきたという驚嘆に価する事実だけである。その厖大《ぼうだい》な画業のなかの一点『シャム猫と青衣の女』が昭和四十一年度芸術院賞を受賞して、だから御陪食の話は五年前の話である。

御陪食のあとか先に、別室で受賞者に対する陛下の御下問がある。中村貞以でございます、と頭をさげる先生をじっとご覧になって、陛下は一と言、

「痛むか？」

とおっしゃったそうである。

六十何年前の傷を、痛むかと問うた人は、かつてただの一人もいなかった、と先生は涙ぐみながらいわれた。

「あれこそ天子の言葉やと思いました」

先生の口から聞いたこの話が、いつまでも頭の底にこびりついていて離れない。

痛むか、と陛下が仰せられた中村先生の両手は、どんなときでも特別製の大きな毛糸の手袋にすっぽり包まれている。野球のファーストミットのように親指だけが分れているその手袋と手袋で挟んだコップのお酒を、ちょうど合掌するような形でぐいと一と口飲んでから「ところで」と先生がいいだされた。

「大阪に、今度は何しに来やはりました」

「はあ、べつに何しにというわけでもないんです。しいていえば Discover Osaka……」

「なんです？」

「つまりその、大阪さがし、というようなことで」

「大阪さがしでっか。うーん、ほんまの大阪らしいとこ、もう少《すけ》のなりましたわ」

東京でいえば築地の魚河岸にあたる黒門市場の寿司《すし》屋の小座敷で、中村先生はそういって遠くを見つめるような顔をなさった。先生は、船場《せんば》の島の内に生れ育った生粋《きっすい》の大阪っ子である。その先生がそういわれるのだからそうなのだろう。どこかのテレビ局の仕事を終えて、ついいましがた座に加わった友人の桂米朝《べいちょう》が「そうでんな」と口を添えた。

「大阪もえろう変りましたさかい……とくに例の万博からこっち」

「それ、それ、その万博を、あしたは見に行く予定です」

「なんやて、いまごろ万博？」

「旧のお盆というのがあるでしょう。旧正月というのもある。旧の万博があったっていいでしょう」

昨年九月十三日に幕をおろした日本万国博覧会を、私はとうとう見なかった。万博に反対するハンパクという組織もあったそうだが、なに、私の場合はそんな主義主張あってのことではない。それどころか、見たくて見たくてうずうずしていたし、大阪の新聞社の知人から印象記を書きなはれとすすめられて、見に行くチャンスもないことはなかった。それで結局行かなかったのは、あのおそるべき人出に辟易《へきえき》したからにほかならない。焙烙《ほうろく》で豆を煎《い》るような会場写真を見ただけで気分が悪くなってくる。行くからにはＶＩＰとして見に行きたい。人払いをした会場を、だれかの先導で、ゆっくり見てまわりたかった。

「阿呆《あほ》くさ、あんた何様や思うてなはる、そんなこと無茶苦茶や」

「その無茶苦茶が、いまならできるでしょう」

「できるでしょうって、だいいち先導をだれがしてくれます」

「ここにいます」

私は行かなかったけれど、健忘と亀羅氏はそれぞれ一度ずつ万博見物を果しているそうで、どこの館《やかた》にどんな出品物があったのか、大体のことは心得ているはずであるから、わからないことは何でも教えてくれるだろう。すなわち、わが随員である。

二人の随員を従えて、あしたはしずしずと旧の万博を見物する。

2

鉄柵をめぐらした百万坪の万博会場のまわりを、健忘の運転する車でぐるぐる三回まわって、まだ入口がわからない。たしかに入口だったと思われるいくつかの建物はあるのだが、全部封鎖されていて、人っ子一人見当らない。ガラスは破れ放題だし、床にはちぎれたコード類や錆《さ》びた金具が散乱して、なんとなく陰鬱な雰囲気《ふんいき》が充満している。

やっとあいている入口を見つけて行ってみると、財団法人日本万国博覧会協会の協会本部の建物が目の前にあって、残務整理をしている係りの人が簡単に入場許可証を発行してくれた。ここから先は、わが随員が先導役を兼務する。

「ごらんなさい、ここがシンボルゾーン。それが例の太陽の塔です」

芋虫のお化けのような気味の悪い物体が、青空を突き刺すようにそびえていた。私が万博に行かなかったのは人出におそれをなしたからではあるが、一つには、この醜悪奇怪《きっかい》な物体を見たくなくて、それで行かなかったというようなふしもある。テーマ館のどこかで解体作業がすすめられているとみえて、槌音《つちおと》がカーンカーンと巨大なジェラルミンの屋根にこだましている。

さて、おつぎは各国パビリオンの見学である。思い思いの設計で奇抜を競った館は跡かたもなく消えて、それぞれの区画ごとに国名表示の小さな札がたっている。

英国 United Kingdom　象牙《ぞうげ》海岸 Ivory Coast　ソビエト連邦 U. S. S. R……

一つずつたんねんに見てまわっていると、なにやら高級分譲地の下見をしにきているような気分になってくる。

「中央口駅歩二分 19905m^2 南面環陽秀早勝再得難公道面分割可アメリカ合衆国館、か」

案内図とパンフレットを読みくらべてから目をつむれば、忽然《こつねん》として人類の祭典がよみがえる。色彩と音楽と人いきれで息苦しくなって目をひらけば、森閑としたそこは別天地。目をとじたりあけたり、こういう贅沢《ぜいたく》は旧の万博なればこそである。水曜広場の中央に腰をおろして、きのう新聞社の知人が話していた言葉を思いだした。

「万博終ったとたんに、大阪の人間、万博のバの字もいわんですわ。だれに訊《き》いても、長いこと待たされた記憶ばかりで、思いだしてもゾッとするいうてますな。あとに、しんどさだけが残って、ほんまにバカバカしいというのが一致した感想や」

そうだろうな、と思う。シンボルゾーンの反対側のエキスポランドの入口に真紅の薔薇《ばら》が咲き乱れている。そのむこうに、らくがきコーナーと称する無作法な施設があって、トンネルのような壁にびっしりと書き込まれた落書がそのまま残っていたが、そのなかの一つに、赤ん坊の頭ぐらいの大きな字で墨痕淋漓《ぼっこんりんり》と、

〈英語のバカたれ〉

と書いてあった。語学の苦手な高校生が、万博会場の気違いじみた雑踏にカーッとのぼせて書いたのかもしれない。稚拙な、しかしおそろしく迫力のある書体のその落書の横に、サインペンで〈阿呆旅行ご一行三名さま〉と書き込んで外に出た。

日本万国博覧会協会の公式発表による総入場者数は六千四百二十一万八千七百七十人。健忘と亀羅氏もそのなかにはいっているとして、これでその数字が六千四百二十一万八千七百七十一人に変った。

悠々と会場くまなく見物して、帰りにお隣の千里ニュータウンの大団地群を見学して、それから大阪市内に戻ってきて、それでまだ日は高い。ぶらりぶらりと南の繁華街を散歩

するうちに、法善寺境内に出た。久しぶりに見る水掛け不動は、ますます苔《こけ》むしていよいよ有難味をましたようである。三十秒とたえることなく水を掛けられ続けて、つるつる光る不動明王の頭を見ていたら、健忘が、いまひいたばかりのお神籤《みくじ》をひらひらさせてやってきた。

〈第二十九番凶・此《こ》の人はすこしの心得ちがひから、大なるさいなんをおこすかたちあり〉

「成程、かなり正確に言い当てているね」

「冗談じゃないですよ、こんなでたらめ。江國さんも一枚ひいてごらんなさい」

「よし、ひいてみよう」

〈第十四番大凶・商人職人芸人何《いず》れも不仕合《しあわせ》にして万事利なし。訴訟災難起る。旅立よろしからず。病人長引きむつかし〉

「こりゃ強烈だ」

「うーん、ちょっと凄《すご》いですね」

続いてひこうとしていた亀羅氏が、あわてて手をひっこめた。さわらぬ神籤に祟《たた》りなし、である。こんなでたらめ、と口ではいいながら健忘が心配そうな顔をしている。

「凶と大凶……どういうことでしょうね」

「今夜は痛飲しろとの辻占《つじうら》さ」

それで二、三軒まわってがぶがぶ飲んで、いつどうやって宿に帰ったのか、あとで思いだそうとするのだがどうもあやふやで、三人の記憶が一致しない。

3

旧の万博を見て、一望千里のニュータウンを見て、これが大阪の新しい顔だとすれば、古い大阪の顔はどこで見られるか。せっかく来たのだから、新旧両方の顔を見て帰りたい。

「そうだ、天王寺参りをしてこよう」

「お寺ですか。もうお神籤ひくのはこりごりだ」

おもしろくもなさそうな口ぶりでつぶやく健忘の顔が、今朝はふくらんでいる。宿酔の徴候歴然である。

「いいからつきあいなさい。きょうは二十一日だろう」

「二十一日がどうしたというんです」

毎月二十一日は天王寺のお大師参りの日で、広い境内をうずめる縁日がむかしながらの雰囲気をとどめているからぜひ見て帰りなはれ、と一昨夜中村先生と米朝さんに教わったばかりなのに、さすがは健忘、けろりと忘れている。

天王寺、正しくは四天王寺、もっと正式にいえば荒陵山《こうりょうざん》敬田院《きょうでんいん》四天王寺。

有名な石の鳥居をくぐると、平日の午前十時だというのに、境内はすでに善男善女で埋まっていた。年寄りが圧倒的に多いのは当然として、仔細《しさい》に見ると、一人ひとりの顔がまぎれもなく〝大阪の顔〟そのものであった。

入道頭にタオルの鉢巻をしめ、太鼓腹に毛糸の腹巻をしているおっさんの横に、まるっきり大正時代の成金みたいな和服の怪紳士が胸を張って立っている。絽《ろ》の着物にパナマ帽、金ブチの眼鏡にチョビ髭《ひげ》、蛇皮の草履、太い指に指輪が二つ、総絞りの兵児帯《へこおび》をぐるぐる巻きつけて、ご丁寧に薄褐色の蝙蝠傘《こうもりがさ》をさしている。その隣にアッパッパ姿の老婆が背中を二つ折りにしてよたよた歩いて行く。宇垣一成大将そっくりの人物が宗匠頭巾をかぶって、どういうわけか藍《あい》の腹掛をしている。怒り肩の老爺《ろうや》に猫背の老婆。

「江國さんは雑踏がきらいだったんじゃないですか」

「こういう雑踏は大好きなんだ。なつかしい父祖の顔がここにはある。それに、この縁日の店がたのしい」

おでん、タコ焼、綿菓子、おもちゃ、植木といったところはいかにもありふれているが、たわし専門、エプロン専門、枕カバー専門の店から髢《かもじ》専門店まで、専門店といっても、いずれも同じ屋台がズラリと並んでいるのがめずらしい。木陰にシートを敷いて、雑多ながらくたを山盛りにして売っているのは道具屋で、ちぐはぐの下駄やら、靴の踵《かかと》のゴムやら、ボロ財布やらにまじって、製図器のこわれたやつがあるかと思えば、ナントカ建設の文字入りの黄色いヘルメットがある。あんまり面白いのでポケットからメモをとりだして業種と品目を心おぼえに書きつけていたら、うしろからポンと肩をたたかれた。ふりむくと、ダボシャツに腹巻姿のこわい顔をしたお哥《あに》いさんである。

「あんたら、何しとるんや。わしか、わしはここらの責任者のもんや。何メモしとるのか知らんが、ここではな、威張って商売しとるもん少ないんやから、おかしな真似せんといてや」

威張って商売しとるもん少ないんや、という一と言が、正直で、愛嬌《あいきょう》があって、語るにおちている。凄むだけ凄んでお哥いさんがどこかへ行ったとたんに、健忘が烈火のごとく怒りはじめた。

「メモも出しちゃいけないなんて、ふん、戦争中の造船所じゃありまいし。ふざけたことをいうない」

「まあまあ、そう興奮しないで」

「いえ、放して下さい。あんな三下じゃなくて、元締の親分にかけあってきます」

どうやら、昨夜のお酒がまだ残っているらしい。酒癖よろしからず。

「健忘君、いいところに案内しよう」

「どこです」

「行けばわかるさ」

天王寺西門《さいもん》前の交差点を逢坂のほうに二、三分くだった左側に一心寺という、これまた古いお寺がある。諸国二十五霊場第七番。ここに霊験あらたかなお墓があって、一年中参《さん》詣《けい》の人がたえないと、私も実は行ったことはないのだが、話に聞いて知っていた。大伽藍《だいがらん》の瓦が雄渾《ゆうこん》な反りをみせてキラキラ光っている境内の、白い土塀に囲まれた一角に、そのお墓はあった。

本多出雲守忠朝《いずものかみただとも》　元和元年没

「なんです、このお墓は」

「まわりを見てごらん」

「あッ」

あッとおどろくほどたくさんの、何百何千という杓文字《しゃもじ》が土塀の内側にぶらさがっている。すべての杓文字に、禁酒、断酒の文字が見える。酒で身を滅ぼした本多出雲守が、死に臨んで「戒むべきは酒、今後わが墓所に詣《もう》でる者は必ず酒ぎらいに」と誓願したという言い伝えが、この信仰を生んだ。杓文字の一枚々々に認《したた》められた文句を読んでいくと、思わず身につまされる。

〈夫のはしご酒質屋通いを一日も早く止めて下さい　卯《う》年の女〉

〈おとうちゃんのおさけ土よう日だけにしてんか　おたのもうします〉

どの杓文字にも、家族の必死の思いがにじみでている。もちろん本人が書いたぶんも少なくないのだが、なかには、

〈酒ナラ三合ビールナラ二本ウイスキーナラ水割リ四杯グライニシテ下サイ　六十八歳辰《タツ》ノ男〉

などと、ずいぶん虫のよい注文もあるのだけれども、それはそれでいじらしい。水割り四杯と刻んだところが泣かせるではないか。

その杓文字をわれわれも奉納しようと思う。杓文字は一枚金五十円也。茶店のおばさんが筆を貸してくれたので、墨痕淋漓と認めた。

〈健忘のお酒を三分の一にして下さい〉

「そ、そんなのよして下さい。殺生ですよ」

と健忘が杓文字をひったくったとたんに、天王寺の引導鐘が風に乗ってゴーン。

とにかくハワイ——ホノルル・ラナイ島

1

通路のむこう側にアメリカ人の家族づれがすわっていて、家長とおぼしき初老の紳士が、さっきから一心不乱に何やらメモをとっている。忘れないうちに旅の印象を記録しておこうというのだろう。羽田を飛び立ってもう三時間になるというのに、窓外に目をやるでもなく、ひたすら抽斗《ひきだし》式の小テーブルにむかっている。食事が運ばれてきたときだけ、さすがに作業を中止していたようだが、たべ終ると、また手帳をとりだしてせっせとボールペンを動かしはじめた。このぶんではホノルル空港につくまでこうだろう。えらいもんだと思う。思うけれども、彼に倣《なら》おうとは思わない。実をいうと私もかなりマメな性分で、旅に出るとあの紳士のように丹念にメモをとるのが常なのだが、今回はほかならぬ番外阿呆旅行である。番外で、ハワイで、無目的《あてなし》である。だからいっさいメモはとらない。

メモはしない、と心にかたく決めていたのに、いまむこう側でアメリカ人が勤勉にメモをとっているのを見ているうちに、ついつい触発されそうになって、せっかくの決意がぐらつきだした。いまいましいから、手洗いに立ったついでに紳士の手許《てもと》をのぞいたら、なんだ馬鹿々々しい、紳士はお金の計算をしているのであった。ホテル代いくら、晩めしいくら、タクシー代いくら……。たとえ家族旅行でも、収支はきちんとしておくというのが彼らの生活技術のようで、その合理精神は珍重に価する。上衣といわずズボンといわず、ありとあらゆるポケットから、くしゃくしゃになったお札《さつ》が出てきたり出てこなかったりして、そのたびに不思議そうに首をひねる健忘なぞは、すこしは見倣うがよい。

「なあ、そうじゃないか」

と隣席の健忘に声をかけたが返事がない。見れば、赤鉛筆片手に海外旅行ガイドブック・ハワイ篇に読みふけっている。ドロ縄もいいところである。何をそんなに熱心に読んでいるのかと思って、ひょいとのぞきこんでみると、

〈立小便をしてはいけません〉

という一行に線が引いてあった。にわかに道中が心細くなってきた。

2

一人部屋《シングル》を三部屋予約してあったのだが、行ってみると二人部屋《ツイン》が三つ用意されていて、だからひろびろとしてまことに気持がいい。クイーン・カピオラニというこのホテルは、

ワイキキビーチに建てられた新しい高層ホテルで、建物は近代的だが内装は十九世紀英国王朝風の趣味で統一されている。ベランダの籐《とう》椅子に腰をおろして休憩していると、植民地の王様にでもなったような心持である。

ここオアフ島のホテルは、全部で二万ルームといわれている。その二万ルームのうち一万七千ルームまでがワイキキに集まっているそうである。昨年一年間にハワイをおとずれた観光客が六十万人、そのうち十二万人が日本人というから、一万七千室がぜんぶふさがったとしたら、三千四百室を日本人が占領する勘定になる。したがって、どこのホテルでも日本語が通じるから心配無用、とたいていの案内書に書いてあるけれど、日本語が通じる従業員もいるというだけの話で、実際にはやっぱり英語をつかわなければ用が足せない。私も健忘も亀羅氏もインテリで、インテリだから英語はまるっきりダメである。だから困ったかというと、すこしも困らない。窮すりゃ通ずというのはありゃ嘘で、窮さなくてもみんな通じてしまう。

「でしょ？　だからボク、日本からきた人にいうの。ハワイにきたら、一度は道に迷いなさいって」

と教えてくれたのは、このホテルの経営者小林金衛氏である。小林さんは日系二世の代表的な成功者で、たくさんのホテルを持ち、八つの会社の社長をしている。

「道に迷ってみなさい。ハワイの人はみな親切よ。たいていホテルまで送ってくれるし、人によっては自宅に案内して家族ぐるみで歓待してくれる。これがほんとうのアロハ精神《スピリット》。言葉なんか関係ない。問題は誠意ね」

誠意とくればこっちのものである。なかんずく相手が美しい女性の場合、これはもう誠意のかたまりになることが目にみえている。名にしおうワイキキの浜辺で、そのことを実証してきた。

これがもし雷さまだったら、きょろきょろ目移りして涎《よだれ》がとまるまいと思うほど、何百というお臍《へそ》が天日に干してある。ほんの申訳程度にビキニの端切れでおおわれた胸と腰と、それに両手、両足、顔と頭がなかったら、まるで田螺《たにし》の干場である。

「うーん、壮観だねえ」

「そうですか」

「さすがに美人だらけだ」

「そうかなあ。たいしたの、いないじゃないですか」

縁なき葡萄は酸っぱいぞと触れまわったイソップの狐と同じ心境にあるとみえて、この女護《にょご》ケ島みたいな別天地にきて、健忘は気のない返事ばかりしている。

底が抜けるような青空と、吸いこまれそうなコバルトブルーの海と、目が痛くなるような白い砂を背景に、女たちは輝くばかりに美しい。いずれが菖蒲杜若《あやめかきつばた》。ハワイは花も美しい。燃えるような真紅色のアンセリュウム、黄金驟雨《しゅうう》という名は体をあらわすゴールデンシャワー、つないでレイに用いられるプルメリア、色見本帳をみるような州花ハイビスカス。即ち、いずれがハイビスカスかプルメリア、と形容したくなるような女体が、魚河岸《かし》の鮪《まぐろ》のようにごろごろしている。もとより男の海水浴客もたくさんいるのだけれど、そんなものは目にはいらない。

「健忘君、ガールハントをしようか」

「およしなさい、日本でも出来ない人にハワイで出来るわけがない」

「なに、わけはないよ。誠心誠意ことに当れば、まあ見ててごらん、至誠は天に通ず、さ」

亀羅氏がたくさん持ってきた写真機のうち殆ど使っていないぶんを一台拝借して、これさえあれば、あとは誠意のこめ方一つ。裸の肩にカメラをぶらさげて、あのエクスキューズミー、と最初の一と言さえ発してしまえばもう気楽なもんで、そこらじゅうの美女にかたっぱしから声をかけてまわった。

「卒爾《そつじ》ながら申上げます。小生は日本国からやってきた者ですが、貴嬢のあで姿をわがカメラにおさめさせていただきたく……」

というふうに私は喋《しゃべ》ったつもりだが、先様《さきさま》の耳には、おそらく、

「ボク、日本からきたね。あなたきれい。ボク、写真とる、よろしいか」

と聞えたにきまっている。だから、おのずから赤心面《せきしんおもて》にあふれて、美女たちは一人の

例外もなく「シュアー」と答えて、よろこんでついてきた。しまいにカメラを健忘にあずけて、沖合まで泳いで行って同じ手口で二、三人引っ張ってきた。百発百中である。陸釣《おかづ》り沖釣り自由自在。

「どうだい」

「すごいですね」

「すごいだろう」

「あと、どうなります」

「あと?」

あとはどうにもならない。誠心誠意の限界ここにあり。川上宗薫氏の小説と現実のちがいでもある。クイーン・カピオラニ・ホテルの二人部屋がちらりと脳裡《のうり》をかすめる。空いたベッドを奈何《いかん》せん。釣り上げた獲物《えもの》のなかには、去りがたい風情を示した美女もいないでもなかったが、丁重に謝辞を述べてお引取りいただいた。ちょっとした太公望の心持である。

「いいんですよ、僕らに気がねしなくても」

「そうはいかない」

三人旅は一人乞食という言葉があるが、三人旅が一人大名になるのはもっといけない。

3

三人旅の三人という人数はどうも不便なことが多い。一人だったら美女を相手にあれだけ流暢《りゅうちょう》な会話がかわせたのに、三人揃《そろ》うととたんに語学、とくに聞く方《ヒヤリング》がダメになることと妙である。ペラペラと話しかけられて、これだけいるんだからだれかはわかっているだろうと思って、フムフムとうなずいていると、結局三人とも同じことを考えていたという事態が実に多い。ミスター・リチャード玉城《たましろ》がパーティーに誘ってくれたときもそうだった。玉城さんも小林さんと並ぶ日系二世の出世頭で、これまたかぞえきれないほどの役職についている。大小百三十いくつの島で成り立つハワイ州に主要八島があって、いちばん大きい島が一万平方キロのハワイ島で、ハワイ島というからにはてっきりここがハワイの中心かと思えば、ホノルル、ワイキキのあるここオアフ島がいわば本島で、そのオアフ島の東南五〇キロの洋上に浮ぶ小さなラナイ島が玉城さんの本拠地である。玉城さんはことし五十八歳。私の肩ぐらいまでしかない小柄な体のすみずみまで精気がみなぎり、日焼けした顔に深く刻まれた皺《しわ》の一本々々に、いうところの善意精神《アロハ・スピリット》がじっくり染み込んでいるといったふうなご仁で、こういう掬《きく》すべき滋味をたたえた風丰《ふうぼう》は、日本ではもう絶滅に瀕《ひん》している。そのミスター・玉城が、初対面の挨拶がすんだのちも、がっちり握手した手をはなさずに、親愛感まるだしでいう。

「今夜の予定どうなっとるの？　なにもなかったら、あんたたちもパーティーに来んかね。ハワイのおもだった連中みんな集まるよ。ボクの甥《おい》っ子の家でね、ステーキパーティーよ」

ステーキは、こっちへくる飛行機のなかでたべて、ハワイについてまたたべて、さすがに少々荷が重い。亀羅氏が困惑の色を浮べて、

「ステーキ結構ですねえ。でも飛入りはあんまり不躾《ぶしつけ》ですから……」

と尻込みする横で、

「フムフム」

と外国式の相槌《あいづち》を打ちながら万事呑み込み顔の健忘に、玉城さんが訝《いぶか》しげに重ねていう。

「わかっとるの？」

「ええ、ステーキパーティーでしょ」

「オー・ノー。ステーキパーティーじゃないよ。スタァッグパーティー、S・T・A・G、スタァッグ。男ばかりのパーティーのことよ。女は一人もいれない。おもしろいよ。男だけで飲んで食ってさわいで、例の映画もあるよ」

「い、行きます」

間髪いれず健忘が叫び、亀羅氏が乗り出すように、

「そりゃもうぜひぜひ」

といった。

「オーケイ。七時《セブン・オクロック》にボクク、車で迎えにくるからね。ネクタイなんかせんとアロハでおいで」

ミスター・玉城の甥御さんは下町《ダウン・タウン》の魚屋さんである。魚屋といっても三階建の堂々たるビルを構えて、一階が店舗、二階が住居、三階がボクシングのジムぐらいありそうな娯楽室兼バルコニー。鳥肌立つほど涼しい貿易風が吹きぬけるその娯楽室で、スタァッグパーティーは野性味たっぷりに開かれた。三十人を越す参会者の殆どが日系の二世三世。玉城さんがわれわれ三人をせっせと引きまわして、これが市会議長、こっちが下院議員、この人が弁護士であちらが実業家とつぎからつぎに紹介してくれたのはまことにありがたいが、こうたくさんだと、お顔とお名前をおぼえきれない。握手してまた握手してまたまた握手して、その手応えとぬくもりだけが、いまだに掌《たなごころ》に残っている。

バーボンウイスキーと、山のようなご馳走と、おおぜいの好意的な視線に、いつのまにかすっかり酔っ払ってしまって、酔っ払うとたちまち睡くなる。不意に電気が消えたと思ったら、朦朧《もうろう》とした網膜に、プルメリアの花が咲いたような色彩がとびこんできて、あわてて目をこすると女性のかぐわしい花びらの、それは画面一杯の大写しであった。えんえん二時間に及ぶ総天然色16ミリトーキーは、いままでに見たこともないほど出色のフィルムだったが、追っても追っても睡魔が襲ってきて、二時間のうち一時間五十分はまったくおぼえていない。ピンク色に輝く艶《つや》やかな花びらを、パッパッと何度か見たように思う。

「あんな結構な映画を見ながら熟睡するようじゃ——」

魚屋さんの鉄の階段をおりながら亀羅氏がいいかけたのを引取って、健忘が憫笑《びんしょう》した。

「江國さんも、もうおしまいだな」

4

ワイキキで美人のお臍を見て、カピオラニ公園でフラダンスを見て、シーライフパークで鯨《くじら》の曲芸を見て、強風名所のヌアヌパリで吹きとばされそうになって、それでつくづく思うに、陰影というものがハワイにはまるでない。風光は徹底的に明媚《めいび》だし、空気はイヤになるほど澄み切っているし、気温は夏冬三度しかちがわないし、人の心はカラリとして屈託のかけらもない。こういうところに住みついたら一と月で退屈するかもしれないが、四、五日滞在しているぶんには快適この上もない。布哇《ハワイ》天国である。まして私も健忘も亀羅氏も、少々陰影のありすぎる国からきたもんだから、天国の有難味がいっそう身に染みる。とはいうものの、それらの有名観光コースは、天国は天国でもいうなればほんのとばくちで、ほんとうの天国はラナイ島にあった。

カウアイ、マウイ、ハワイ、モロカイと、ハワイ八島のうちこのくらいまではどの観光案内にもくわしい説明が出ているが、ラナイ島はおおむね省略か、出ていてもほんの数行である。そのラナイに行くといったら、ホノルル在住の日本人が目を丸くした。

「まったくなんにもない島ですよ。八島のなかでいちばんつまらない」

だからさぞいいところにちがいないと思う。そうして、ミスター・玉城の案内で出掛けてみると、案の定、空気からしてちがう別天地がそこにあった。

広大なパイナップル畑のまん中の、飛行場というより飛行機のバス停といった感じのエアポートにおりたつと、すがすがしい空気に肺の底まで洗われるようであった。総面積三百六十五平方キロすなわち一億一千万坪、といってピンとこなければ万博会場十個分、東京・世田谷区の約六倍。大きいような小さいようなこの島を、五十年前に三億九千六百万円（百十万ドル）でドール・パイナップル会社が買い取って、だからラナイ島の一草一木ことごとくドール会社のもので、人口ざっと三千人。そのドール会社の従業員がむかし無期限ストに突入したとき、この地でスーパーマーケット「リチャードの店」を開いていたミスター・玉城が三千人の買物をぜんぶツケで許したそうで、その俠気《おとこぎ》を徳として、島の人たちはいまもって他店の進出を許さないのだ、と、これは日本に帰ってから玉城さんの知人に聞いた話で、ご当人はそんなこと気振りにもださない。

「このへんのドライブ、あぶないんよ。ときどき鹿がよぎるからね」

などとつぶやきながら、大きなシボレーを無造作に運転する様子は、どこからみても人のよい雑貨屋のおっさんという感じである。よく舗装された道路の両側は、見渡すかぎり鈴なりのパイナップル。人影はまったくない。小さな雉子《きじ》が車の前を何度かよたよたと横切っていった。

「どう、あんたたち、すこし早いがこれからビーチで昼めしにしようやないか」

と車を走らせて、ついたところがポロポイ海岸。ポロポイは「そぞろ歩き」という意味だそうだが、ここにも人の姿は殆ど見当らなくて、なんだか白昼夢を見ているような心持である。ご馳走は車に積んできたアイスボックスの中にぎっちりつまっているが、圧巻は一人あたま一ポンド八オンスの牛肉。換算すると六百八十グラム、百八十匁。こいつを炭火でバーベキューにして、キラキラ光る白い砂と青い海に目を細めながら、冷えたビールをぐいと飲んだら、これでもういま死んでも悔いはないというぐらいうまかった。

それにしても六百八十グラムのバーベキューは、とても食べきれるものではない。五十メートルほど離れたところにキャンピングカーを停めていた家族づれに声をかけたら、ビキニ姿のかわいい二人のお嬢さんが、サンキュー、サンキューとやってきた。ラニ嬢とジル嬢、どちらも妙齢の美女にみえたが、聞いてみると、姉が十六で妹が十四。亀羅氏がレンズをむけたら、姉ははにかみ、妹は「雑誌にのせてね」といってしごく無邪気にポーズをとった。

夕方、ホノルルから玉城さんの自家用機が迎えにきた。五、六人乗れば満員のビーチクラフトである。いちばん前のシートにすわって、パイナップル畑の幾何学模様を見おろしながら煙草をくわえたとたん、操縦席からにゅっと毛むくじゃらの腕がのびて、操縦中の白人パイロットがカチリとライターで火をつけてくれた。

牛歩随行——宇和島

1

二百五十貫という途方もない肉の塊が、ゆらりゆらりと歩いてゆく。蹄《ひづめ》の裏側の、あれもやっぱり爪と呼ぶのか、人間でいえば踝《くるぶし》かアキレス腱《けん》のあたりについているぷよぷよしたものが、一と足ふみ出すごとにブルンブルンと大層ないきおいで揺れて、歩いても歩いても両側の風景が変らない。なるほどこれが牛歩か、と思った。はるか前方の、道がそこで少し広くなるところにさっきからバスが停っていて、運転手が窓から首をだして、のんびり牛の通過を待っている。細い街道でも交通量は少なくない。バスのうしろにタクシーだの小型トラックだの、たちまち六、七台の車の列ができたが、道がカーブしていてこっちの牛が見えるもんだから、クラクションを鳴らすこともなく、みんな観念しておとなしくつながっている。自動車とはすれちがえなくても、人間とはすれちがえる。すれちがえても、あまりいい気持はしないとみえて、おとなも子供も一様に、うわッ、というふうな表情を浮べて両側の軒下にへばりつくようにして見送るなかを、黒い巨大な塊はゆっくりゆっくり歩いてゆく。

牛がモーと啼《な》くというのはありゃ嘘で、ウォーともギャーとも聞える一種異様な、すさまじい啼き声を三歩に一と声といったペースで発して、それが悲鳴のようでもあるし、威《い》嚇《かく》のようでもあるし、武者震いのようでもあるし、牛の気持の奥底まではわからない。急所の鼻に結んだ二本の太い綱のはしを二人の屈強な男がしっかり握って、ちょっとでも歩みがとまりそうになるたびに、何か鋭く叫びながら腰のあたりをパシリとたたくと、象のような皮膚からパッと砂ぼこりが舞い上る。ときおり、気だるそうに尻尾《しっぽ》を左右にふって、そうすると尻尾のつけ根の下のほうに、伸びたり縮んだりするものが見えたりかくれたりする。さしあたって、べつに見るものもないから、そいつをひたと眺めながらえっちらおっちら牛歩に従って歩くうちに、なんだか牛の家来になったような気がしてきた。情けないような、楽しいような、妙な心持である。横を見ると、健忘も黙々と歩を運びながら、やっぱり同じ一点を凝視している。

「ずいぶん熱心に見てるじゃないか」

「かなり立派ですね。でも馬ほどじゃない」

やっと道がカーブにさしかかった。角の雑貨屋のガラス障子に、赤一色で印刷したビラが貼《は》ってあって、近寄ってみると、闘牛本場所の番付であった。

横綱　宇和島清水牛
同　　津島町沖牛
大関　宇和島川野牛

以下、関脇、小結、前頭と続くにつれて字も小さくなって、東西を仕切る中央にはひときわ筆太の相撲字で「蒙御免」と、何から何まで型通り。ただし、ヘンにきどった四股名《しこな》をつけないで、飼主の姓をそのまま冠しているところが、いかにも土臭くていい。いまわれわれが随行しているのは、横綱佐々木牛。佐々木ギュウではなくて、佐々木ウシと発する。

佐々木さんは宇和島駅に勤務する国鉄職員で、南予闘牛連盟の会長さんである。会長さんだから忙しい。とくにことしは闘牛連盟に内紛が発生して、まっ二つに分裂したまま祭りを迎えたために、なおのこと忙しいらしい。なんでも、別派は別派で番付を編成して土俵を築いたそうで、そういうことは日本相撲協会にもそのむかしあったことで、だからたいしたものである。それで佐々木さんはあれこれ大変だが、佐々木牛はそんなこと知っちゃいない。文字通り風馬牛の趣でのそりのそりと歩いている。

横綱ともなるとご贔屓《ひいき》がたくさんいて、したがって背中は満艦飾。紅白に編み上げた綱だの、金糸で縫いとりをした化粧まわしだの、大漁旗のような飾りだの、紐《ひも》だの帯だのを、背負《しょ》ったり結んだり垂らしたりして、威風堂々の行進である。

2

佐々木さんのお宅は宇和島市伊吹町にあって、そこから和霊《われい》神社の和霊土俵まで、地図でみればほんのひとまたぎ、普通に歩いておそらく十五分といったところにちがいないのだが、牛にひかれて、となると話はべつで、三十分歩いてまだ埒《らち》があかない。足がしだいに重くなってきて、ややもすると牛歩にさえ遅れ気味になる。健忘がふり返って、口だけは心配そうに、しかし顔には明らかに蔑視《べっし》の色を浮べていう。

「だいじょぶですか、まだ歩けますか」

「歩けるさ。このくらい朝めし前だ」

「そうでしたね、江國さんは、ウフフ登山家だったんだ」

ウフフと健忘がおそろしく感じの悪い笑い方をしたのにはわけがある。きのうは一日ぽっかり時間があいて、それでどこに行くというあてもないので、目についた小料理屋にとびこんで、昼間から一献《こん》傾けた。宇和島の名物料理は、なんといっても〝伊予さつま〟にとどめをさす、と旅館の女中がしきりに推賞していた。すりつぶした鯛《たい》と麦味噌をまぜ、擂鉢《すりばち》の内側にべったりはりつけて、炭火にかぶせてこんがり焼いたものを、どうとかするんだそうで、聞いただけでもよだれが出てきたが、運ばれてきたのは、レントゲンのバリウム液のようなどろどろしたもので、期待が大きすぎたせいか、それほどの味とも思えなかった。それより珍しかったのは、鱶《ふか》の刺身。白いヌメっとした見てくれは少々気味が悪いが、口にいれてみると悪い味ではない。

昼間のお酒はたいへんよくまわる。いい気持になって、アーケードの繁華街を歩いていると、宇和島よいとこおいでなせ、という祭り音頭の有線放送がどこまでも追いかけてきて、亀羅氏がたちまち歌詞と節まわしをのみこんで、〽いっぺんきさいやおいでなせ……と器用にうたいはじめた。昼間から赤い顔をして浮かれていても、お祭りだから一向さしつかえない。見上げると、宇和島城の白い天守閣が、強い夏の日ざしを浴びて緑のむこうにそびえていた。伊達《だて》十万石の城下町に敬意を表して、その天守閣にのぼってこよう。で、行ってみると、急傾斜の坂道の下に「宇和島城址《じょうし》登山口」という立札が立っていた。うち見たところ町なかの小高い小公園にすぎない一郭なのに、「登山口」とはおだやかでない。おそれをなして引返すのも業腹である。登りはじめて、ものの五分もしないうちに、フウフウ息が荒くなった。酔いが急速にまわって、さっきの鱶がお腹のなかで暴れだすようである。

「ケ、健忘君、フウ、このへんで、ハア、一服しよう、フウ……」

「なにいってるんです。公園に毛のはえたような散歩道じゃないですか」

「そ、そうじゃない、フウ、れっきとした、ハア、これは山だ、フウ」

「山？　笑われますよ、山だなんていうと」

「いや、山だ、フウ、立札に登山口と書いてある以上、ハア、論理的必然的に山だ」

やっとの思いでてっぺんにたどりついた。宇和島港の入江が目の下にひろがり、沖合いから色とりどりの大漁旗をはためかせた漁船が一隻また一隻とはいってくる。伊達の忠臣山家清兵衛を祀《まつ》る和霊神社は海の保護神で、毎年夏の和霊まつりには、遠く九州、高知、中国地方の漁船も含む千余の参詣船が蝟集《いしゅう》して、それはそれは壮観だと聞く。

あとで宿に戻って、宇和島市観光協会発行のパンフレットを見たら、この天守閣、「市街の中央に位置し海抜約八十米《メートル》」と書いてあった。八十米だろうが五十米だろうがかまわない。「登山口」から登っておりればすなわち登山である。宇和島まできて登山を果そうとは思わなかった。よろしい、今後肩書を問われたら登山家と名乗ろうか、と冗談に口走ったのを、大事なことはケロケロ忘れる健忘が、そんなことに限って執念ぶかくおぼえていて、それでいま、牛歩に従いながら「ウフフ、登山家だったんだ」とほざいて一人で悦に入っている。

佐々木牛は、緩慢に首をふりふりウォーッと叫びながら、相変らずの速度で歩いている。闘牛用の牛は、闘うことだけを目的に仔牛《こうし》のときから飼われている。ふだんは、草、藁《わら》、押麦、それにコガスと呼ばれる麦糠《むぎぬか》を主食としているが、試合の一カ月前からトレーニングにはいり、二十キロから三十キロの減量を図ると同時に、食べものも小米、糯米《もちごめ》、生玉子、それに蝮《まむし》酒にハブ酒と替って、試合の前日には流動食だけ、そうして試合当日は水と蝮酒のほかにはいっさい与えないという。タイトルマッチに臨む拳闘選手のように、万端遺漏なく調整されて、みなぎる闘魂が二百五十貫の巨体からあふれて、それがあの雄叫《おたけ》びとなって口からとびだすのだろうが、そいつは人間の勝手な解釈で、ほんとうは「いやだよう」「行きたくないよう」と叫んでいるのかもしれない。

二百年の伝統を持つ宇和島の闘牛は、ことあるごとに各所で催されるが、本場所、晴れの舞台といえばなんといっても和霊大祭の和霊土俵である。猛牛と猛牛が角《つの》つき合せて、それで一番の勝負にいったいどのくらいの時間がかかるのかというと「それがな、さっぱりわからんのです」と、宇和島市観光情報センターの主事氏が教えてくれた。「闘志なきものは去れ、で、どちらかが逃げるまでやらせます。ですから五分で終るかもしれんし、一時間かかるかもしれない。血が流れようと悲鳴をあげようと、いっさい勝敗とは関係ございません」

そんな話を聞いたあとだからだろう、勇壮な雄叫びが、私の耳には悲痛な牛の慟哭《どうこく》のように聞えてくる。「いやだよう」「こわいよう」「行きたくないよう」……

前にまわって、牛の顔というものをしみじみ眺めてみたものの、横綱佐々木牛は無表情無感動のまま、ゆっくりゆっくりただひたすら歩くばかりである。

3

土俵といっても、べつに俵があるわけではなく、平らな黒い地面を竹の柵で円形に囲ったまわりにコロシアム風の観覧席が作られていて、もう五百人ぐらいお客がすわっている。麻の甚兵衛に麦藁帽の老人、縮《ちぢみ》のステテコにカンカン帽のおっさん、アッパッパの襟元《えりもと》にハンカチをはさんだおばさん、赤シャツGパンの青年、トンボ眼鏡にホットパンツの娘さん、ミニもいればミディもいる。正面中段の莚《むしろじ》敷きの場所がどうやら貴賓席らしい。この暑いのにきちんとネクタイをしめて上衣だけはさすがに膝《ひざ》においている四人づれの紳士が、ジリジリ照りつける日ざしにうだりきっている。

和霊神社の裏手の、ちょうど山懐ろにすっぽりおさまったような地点にこの和霊土俵は作られていて、表の境内に何百と出ている屋台店のにぎわいも、ここまでは聞えてこない。蟬《せみ》しぐれが降るように注いで、お祭りのなかのエアポケットといった、一種の空白感が会場を包んでいる。

土俵入りがはじまった。満艦飾のアクセサリーをつけた牛が、人間のお供を従えて入場、紹介アナウンスにつれて土俵を三巡する。大関のなんとか牛は、五人の幟《のぼり》持ちと、勢子《せこ》と呼ばれるカウボーイ二人に囲まれて登場した。横綱のかんとか牛には、二人の勢子と、幟持ちと、それに優勝旗持ちが六人もつきそっている。

不意に空が暗くなったかと思うと、ポツリポツリと雨が落ちてきた。雨中の熱戦もまた風情があっておもしろいかもしれない。宇和島の駅前で買った一刀彫りの牛の置物に添えてある説明書の、手に汗にぎる名文にいわく——

「パッと跳躍して相手の虚に角を突き入れる。それをすかさずガッキと受止めて素早く逆襲の突きを入れる。(略)弾丸の如き渡り合いで、何百貫の巨体は流汗淋り(漓)巨腹は大波を打ち鈍重なる牛の名に反し技巧的理智的で勇壮美がある」

この文章に、きのうの観光センター主事氏の言葉も重なって、凄絶《せいぜつ》きわまりないシーンが脳裡をかけめぐる。土俵入りが終ったとたんに、一段と雨がはげしくなってきたが、なにぶんにも野天の観覧席、どうすることもできない。濡れるにまかせて待つうちに、ようやく取組がはじまった。

横綱牛の半分もない二頭の前頭牛が入場して、入場したと思ったらたちまち頭を低くさげて角と角をぶつけ合っている。両方に一人ずつ勢子がついて、それぞれの牛にもたれるような恰好で背中に手をまわし、ハイハイ、ハイドウジャと連呼しながら牛の脇腹をピシャピシャたたく。土俵中央で牛の押し合いが続くあいだに、携帯拡声器を手にした主催者が取り口の解説をしてくれる。

「ごらん下さい、なんとか牛の角は立ちヅノと申しまして、かんとか牛の角はひらきヅノでございます。角の形によって攻防の型もちがってまいります。両者ともなかなかいいところを見せてくれています」

どこがどういうふうに「いいところ」なのかさっぱりわからない。わからないから手に汗にぎらない。押し合いおよそ十分間。再びアナウンス。

「両者ともに力をだしきっての死闘は、みごとというほかにありません。いかがでございましょう、まちがいのないうちに、このへんで引分けということにしてやって下さいませんでしょうか。引分けにご賛成の方は拍手をお願いいたします」

パチパチパチ。

「ありがとうございます。それではこの勝負、引分けェ」

なんだか狐につままれたような気分である。血を流そうが悲鳴をあげようがいっさい関係ありません、という主事氏の言葉が耳もとによみがえる。

次の一番も引分け。その次の一番は引分け提案のアナウンスが聞えているさいちゅうに、一方の牛がすたこら逃げだして、だからめでたく勝負あった。見ていると、牛の動きよりも勢子の動きのほうがおもしろい。西部劇のカウボーイそっくりの服装に身をかためた若い衆や、タオルで向う鉢巻をしめ、作業ズボンに地下足袋のおっさんが、牛の首っ玉にかじりついて敏捷《びんしょう》に動きまわりながら、ハイハイハイ、ハイドウジャ、サアサアサア、ハイリャッ、と声をからして叫んでいる。

早く大関横綱の取組にならないかな、と思う。佐々木牛の勇姿颯爽《さっそう》たるところをぜひ見たい。三人でしずしずとお供をしてきたのだもの、やっぱり情が移る。きょうの相手は横綱中川牛。それまであと何番あるのだろうか、と取組表をかぞえて、かぞえ終らないうちに、突然ものすごい雨に変った。雨脚も見えないぐらいの大集中豪雨である。土俵でもみ合う黒牛と赤牛の背中に大粒の雨がはじけて、天から機銃掃射を浴びているようである。わが佐々木牛の勇姿にも未練はあるが、これではもう逃げだすほかに手はない。先を争ってかけだす見物客の背中に、アナウンスが呼びかける。

「夏の雨は馬の背をわけると申します。雨はまもなくあがると思われます。横綱同士の激突まで、どうかごゆっくりとごらん下さい。次は小結の山勝牛《やまかつうし》。山勝牛を早く土俵にだして下さい。山勝牛、山勝牛、山勝牛を早く土俵に……」

おばこ、恙《つつが》なきや――庄内

1

おばこ来るかやと
　田んぼのはゝずれまで
　出てみたば

庄内おばこの庄内にやってきて、やってきたからといってなんでもわかるというわけのものでもない。だいいち「おばこ」の語源がわからない。おぼこ娘の「おぼこ」が転訛《てんか》したもの、と考えればいちばん手っとり早いけれど、そいつはまったくの俗説で、結局のところ語源はよくわからないということがだんだんわかってきた。

おばこ来もせで
　用のないたんばこ売りなど
　ふれてくる

ほんとうは次女以下の、つまり妹娘のことを「おばこ」というんだそうで、したがって「あねこ（姉娘）」と対をなす言葉として昔は用いられたと聞く。

いま、羽黒山《はぐろさん》に向う車の後部シートのまん中で、私にぴったり寄り添うような形ですわっているおばこのおふみさんは、鶴岡市からちょっとはいった田舎の農家の娘さんで、上に兄と姉がいるといっていたから、だから、おふみさんは正真正銘本義どおりのおばこである。肌が白くて、目もとが涼しくて、眉がはっきりしていて、お化粧っ気のない頰に光る産毛が匂うようである。ことし成人式を迎えたばかりだそうだが、少女のういういしさと、成熟した娘の魅力とが、うまいぐあいに溶け合って、そのえもいわれぬ混淆《こんこう》が悩ましい。

城下町の落着いた雰囲気《ふんいき》をとどめる鶴岡の街で、行き交う娘たちはことごとく美しかった。さっきも信号のある四つ角で、若い女性の交通指導員が歩行者を誘導していたが、これがハッとするような美人で、それもただ美しいというだけではなくて、使命感に輝いたすこぶるいい顔なのである。自転車で道ゆくおばこたちの表情も、例外なく清潔で潑溂《はつらつ》としていた。東京の若い女たちの、醜悪無慙《むざん》な化粧に辟易《へきえき》した目に、おばこの健康な皮膚がいかにも眩《まぶ》しい。これだけでも、庄内にきた甲斐《かい》があったと思う。鶴岡市役所の産業部でそのことを口にしたら、商工観光課のS氏が、

「そうですかなあ、わたしら、美人が多いなんてちっとも思わんのですがねえ」

と答えて、むしろ訝《いぶか》しげであった。そういうものかもしれない。

至るところで目についた庄内美人のなかでも、おふみさんは頭角を抜いている。土地の言葉でいえば、めんごいおばこ、である。めんごいおばこを、どこでどうやって捕獲したのか、そんなことを聞くものではないよ。知り合って、親しくなって、それでこうして一緒に車に乗っている。それでいいではないか。白の半袖ブラウスに紺のスラックス、髪はショートカット。口数は少ないけれど、おふみさんはたえず左右の景色に目を配りながら、ここはというところで実に的確な説明をしてくれる。的確なはずで、おふみさんは観光バスのガイド嬢なのである。新制中学を出てすぐにS交通に入社したというから、ガイド歴四年。何を尋ねても、たちどころに明快な答えが返ってくる。旅行者にとって、まことに頼もしいガールフレンドである。なかんずく、数字がからむことがらに至っては正確無比。

出羽三山と呼ばれる月山《がっさん》・湯殿山《ゆどのさん》・羽黒山の標高は、それぞれ一九八〇米・一五〇四米・四一九米。羽黒山の表参道には二四四六段の石段があって、石段の両側にそびえる特別天然記念物の杉並木は五八五本、最大のものは直径一・三米で樹齢五百年、直径一米を超す杉が一四三本……

澱《よど》みなく流れる数字が子守唄の作用を果したらしく、おふみさんの向う側で、健忘が居眠りをはじめた。めんごいおばこの好意を踏みにじる無礼な所業だが、しかし、健忘には健忘の事情がある。東京から山形まで、今回は自動車でやってきた。前々日の深夜に東京を出発して、きのうのお昼頃鶴岡近郊の湯野浜温泉に到着した。私も亀羅氏も運転はまるっきりダメで、だから健忘が一人で夜を徹してハンドルを握ってきたのである。その疲れが一時に出たのだろう。

どうして自動車できたのかというと、汽車の切符が買えなかったからで、なぜ買えなかったのかというと、旧盆の帰省ラッシュにぶつかったからである。八月十一日から十四日までの四日間に国鉄を利用した帰省客は百七万人、そのうち五十八万人が東北のふるさとへ、と新聞があとで報じていたのを読んで、切符が買えなくてよかったと思った。われわれ三人が汽車に乗ったら、三人分の帰省を妨害することになる。帰省の邪魔をしてはいけない。

兎追いしかの山
小鮒《こぶな》つりしかの川

ふるさとのある人がふるさとへ帰るのは人間の善行である。帰れる人は帰ったほうがいい。帰りなんいざ、である。

如《い》何《か》にいます父母
恙なきや友がき

恙なきや、という言いまわしには、あたたかい、しみじみとしたものが流れている。恙なきの恙はツツガムシの恙。蛛形綱蜱目《しゅけいこうだにもく》ツツガムシ科の節足動物の幼虫で体長〇・二ミリ。

体内にリッケッチア・オリエンターリスという病原体を持ち、急性伝染病の因となる。ツツガムシ病はわが国特有の地方病で「秋田、山形、新潟の三県に多い」と辞書に出ている。

出羽三山の三神を合祭する羽黒山の出羽神社に、松例祭《しょうれいさい》と呼ぶ大晦日《おおみそか》の夜の行事があって、このとき、藁で作った巨大な恙虫に松明《たいまつ》で火を放ち、一年の文字どおり恙なきことを祈念するという。羽黒山麓《さんろく》の宿坊の屋根の下に、ほら、大きな注連縄《しめなわ》みたいなものがくっついているでしょ、あれも恙虫を象《かたど》ってあるんですって、とおふみさんが指さして教えてくれたが、横綱の綱の出来損いを見るようで、虫というイメージはわいてこない。いったいどんな虫なのだろう。せめて標本なりとも見て帰りたい。

2

二四四六段の石段をのぼれとはいわないが、くだりだけは是非とも歩いていただきたい、と観光課のS氏が念を押した。

「結構ですとも。くだりだけでしょ？　くだるんならお茶の子さいさい」

「さいさい？　うーんそれならいいんですが、あれでくだりも楽じゃないですよ。下までおりると膝が笑います」

膝が笑うという表現がおもしろい。笑うか泣くか試みるにしかず。鬱蒼《うっそう》たる杉木立に囲まれた急傾斜の石段を、ひょいひょいと調子よく踏んで、調子はよくても、なるほど足にこたえる。ところどころ、下から歩いてのぼってきた人とすれちがうが、みんな口から心臓がとびだしそうな顔をしていた。しだいに足がガクガクしてきて、もうそろそろ終点が近いいんじゃないかと思ったら、

「このへんが、下からのぼってくると七合目ぐらいです」

と、おふみさんがこともなげにいう。がっくりきて、石段横の茶店にとびこんで、床几《しょうぎ》に腰掛けておでんをたべた。ひろびろとした緑の庄内平野のはるか向うに、藍《あい》色の日本海が帯状にキラキラ光るのをぼんやり眺めていると、まことに心地よい。充分休息して、しかし、それが逆にわざわいして、再び石段をおりかけたら、太腿《ふともも》に鉛を入れたような感じである。おりてもおりても、目の下に石段が続いている。太腿の鉛がやがて脹脛《ふくらはぎ》に移り、しまいに足首に至った。鉛が動くのである。四十分かかって二四四六段をおりきった。立ち止っていても、膝がガクガクする。

「膝が笑いません？」

おふみさんもS氏と同じことをいった。

俳句に「山笑ふ」という表現がある。春の季語で、山笑ふ日の古障子明けておく（島人）、というような使われ方をする。「膝笑ふ」も晩夏あたりの季語にならないか。こういう味な表現が日常語のなかに溶けこんでいるのはいいものである。『奥の細道』にゆかりの、これも土地柄か。そういえば、このあたり一帯には、俳聖の句碑が散在している。その一

つに――

語られぬ湯殿にぬらす袂《たもと》かな　芭蕉

風呂場の密会みたいな句である。湯殿というのは湯殿山のことだそうだが、なんのことだかよくわからない。その湯殿山に車は向っている。月山に源を発する梵字《ぼんじ》川の沢に沿って、くねくねと登るうちに雨になった。中腹からガスも発生して、墨絵のような景色が右に左にひらけては消えてゆく。道はかなりの悪路で、だから激しく揺れどおしの車の中で、おふみさんの足がこっちの足にぴったりくっついて、スラックスごしに体温が伝わってくる。車が大きくカーブするたびに、頬が触れ合いそうに近づいて、二十歳《はたち》のおばこの、ミルクのような匂いが鼻をくすぐる。出羽三山の奥の院といわれる湯殿山は、真言密教の山伏、修験者、行人たちのいやしくも最終修行地である。その聖地を目指しながら、おばこの潑剌たる色香に迷うとはなんたる罰当り、と思うばかりでどうにもならない。どうにもならないところが即《すなわ》ち煩悩である。

雨とガスと冷気に包まれて、湯殿山はひっそりとしずまり返っていた。車をおりて、つるつるすべる岩だらけの道をしばらく歩いたところに、関所のような小屋があって、ここから先は跣足《はだし》にならなければ通してくれない。靴をぬぎ、靴下をぬぎ、ズボンをめくって、おそるおそる一と足踏み出したとたんにあまりの冷たさに思わず「ひゃア」と声が出た。凍傷になりそうである。

「だいじょぶ、すぐ暖まります。とってもいい気持になるわ」

「よし、一緒に行こう」

「あたし、ここで待ってます。いえ、靴ぬぐのはべつにかまわないんですけど、でも……やっぱり行かないほうが……」

おふみさんは含み笑いをしながら、奥歯にものがはさまったような物言いをして下をむいた。

湯殿山には「神殿」というものがない。古来、人工を加えず、というのがここの基本方針だと聞く。赤褐色の大きな岩が御神体で、何カ所かの窪《くぼ》みから熱い湯が湧《わ》いて湯気がたっている。そのお湯で足を洗われながら、土饅頭《どまんじゅう》のような岩に登ると、冷えきった体が暖まって、足の裏の皺《しわ》一本までのびるようである。あそこで靴をぬがせて、ここまで十米ほど跣足で歩かせるというのは、演出として上々であった。

演出といえば、この湯殿山の御神体については昔から「語るなかれ聞くなかれ」という掟《おきて》がある。俳聖芭蕉でさえ「山中の微細、他言することを禁ず。よって筆をとどめてしるさず」と書いて、それで「語られぬ湯殿にぬらす」の句を詠んだのだ、と、お祓《はら》いをしてくれた神官が教えてくれた。熱い湯がとろとろと湧いては流れる御神体のリアリズムの極致みたいな中心、というよりもむしろ局部を一瞥《いちべつ》したとたんに芭蕉の句もよくわかったし、おふみさんが一緒についてこなかったわけも、よくよくわかった。よって筆をとどめて私もしるさず。

3

湯殿山中で、行人たちの修行は凄絶をきわめたものだったという。三千日の五穀断ち、五千日の十穀断ち、と聞いただけでも体がふらふらする。その間、口にするものといえば木の実、草の根だけ。いわゆる木食《もくじき》である。やがて体内の脂肪分がことごとく脱《ぬ》けた頃合いを計って、みずから地中に入定《にゅうじょう》し、生きながらミイラと化す。五穀断ち十穀断ちの荒行の途中で病気になったために、よんどころなくお粥《かゆ》を一と口たべたとたんに死ぬのがイヤになって、とうとうミイラになり損った行人もいたらしい。

即身仏《そくしんぶつ》といわれるミイラが、いま庄内地方に六体残っている。湯殿山の戻りに立寄った末寺の大日坊で、真如海上人のミイラをつぶさに見せてもらった。「つぶさに」というのは、ここの住職がたいそう闊達《かったつ》なご仁で、錦の法冠をかぶったミイラの前で、

「アダマ（頭）の法冠とっが？（とってやろうか）。そのほうがええば、とってもいいんぜ」

と、庄内弁まるだしで歓迎してくれたからである。

「法冠とっど（とると）、つるッとしてきれいなアダマだぜえ。ンだンだ、夏《なつ》はちっとばかり匂うなあ。うーん、なんちゅう匂いかなあ、やっぱりホドゲエ（仏）の匂いだなあ」

匂いこそしなかったが、面と向うと、さすがにすごい迫力だった。真如海上人は、がく

んと首を前におとし、からっぽの口を吊《つ》り上げるように開いて、鼻の穴と眼窩《がんか》がくりぬいたようになって干からびている。うらめしやの形で前にそろえた手首と、胡坐《あぐら》をかいた足の脛《すね》から先が、黄色い法衣のすきまからのぞいて、それが骨に渋紙を貼りつけたように見える。天明七年八月十四日入定、没年九十六、とある。

仕事柄、このへんのことはなんでも知っているはずのおふみさんも、これだけ間近にミイラを見るのははじめてだそうで、

「だれでも、こげなっかど（こんなになるのかと）思うどしゃ、なんだかイヤですのう」

と、このときばかりは土地の言葉がとびだした。

外に出ると、いつのまにかあたりはすっかり暗くなっていた。再び悪路に揺られて、おふみさんの足が触れたり離れたりするたびに、たったいま見た真如海上人の骨と皮ばかりの脛が脳裡《のうり》をかすめて、白骨のお露を抱く「牡丹燈籠《ぼたんどうろう》」の新三郎になったような心持である。ハッとして正面を向いたら、バックミラーにぞっとするような顔が映って、いやらしい中年の、それはまごうことなきわが顔であった。

翌日はカラリと晴れ上って、雲はもう秋の雲である。庄内米の庄内平野の美しさを堪能《たんのう》して、その足で酒田市の有名な米倉庫を見に行った。明治二十六年に建てられたままの姿で、十一棟の倉庫が並び、ざっと二十万俵のササニシキがつまっていた。応接室のすみっこに、米の大敵の標本が展示してある。穀象虫《こくぞうむし》、一点穀蛾《いってんこくが》、熨斗目《のしめ》穀蛾、麴黴菌《こうじかびきん》……

「恙虫《つつがむし》はありませんか」

「恙虫？　あれは稲とは関係ないんです」

そんなことも知らなかった。恙虫という名前から受ける印象で、稲の害虫で同時に伝染病の媒介もする虫なのだろうと、私は頭から思いこんでいた。だから、行く先ざきで、恙虫を見たことありませんか、と訊《き》いてまわった。鶴岡市役所のS氏をはじめ、S氏の上司でかくれた郷土史家の産業部長氏、羽黒山と湯殿山の神官、安永七年創業の造り酒屋の七十二歳になる大旦那。どなたの口からも「見たこともない」と申し合せたような答えが返ってきたが、稲と無縁なら、見たことないはずである。幻の恙虫。

湯野浜温泉の高台にある宿に戻ったら、夕陽が日本海に沈むところだった。備えつけの冷蔵庫からビールをとりだし、落日を肴《さかな》に何はともあれ一杯。

「ああ、うまいッ。蘇生《そせい》の思いだ」

ぐいと一と息にグラスを干した亀羅氏が口のまわりに泡をつけたまま、長いレンズのついた写真機を持ってベランダにとびだしていった。

薔薇《ばら》色が少しまじった熟し柿のような大きな太陽が、みるみるうちに半分になったかと思うと、たちまちオレンジ色に変り、水平線が黄金色に染まった。次の一瞬、まるで錘《おもり》で引っ張られたように、まっ赤な塊が一と呼吸ですうっと沈んでいった。息を呑む美しさである。

「いやァ、よかったなあ。あんな色見たことない」

柔和な目をいっそう細くして亀羅氏が戻ってきた。

落日後も、しばらくは暗緑色の海に、薔薇色のうろこ雲が降りそそぐように光っていたが、やがて黒いシーツを敷きつめた海の、波打ち際だけがぼんやりと白くどこまでも続いて、不意に風が出てきた。形容の辞に窮するすさまじい風の音を聞くうちに、ふと、おふみさんのことを思いだした。おばこ、恙なきや。あのミルクの匂いのするおばこにも、いつか恙虫ではない虫のつく日がくるのだろうな。ひゅうひゅうと、日本海がむせび泣いている。

眩《まぶ》しかりけり——神戸

1

陳舜臣氏と田辺聖子さんが神戸に住んでおられる。稿成って、あるいは稿成らずとも、示し合せてトア・ロードあたりの酒場で注《さ》しつ注されつしながら東都文壇をぐいと睥睨《へいげい》なさっておられるご様子は、小説雑誌の写真頁《グラビア》で夙《つと》に存じ上げている。そこに今度から筒井康隆氏が仲間入りなさる。神戸市西垂水《たるみ》にかねて建築中の筒井邸が落成して、東京都渋谷区神宮前のお宅からこのほどめでたくご転宅、筒井さんも晴れて神戸の人になられた。

以上が事実で以下は風説。

五木寛之氏も近い将来神戸に居を定めようと窃《ひそ》かに計画を練っておられるらしい。東京金沢横浜と風に吹かれて移り住んだ五木さんは、好んで「ドロップアウト」という表現を口にされたが、神戸移住計画にはむしろ「ドロップイン」といった気味合いが感じられる。さらに続いて、野坂昭如氏も神戸市内に「環良格安再得難」を物色中で、その一大目標達成のためには敢えて多作乱作も辞さぬと某誌座談会で語ったと漏れ承わる。もっとも野坂さんの場合は、この地こそが懐かしいふるさとであり、かねてより灼熱《しゃくねつ》の神戸愛をことあるごとに披瀝《ひれき》しておられた。去年の夏、機会あって野坂さんと関西に赴いたときなぞ、ほとんど法悦境《エクスタシー》の表情を浮べて神戸市中を案内して下された。

「こ、これが僕の最大最高の道楽なんです。もう何十人案内したかなあ。神戸市役所観光課は、ぼ、僕を表彰すべきだと思うんだが」

いつまでたっても表彰の気配はなし、それより何より、案内役だけでは飽き足らなくなって、とうとう夫子《ふうし》自《みずか》ら永住を決意なさったのだろう。

神戸へ神戸へと文士はなびく。

嘘かまことか、近頃、小説雑誌の編集者三人寄れば〝文壇移動説〟の話題でもちきりだそうである。

こういう事態が、昔もあったんじゃないかな、と思う。神戸にはかつて谷崎潤一郎大文豪が住みついた。同じ頃、佐藤春夫大詩人もこの街にやってきて、輸林院《アカデミー》酒肆という名のいまも盛業中の酒場にいりびたっていたらしい。獅子文六、河上徹太郎、吉田健一、檀一雄といった諸大家もこの店の常連だったと仄聞《そくぶん》する。してみると文壇移動周期説である。

大移動の周期がまためぐってきたのかもしれない。私も移ろうかな。ただし、冒頭の諸氏とは事情がまるで違う。どう違うのかというと、ほら、入社試験や入学試験の程度の低い問題にきまって出てくる門前市ヲナスと門前雀羅《じゃくら》のちがい、あれである。諸氏の場合は、編集者攻勢、締切り公害からの逃避という含みもあって、したがって神戸移住は同時に神戸疎開でもあるわけで、そこへいくと私のほうはどこにいたって暇をもてあましている。東京にいてさえ門前に雀の遊ぶ身が、この上遠隔地に移ってどうする気だというのは素人考えで、神戸に移り住めばことによると「細雪《ささめゆき》」が書けるやもしれぬ。下見をかねて神戸の街を歩いてこようと思う。どうして神戸へ神戸へと文壇がなびくのか。おそらく、よほど人びとの心の琴線にふれるものがあそこにはあるのだろう。

陳舜臣氏が書かれた「神戸というまち」（至誠堂新書）を拝見すると、そのことがよくわかる。二百頁あまりの小冊子だが、感情を極力抑制して、ひかえめにひかえめに書いておられるから、それだけに切々たる愛情が沈潜して、これはもうガイドブックというより、神戸に寄せる陳舜臣氏のラブレターといったほうが適切かと思われるような、そういう本なのである。

たかだか百年の新興都市、必然的に算盤《そろばん》ずくにならざるをえない生活態度、さわやかな合理主義、こういった神戸の特性をひっくるめた上で、陳さんはいう。

「新しい町神戸は、人間が新しい出発をするのにふさわしい町である」

新しい出発をしてみようか。

2

神戸はもうすぐ近くなる。岡山まで延びる新幹線の「新神戸駅」が、摩耶山《まやさん》と再度山《ふたたびやま》のあいだのトンネルとトンネルのわずかな間隙《かんげき》に、もう七分どおり出来上っていた。新神戸駅のすぐ裏手はちょっとした深山幽谷で、美しい渓谷の流れに沿って三分も歩けば名高い布引《ぬのびき》の滝。二つある滝の、雄滝《おん》雌滝《めん》という呼称もさることながら、いかにも文人墨客《ぼっかく》好みの雰囲気があたり一帯にそのまま残っていて、不意に明治末期か大正初期の行楽地に迷い込んだような気分である。

軽い散歩のつもりで、それでもいつとはなしにかなり歩いたのだろう、喉《のど》が渇いたのでラムネを飲んだら、このラムネがびっくりするほどうまかった。喉の渇きのせいばかりではなくて、甘みの量と炭酸の量がこれ以上でもいけずこれ以下でもいけずという、すこぶるいい感じに配合されていた。

「亀羅氏にも飲ませたいな」

「いや、彼は麦で作ったラムネのほうがいいんじゃないですか」

今回、亀羅氏は行を共にしていない。朝、これから家を出ようというときに電話をかけてきて、この数日どうもお腹《なか》の調子が悪くて足許《あしもと》がふらつく、出掛けて出掛けられないことはないが、足手まといになったら悪いから今月だけ失礼する、ついては自分の後輩のS

君に急遽《きゅうきょ》ピンチヒッターを頼んでおいたからよろしくといった。気のせいか、声に力が入っていないようであった。

「お見舞いに二、三本買って帰ろうか。それぐらいうまいラムネだ」

「うまいはずですよ、神戸はラムネの本場ですからね」

健忘が二本目の壜《びん》に手をのばしながらそういった。それで思いだした。

ラムネ製造、マッチ製造、壜づめ日本酒、パーマネント、映画興行、ゴルフ場、水族館、サナトリウム、ペスト患者、列車事故、有線放送、スーパーマーケット。

これみんな、神戸がその濫觴《らんしょう》の地といわれるものだと陳さんの本に出ている。軽佻《けいちょう》浮薄の野次馬根性、裏を返せばパイオニア精神、他人の思惑《おもわく》なんか気にしない気にしない、という開港地特有の住民意識を名づけて「軽い精神」と陳さんは書いておられる。

「軽い精神」は、神戸のいたるところに見受けられた。たとえば、洒落《しゃ》れた買物で知られる元町通りを歩いていたら、見たこともない不思議な看板が目に飛込んできた。

〈珊都異知〉

これをどう読むか。はじめ小首をかしげていた健忘が、しまいに看板の前にしゃがみこんでしまったが、なに、それほど難解なクイズではない。珊瑚礁《さんごしょう》の「珊」、都々逸《どどいつ》の「都」、というぐあいにそのまま読んでいけば、おのずから〈サンドイッチ〉と読めるはずである。

「あ、そうか。そういやそう読めますね。しかし、気障《きざ》だなあ」

「気障だとも。気障なところがすなわち軽い精神」

「ふーん」

元町を抜けると三宮センター街。下駄屋の店先に、丈の長いおそろしくまのびした下駄が飾ってあって、こんなビラが貼《は》りだされている。

〈For the foreigner Long size〉

「これも軽い精神ですかね」

「そう、なりふりかまわぬところがね」

センター街のはずれから地下にもぐると、色とりどりの店舗が、青白い照明の中でチカチカ光っていた。三宮駅前のこの地下街は、規模においても質においても全国有数と聞くが、近頃はどこへ行っても似たような地下街があって、たべもの屋なら同じ味で、服飾雑貨店なら同じ品で、店員の態度言動までそっくりで、地下にもぐっているかぎり、ここは一体神戸なのか大阪なのか新宿なのか渋谷なのか、はたまた札幌なのか熊本なのかさっぱりわからない。だから地下商店街そのものには少しも興味はないのだけれど、この一大ショッピングセンターを「さんちかタウン」と名づけた感覚がおもしろい。三宮の地下だから三地下《さんちか》。無精といえば無精な命名だが、簡にして明なるところがいい。親近感がある。迷路のような、その「さんちかタウン」の四つ角にこぎれいな標示板が掲げてあった。

〈Santica Town〉

こいつは勘弁できない。サンティカでは意味をなさない。それとも神戸では、てぃか街、てぃか鉄、てぃ球の平和というのかしらん。

〈サテスタ〉

という掲示もあった。サテライト・スタジオを芸能人や放送人がサテスタサテスタと呼ぶことは知っていたが、そういう職業的方言ないし隠語を公式の場に平気で採用するところが、陳さんのいう「軽佻浮薄性」なのだろう。

夜、トア・ロードの落着いたクラブ風の店で陳さんにお目にかかった。北野町、山本通り、中山手通り、下山手通り、北長狭《ながさ》通り、三宮町という東西に走る六つの通りを縦断するのが通称トア・ロードで、アーチの文字に TOR-ROAD とあるのを見れば、なにやら仔細《しさい》ありげだが、神戸に生れ育った陳さんでさえ、TOR のトアがよくわからないそうだ。

「北端にあったホテルの名に由来しているらしいんですが、語源については諸説粉々でね。ドイツ語で門を意味するという説があるかと思うと、そのホテルのマークが鳥居で、敷地内にお稲荷《いなり》さんの祠《ほこら》があったことから、TORII のおしまいの二つのIが脱落して TOR になったという説もある。ほんとうは東亜路の意味で、だからはじめは TOA と綴っていたという人もいます。結局いまもってよくわかりません」

トアとは何ぞや。

千早ぶる神代もきかず立田川

　　から紅に水くくるとは

　横丁のご隠居がこの歌の解釈に取組んだ。千早は吉原の名妓、神代もその妹分の花魁《おいらん》、立田川は大関にまでなった相撲とりの四股名《しこな》だ、と奇想天外なストーリーをでっちあげてゆくうちに、最後に「とは」だけポツンと残ってしまって苦しまぎれに、うーん、とは千早の本名だ。

「なんです、それは」

「健忘君知らないのかい。『千早ふる』という落語だよ」

「それがどうしました」

「だからね、トアはロードの本名さ」

「ばかばかしい。そんなことといってるから、いつまでたっても門前雀羅……」

　せっかくいい心持でお酒を飲んでいるのに、酔いが一時に醒《さ》めるようなことを健忘はいいだす。

「悪い癖だ」

「気にしないで下さい。これも軽い精神の発露です」

3

　蔦《つた》のからんだ西洋館や、風見鶏のついた三角屋根に、午前のやわらかな日差しが注いで、ぶらりぶらりと歩いていると、なんだか、それだけでひどく贅沢《ぜいたく》をしているような気がしてくる。坂の多いこの北野町には、明治をそのまま化石にしたような異人館が点在している。住む人も絶えた文字どおりの廃屋もあれば、重要無形文化財的邸宅を威風堂々住みこなしているといった感じの木造洋館もある。どういう外人家族がどういう暮しをしているのか、ちょっと覗《のぞ》き見してみたい気を人に起させて、そのくせ近寄ればぴしゃりと人を拒絶するような、そういう薄情な表情が建物自体に備わっていて、それが異人館の魅力なのである。散歩の目をたのしませ、心を挑発する昔ながらの西洋館は、しかし、もう数少ない。大部分が近代的な洋風建築に変った。申し合せたように白を基調にした瀟洒《しょうしゃ》な邸宅が、山懐に抱かれた斜傾地に思い思いの姿で建っている。

坂をのぼったりおりたり、細い路地をまがったり抜けたりしながら、一軒ずつ標札を見て歩くと中国人系の名前が圧倒的に多い。張さん、任さん、王さん、鄭さん、周さん、応さん……。いっしょに標札をのぞいていた健忘が、突然、一大発見でもしたような口調で呟《つぶや》いた。

「ふーん、中国人には寓《ぐう》っていう名前が多いんだなあ」

これでよく編集の仕事が勤まるもんだ。

「だって書いてある。張寓、任寓、王寓」

「字引を引いてごらん。寓＝かりずまい、寓居と出ている。ごらんのとおりのほんのかりずまいでございます、と謙遜《けんそん》してるんじゃないか」

「へえ、意外に学があるんだなあ」

ばかばかしくて話にならない。坂の途中の石段に腰をおろして、改めてあたりを眺めると、いままで気がつかなかったが、けばけばしい連れ込みホテルがあっちにもこっちにも建っている。二た組のカップルがホテルからすーっと出てきた。明るい日差しを浴びて、べつだんわるびれたふうもない。二た組とも、こんな施設には無縁のような、まだ若い恋人同士で、片っぽのカップルはわれわれのすぐそばの外人住宅の門のかげで、きぬぎぬの別れを惜しみはじめた。

「あたし、困るわあ」

「いいよいいよ、僕がうまく言ってあげるよ」

親の顔が見たいような会話が手にとるように聞えてきて、健忘が吸いかけのハイライトをヤケくそのようにふみにじった。

気のせいか、神戸というところは、ほかの街にくらべて若い恋人たちの姿が多いように思われる。それも、映画の一齣《こま》を見るような、なかなかいい感じの組合せが目立つ。潑溂《はつらつ》としていて、表情に屈託がない。布引の滝にも、六甲山にも、元町にも、そういうほほえましい青春があふれていた。もっとも、屈託がないのはなにも恋人たちだけではなくて、家族づれにしてもそうだ。だれもがのびのびと生活を楽しんでいる。

須磨の山の手にある離宮公園を散歩して、つくづくそのことを感じた。戦前は武庫《むこ》離宮、戦後は射撃場として、ながいあいだ宮内庁と駐留軍に独占されていたこの一角が、離宮公園として一般に開放されたのは四年前だそうだが、日本ばなれした欧風庭園を人びとはじょうずに使いこなしていた。水と芝生と花で飾られた庭に人間がとけこむというより、美しい庭を自家薬籠《やくろう》中のものにしているという趣なのである。やっとの思いで出掛けてきたのだからメいっぱいたのしんで帰らなきゃ損だ、という東京の家族づれみたいな、ガツガツしたところがない。

「ゆとりがありますね」

「ゆたかなんだよ」

「懐ろが、ですか」

「人さまの懐ろまでわかるもんか。そんなこととは別の次元の、いわば心のゆたかさがある」

具体的な根拠は何もないのだが、どうもそういう気がする。離宮公園から摩耶埠頭《ふとう》に向う車のなかで、あのゆたかさは何だろう、と考えたが、うまく説明がつかない。日本ではとっくに滅びたはずの中流生活というものが、もしかしたら神戸にはまだ残っているのかもしれない。総理府の調査によると、国民の実に九〇パーセントまでが「自分は中流だ」と考えているそうだが、そいつはとんでもない錯覚で、いまの世の中、ひとにぎりの上流と残り大多数の下層で成り立っている。中流というからには、経済的ゆとり以外のプラスアルファがなければなるまい。そのアルファが、神戸という街にはある。

夕暮の摩耶埠頭は閑散としていた。横づけになった大きな貨物船の船尾から、北欧の海賊みたいな船員が首と手だけをだして、退屈そうに糸をたらしている。埠頭のこちら側では、五組ぐらいの家族づれが、同じように黙々として釣りをたのしんでいる。もう五時をまわって、だからそろそろ夕仕度が気になるころだろうに、どの奥さんもやすらいだ表情でご亭主に従っていて、いつまで釣る気なのよッ、なぞという気配はツユほども見せないのである。時おり小さな鯖《さば》がかかって、薄暗くなった埠頭にキラリと白く光るのをながめながら健忘が口を開いた。

「どうです、神戸に移住しますか」

「やめとこう。とてもそれだけのゆとりはないよ」

掃き溜《だめ》のような東京であくせく日を送る下層の民に、この土地は少々眩しすぎるのである。

三景の末路――松島

1

寝台急行「新星」は午前六時十分の定刻かっきりにホームに辷《すべ》り込んで、仙台駅はもう完全に起きていた。こんな時間に皆さんどんな用事があるのだろう、と自分のことは棚に上げて不審に思うほどたくさんの人がうろうろしている。早朝の駅の活気というものは、しかし、悪くない。ざわざわとした物音のなかから、会話の切れっぱしが耳にとびこんでくるのもなんとなく新鮮な感じである。訛《なま》り懐かし、というほどの訛りではないが、語尾が尻上りに消えて、ちょっと茨城弁のイントネーションに似ているようだ。せんだい、せんだいと間のびのした調子で連呼していたアナウンスがいつのまにか青森行鈍行列車の案内に変って、聞いたこともない駅名を放送している。なんだか楽しいような心細いような悲しいような気分に襲われて、いかにもはるばるやってきたというふうな感じがするのだが、なに、それほどの旅ではない。上野を二十三時四十分に発《た》って、だから仙台までわずか六時間半である。たとえ六時間半でも、車中一泊は一泊。朝の駅に降り立って、こうやって寝不足の顔をつめたい空気にさらしているのはいいものである。

ホームの売店のとなりに立喰いのそば屋が店開きしていて、五、六人のお客がふうふう頰をふくらませて熱いそばをすすっているのを横目でにらんで、改札口からいったん構外に出たものの、うまそうな匂いが鼻の底にこびりついて足が進まない。改めて入場券を買って、ぐるりと乗車口のほうにまわって、入場券に鋏《はさみ》をいれてもらって、それでやっとそばにありついた。手数をかけたせいか、たいそううまい。丼《どんぶり》片手に見上げると、目の前に仙石《せんせき》線の案内板がぶらさがっていて、本塩釜、松島海岸、石巻方面という文字の下に、ひときわ大きな字で、しかも罫《けい》囲みで「日本三景松島」と書いてある。

これ、これ、この仰々しさがいい。野暮ったくて大まじめで、日本三景を大上段にふりかざしている。「なになに見物」という言葉はいまははやらないけれど、松島は、たとえば松島観光、松島ツアー、松島エック、ディスカバー松島、そういったどんな表現よりも松島見物という言葉がふさわしい。松島見物をしてこよう。故《ふる》きを温《たず》ねて新しきを知る。ことによると、いま出来の観光地にはない重みがあるかもしれない。なにしろ日本三景である。なにしろ、

松島やああ松島や松島や

である。

元禄二年（一六八九）五月、松島に遊んだ芭蕉は、この地のあまりの美しさに言葉を失ってこの句を残したと伝えられるが、しかし、よくよく考えて、これが「句」だろうか。私も親しい仲間と語らって、へっぽこ句会をはじめてまる三年、この正月で四年目になるが、いくらなんでも、もう少しは体裁のいい句を作ってきたつもりである。ただし、あくまでも「つもり」であるから、見る人が見れば、ああ松島や以下かもしれない。

いま私の手許に『俳句——四合目からの出発』という本がある。著者阿部筲人《しょうじん》、発行所文一総合出版株式会社とあって、街の本屋で偶然見つけて買ってきたのだが、これが無茶苦茶におもしろい。近年、こんなおもしろい本を読んだことがない。俳句雑誌「好日」の主宰者だった著者が、初心者から俳聖まで厖大《ぼうだい》な数の句を並べて論評を加えているのだが、その筆致が文字どおり真っ向唐竹《からたけ》割り。二、三ご紹介すると——

　末枯れて名もなき花の色かなし

「名もなき」花木や山川は存在せず、作者が知らないだけ、調べる手間も払わない無精者の狭《ずる》さに過ぎません。

　窓のなき家今日も茄子《なす》を焼く

これはどんな建て方の家でしょう。

部屋寂し埋火《うずみび》かこむ母ひとり
独りでかこめる筈がないのです。

こんな調子で一刀のもとに斬り捨てて、返す刀で、たとえば、老農は茄子の心も知りて植ゆ、という虚子の句の「植ゆ」は文法的に誤りで「大御所的存在が、かかるていたらくですから困ったものです」と迫り、ついには芭蕉の名句といわれる、塚も動けわが泣く声は秋の風、を取上げて「私も大向うの一人として〝芭蕉やあ……〟と喜んで声をかけたくなりますが、一緒に泣くことはできません。上手だと感心しても、読んで悲しくも淋しくもならないのが、この句の矛盾的性格です」と断じ去る。

この著者に、ああ松島や、の評を乞うたら何といわれるか、たぶん「かわいそうに、失語症にかかったようです」といった答えが返ってくるところだろうが、残念ながら阿部筲人氏は昭和四十三年に亡くなっておられる。それで、そのかわりにといっては失礼だけれど、小説新潮の俳句欄の選評を受持つ石塚友二氏にお伺いをたててみた。ああ松島や、は名句なりや。

「アハハハ、まず季語がないではありませんか。そりゃ、無季俳句も最近はありますが、それらは少なくとも詩になってます。ああ松島や、は素直ではあるが詩がありません。ですから私はあれを俳句とは認めません」

俳聖をメロメロにさせた松島の景観を、とにかくこの目で見てこよう。

2

松島での宿は、まずまず上の部だろうと思われるAである。もちろん予約はしてあるのだが、なにぶんにも時間が早すぎる。急ぐ旅ではなし、青葉城址《じょうし》や仙台の目抜き通りでたっぷり時間をつぶして、それで松島についたのは正午すこし前だった。土産物屋や食堂が並ぶ広場のようなところで、だれかにA旅館までの道を尋ねようかというその呼吸を見はからっていたように、すうっと一人の男が近寄ってきて、どこ行くの、と声をかけてきた。四十ぐらいの、目つきの鋭いおっさんで、灰色のシャツに同色の背広をだらしなく着ている。

「ねえ、どこ行くんだい」

「A旅館」

「予約は？」

「してある」

「電話で？」

「電話で」

「ああ、それじゃダメだ」

とんとんとん、とたたみこむように口をきいて、あげくの果てにまるでそれが当然のように「それじゃダメだ」と鼻の先で笑われると、つられてこちらも不安な気になってきたが、考えてみれば、予約なぞというものは電話でするにきまっている。ユースホステルじゃあるまいし、いちいち〝願書〟を送ったりできるものか。

「ダメだよ電話じゃ。電話の客できたためしがねえもんな。そんな客アテにしないで、みんな団体ぶっこんじゃうからね。行ったたって無駄だよ」

おそろしいところへきたもんだと思う。気がついてみると、あちこちに客引きの姿が見える。みんな同じようなことをいうのだろうか。健忘がおろおろしている。

「よォ、いくらで予約したの？　ふーん、そんだけ出すんなら俺ンとこのBにおいでよ。きれいな部屋で、料理がうまくて、それで三千円でいいよ。Aなんか行ってみろよ、布団部屋にぶちこめられるぜ。やめちまいなよ」

やめちまいなよ、よしきた、と予約をすっぽかす客がいると思っているのだろうか。しかし、いるのかもしれないな。いるからこそ、こうやって執拗《しつよう》にまとわりついて離れないのだろう。だが、見損っちゃいけない、われわれは信義を重んじる紳士である。布団部屋だろうが屋根裏だろうが、Aに予約したのだからAに泊る。

「行くの？　どうしてもAに行くのかい。ああ、そんじゃ行きなよ。そんならね、その松の木の横を入っていきなよ。左側にね、でっけえー建物があっからよ、そのでっけえぇッ建物の、奥のほうッのきッたねーッ部屋だぜ」

あんまりものすごい客引きだったので、その場を離れてすぐメモをとりだして、一言半句たがわぬよう忠実に控えておいたのだから、以上の科白《せりふ》に断じてまちがいはない。県立公園特別名勝松島町の観光協会にお尋ね申す。こんな無礼な客引きの跋扈《ばっこ》を許しておいていいのかね。

無事にA旅館について、通された部屋は松島湾に面した二階のちゃんとした座敷である。

「あいつ、口から出まかせを並べやがった」

「すごい客引きがいるもんですね」

「亀羅氏にさっそく報告しよう」

第一回から行をともにしてきた亀羅氏は、病を得て先月から入院、いまも病床の身である。旅先にあって気懸りでならない。

「そうしましょう。僕も書きますから絵葉書買ってきます。ついでにちょっとロケハンに行ってきます」

前回から亀羅氏に代って撮影を担当している第二代目亀羅氏を誘って、健忘が出て行ったあと、一人残ってぼんやりしていると、ひどく寒い。日中は暖房をとめておくらしい。女中を呼んで掛け合ったが、一向に埒《らち》があかない。

「ストーブは？」

「ないんです」

「お風呂は？」

「夕方までお湯が出ません」

「寒いよ、この部屋」

「はあ、きょうはちょっと冷え込みますね」

寒さをこらえていると肩が凝る。首をまわしたら、ボキボキといやな音がした。

「按摩《あんま》でも呼んでもらうか」

「二時すぎでないとダメなんです」

「じゃ、せめて布団だけでも敷いといてもらおうかな」

「番頭さんの仕事がまだすんでませんから、あとで」

一から十まで思うようにならない。仕方がないから、毛布を持ってきてもらって膝《ひざ》に巻きつけた。そうやって窓ぎわの椅子に腰掛けたままじっと明るい海の色を眺めていると、なんだか病後の鳩山一郎か石橋湛山《たんざん》にでもなったような、老人くさーい気分になってくる。毛布にくるまって、それでもまだ寒い。お腹《なか》のなかから温めるより手はなさそうなので、帳場に電話をかけた。

「お酒とね、それから何かあったかいものをたべたいんですが」

「それじゃ、おそばでもとってあげましょうか。なんでもいいでしょ、あったかければ」

あげましょうか、には恐れ入る。さきほどは病宰相、こんどは出入りの職人にでもなったような心持である。それでも持ってきてくれるだけでもありがたい。やがて、さっきとは別の女中がお盆を持って這入《はい》ってきたが、お盆の上に、もやしラーメンの丼が二つ載っている。

「あら、お一人ですか」

あとで聞けば、松島は修学旅行と新婚旅行のメッカだそうで、ゆうべもこの旅館に三十組の新婚客が泊っていたよし。いまいましいから、よっぽど二つとももらっておいて、ほどよくのびきったところで健忘に食わせてやろうかと考えたが、それもまあたいしておもしろくもないから、君たちだれかたべなさい、と女中にいったら「ああそうですか」といいながらしばらく丼を見比べて、明らかにたくさん入っているほうを持って出て行った。

お酒を飲んで、ラーメンをたべて、それでどうやら体はあったまったものの、なんとなくおもしろくない。松島湾に点在する小さな島の緑の影を眺め続けているうちに、健忘と二代目亀羅氏が「ひゃー、まいったまいった」といいながら戻ってきた。

「どうしたの」

「いえね、軽く何か食おうかなと思って足をとめたらまた客引きにつかまって、それが今度は食堂の客引きなんですよ。旦那、鰻《うなぎ》はどうです、座敷もありますって、しつこいったらないんです。癪《しゃく》にさわったから、いちばん安っぽい食堂に這入りました」

「結局何をたべたの」

「ラーメン」

3

松島の島の数は俗に八百八島といわれているが、実際のところは二百六十余島だそうである。

「えー、八百八というのは、嘘八百の八百ですね」

へたな洒落《しゃれ》を織り込みながら、若い船頭がガンガン響くマイクで説明してくれた。八人乗りの小型遊覧船は、湾内の島と島のあいだを縫ってすべるように走っている。よれよれのジャンパーに船員帽をかぶったこの若い衆が、タクシーの運ちゃんのように片手でハンドルをにぎり、片手でマイクをなめるように口もとにあてがって、ガイド役も兼ねている。

「えー。右見て下さい、右。あのおっきな島が雄島《おじま》ですね。むかし坊さんが坐禅組んだ島で、女は入れねえから雄島」

ぶっきらぼうな口調がかえっておもしろい。舟ばたに顔をつきだして、キラキラ光る水面を見ていると、ときおり舳先《へさき》が持ち上って波を切る一瞬しぶきのなかに美しい虹《にじ》が光ってすぐ消える。舟の両側に、天然のオブジェのような島がつぎつぎに現われてくる。変化に富んだ景色を眺めながら、ああ松島や松島や、と呪文《じゅもん》のようにとなえているうちに、だんだんいい心持になってきた。奇怪な形をした仁王島のてっぺんに野生の鵜《う》が一羽とまったまま彫像のように動かない。その向うの、いまにも崩れそうな岩に白い小菊があふれるように咲いている。

小菊走り咲いて水汲《く》みこぼす

という碧梧桐《へきごどう》の句を思いだした。まさしく「走り咲く」という感じである。

舟の幅ぎりぎりぐらいの空洞を持った長命島の、その穴をくぐると長生きをするそうである。きょうは波も静かだし「いっちょうサービスにくぐってみっか」といいながら若い衆がハンドルを切ったとたんにゴツンと横腹が岩にぶつかって舟がかなり揺れたが、若い衆は動じる様子もない。よほどぶつけなれているとみえる。

湾内をぐるりと一とまわりして、はるか前方に旅館街が見えてきた。もう陸へ戻りたくない。陸にはろくなものがない。旅館、ホテル、案内所、売店、食堂、その他もろもろの建物を、頭のなかで全部取り払って、それでそのつもりで改めてあたりを見渡したら、それはそれは絶景であった。

松島のサーヨオ瑞巌寺《ずいがんじ》ほどの、と唄にうたわれる名刹《めいさつ》瑞巌寺と、湾内に突き出た国宝五大堂と、それにあとはこの風光があれば申し分ないのに、と思う。

「そんなことといったって無理ですよ」

「だいいち、この風光にしたところで、いつまでもこのままってわけにはいかないそうです」

「そりゃ、ま、そうだ」

「自然は変らないだろう」

「それがさに非《あら》ず、これを読んでごらんなさい」

健忘がさしだした『観光地図・仙台・松島・金華山』(昭文社発行)の解説の頁に、なるほどこんな記事が出ていた。

〈(松島は)地質学的に見て薄命の名勝であり、もう二〇〇〇年もたてば、島は全部姿を消してしまうだろう、といわれている〉

二千年たって、島影一つ見えない広びろとした海になってしまったとき、そのときこそ、松島やああ松島や松島や、は光彩陸離たる名句となるかもしれない。

舟をおりて、ほんの五、六歩あるいただけだというのに、もう「どうです遊覧船に乗りませんか」と、しつこく声をかける客引きがいた。見ていればわかりそうなものではないか。むかし、赤線の遣《や》り手婆ァなんか、帰りの客には絶対に声をかけなかったものだ。

「どうです、遊覧船は」

「………」

ふざけやがって、ふざけやがって、と思うばかりで、言葉が出てこない。喉の奥で熱い塊みたいなものが上ったり下ったりして、顳顬《こめかみ》がぴくぴく動いた。

わたしの城下町——松江・出雲《いずも》

1

松江々々といい暮して十年たった。

たかだか人口十万の、交通不便な、いつでも天気のはっきりしないあの街の、どこがそんなにいいのかと思う。もっとも、ものは考えようで、たかだか人口十万だからこそ、交通不便だからこそ、天気がはっきりしないからこそいいのだという考え方も成り立つ。早い話が、いつでも天気がはっきりしないということは、それだけ街に陰影があるということである。雨にけむる松江城の、いまのいままで紗幕《しゃまく》ごしに見るような黒い雨覆板《あまおおいいた》が、次の瞬間には明るい陽光を浴びてキラキラ茶色に光る、そのコントラストの美しさは十年たったいまでも目の底に焼付いている。

雲の表情もおもしろい。五層六階の天守閣に灰色の雨雲が低く垂れこめて、ぴんとはねた鯱《しゃち》の尻尾《しっぽ》の先に小さな三角形の青空がぽっかり現われたかと思うと、同じ形と大きさのまま青い三角窓がゆっくりと動いて行ったりする。広い宍道湖《しんじ》に覆い被《かぶ》さる厚い雲や薄い雲を、ただぼんやり眺めているだけでも三十分ぐらいすぐたってしまう。や雲立つ出雲の国の、雲は千変万化するのであった。

――おや、ご旅行ですか。

――ええ、ちょっと松江まで。

――それはそれは。で、何しに？

――はあ、雲を見に。

こんな気障《きざ》なやりとりを口にする気は毛頭ないけれども、仮に口走ったとして、一度でも松江をたずねたことのある人の耳には、気障な科白《せりふ》が少しも気障に聞えないんじゃないかという気がする。

――はあ、雲を見に。

これは何も「雲」だけに限らない。「雲」の代りに「夕日」でもいい、「茶室」でもいい。あるいは「……をたべに」と置き換えても一向さしつかえない。白魚をたべに、鱸《すずき》をたべに、めのは（若布《わかめ》）をたべに。

とるにたらないことがらの、一つ一つが悉《ことごと》く主題になり得《う》るのである。殆ど無数に存在する主題が渾然《こんぜん》となって松江の魅力を形成している。十年前に田宮虎彦氏の取材旅行に随行して、以来私が松江々々といい暮すようになったそのわけを、強いて説明すればこんなところであって、理屈はどうにでもつく。だが、松江のほんとうのよさは理の外にある。理の外で働く感情ならそれは恋だろう。わが久恋の、すなわち、へわッたしの城下町ィ、である。

松江は堀川の多い街で、大小百を超す橋が家と家、通りと通りをつないでいて、だからどの堀のどの橋だったか、短い橋を渡った突当りのところに「天要」という、老夫婦だけでやっている天丼《てんどん》専門の店があった。入口に申訳のように麻の暖簾《のれん》をかけてはいるものの、屋号を染め抜いているわけでもなく、だれの目にも煤《すす》けた仕舞屋《しもたや》としかうつらない。四坪たらずの、どこもかしこも油で黒光りした店内の柱に古ぼけた扇風機がくくりつけてあって、大正時代にとりつけたままだと聞いた。

「ここの天丼は絶品ですよ。宍道湖でとれる季節の材料しか使わないんですね。白魚、あまさぎ——あまさぎっていうのは要するに公魚《わかさぎ》のことですが、松江の人に聞くと公魚とあまさぎはちがうといって言い張りますよ。それからもろげ、これは宍道湖でとれる小さな蝦《えび》です」

寡黙な田宮さんが珍しく熱っぽい口調で激賞されて、それであらかじめ影響されていたということもいくらかあるだろうから、その点を割引いた上で、なおかつ、まったくの話があんなうまい天丼をたべたことがない。十年前のあのとき、一杯百十円だったか百二十円だったか、とにかくびっくりするほどの安さだというのに、その日の仕入値がすこぶる高くて、白魚一匹が一円以上についているから、きょうは売れれば売れるほど損をするというような意味のことを、六十すぎぐらいの職人肌のおやじがいっていた。不本意ながら近く十円の値上げをしようかすまいかと、たった十円で深刻に悩んでいて、あとから這入ってきた常連らしい客に、

「十円あげらと思いますが、どげで思いなァんすか。そのことが頭にこびりついて、目《み》が合わんと思わっしゃいまし」

と打明けていた。目《み》が合わんというのは、夜もおちおち眠れないという意味だそうで、その言いまわしがおもしろかったのでいまでもよくおぼえている。あの天丼をまたたべてこよう。あのおやじにも会ってこよう。

とりとめのない空想の徂徠《そらい》に委《まか》せていると、それからそれへと連想の輪がひろがって、行きたい場所のたたずまいや、会いたい人の顔が目の先に浮んでくる。その中に、漢東さんの懐かしいお顔があった。

漢東さんは漢東種一郎とおっしゃる松江在住の高名な郷土史家で、出雲の生き字引みたいなご仁《じん》である。田宮さんの余慶を蒙《こうむ》って、随行の私まで漢東さんにすっかりお世話になった。あのときのお礼を兼ねて、ぜひとも久闊《きゅうかつ》を叙したい。宍道湖畔の宿にお運び願って一盞《さん》さしあげる段取りをつけたいが、漢東さんは講演や執筆で忙しいお体である。おまけに、いまあちらは神在月《かみありづき》、八百万《やおよろず》の神々でごったがえしているはずだ。

神無月《かんなづき》のことを出雲地方だけ神在月ととなえるのは、陰暦十月に日本中の神様が出雲大社に集合して、年に一度の大会議を開催なさるためである。ことしは陰暦の五月が二度あったりした加減で、開催日が例年になく遅れて、われわれが東京に帰りつくころからぼつぼつ会議がはじまるらしい。そういうだいじな時期に無理じいをしてもいけないので、漢東さんにお伺いの手紙を出したら、折返し快諾の返事がきて、

「貴台御一行は神々の先遣部隊でありましょう」

と書いてあった。

2

髪がやや白くなっただけで、あとは十年前とちっとも変らない漢東さんのお顔にほんのり赤みがさして、お酒がほどよくまわるにしたがって、弁舌いよいよなめらかになったが、純正出雲弁であるから少々聞きとりにくい。

「あスたの予定はどうなっちょります。菅田庵《かんでんあん》へ行かれるようなら、ひとつまたわたスがご案内を……」

菅田庵は松江藩主第七代松平不昧《ふまい》公の茶室である。松江市北部の小高い丘の上にあって、ここでよばれた薄茶と饅頭《まんじゅう》の味が忘れられない。だからまた行きたいと思うけれど、そのために漢東さんをわずらわすのは恐縮である。漢東さんはこれまでに何百回、ことによ

ると何千回も菅田庵に人を案内している。一日に三往復したこともあるそうだ。内田百閒先生の名品『菅田庵の狐』に登場する例の「何樫《なにがし》さん」は、何をかくそう、この漢東さんである。

「あのときにゃァ往生スました。百閒先生は、宿の縕袍《どてら》着て、深護謨《ゴム》の長靴はいて、おまけにあんた、白手袋はめちょられて、いやァ、あのシタイルにゃァ、わたスも頭いわえ（かかえ）ました」

異形の賓客をお連れ申して、あと一歩で頂上というところまできたとき、突然、ここから引返す、と百閒先生がいいだした。

「ケそこね（ついそこに）菅田庵の屋根が見えちょォますのに、先生いうたら、俺は不昧公に用はない、とおっしゃって行《え》かとされませんだけん、こうにゃ、よわァ（弱り）ました」

百閒先生一流のだだっ子ぶりと、温厚篤実な漢東さんの困惑ぶりが目に見えるようである。

不昧公に用はない。

それはそのとおりで、私だって不昧公に用はないが、しかし、あそこで供される薄茶と饅頭に用がある。それで結局漢東さんのご好意に甘えて、翌日、雨あがりの菅田庵に出掛けた。

島根半島特有の紅殻色《べんがら》の赤土に、太い木の根がくねくねと露出していて、地面が酔っ払って筋を立てているような山道である。しばらく行くと、ゆるやかな勾配《こうばい》の石段があって、雨に濡れて黒く光るその石段が途中で不意に真紅の絨毯《じゅうたん》に変ったと思ったら、それは無数に散乱する紅葉の落葉であった。こんな美しいものを踏みつけてのぼるのである。のぼりつめたところに門があって、きれいに刈り込まれた椿《つばき》、躑躅《つつじ》、木斛《もっこく》などの植込みが、やわらかい初冬の日差しを浴びてつやつやしていた。

庭を通って茶室の裏にまわると、満天星《どうだんつつじ》の大きな植込みの、おそろしいほどの紅葉が小火《ぼや》の塊のように目にとびこんできて、思わず息をのんだ。

茶室に戻ってお茶の振舞いにあずかった。目にふれるもの悉く美しくて、悉くととのっていて、その中でちょこんと坐ってお薄を頂戴するというのは、これはかなり危険な行為にちがいない。風流には毒がある。そんなことを考えながら緑色の泡を口にふくんだが、そいつはどうやら考えすぎで、風流の毒どころか、むしろ心に躍動するものが芽生えてきて、ここにこうして坐っているだけで、なんだかわくわくしてくるのであった。百閒先生はどうしてあそこで引返してしまったのだろう、と改めて不思議な気がした。

山をおりる途中からまた雨が落ちてきて、待たせておいた車で街の中心部まで戻るあいだの、ほんの五、六分のうちに沛然《はいぜん》たる降りになった。今朝、宿の女中に、

「これが松江の天気ですけんね。一日《えちんち》でケエ猫の目みたいにかわァ（変り）ますけんねえ。

そうで、弁当わッしェ（忘れ）ても傘わッしェだねっていいます」

　と教えられて出てきたことを思いだした。まったくそのとおりで、一日どころか半日のうちにでも、空模様がくるくる変って、そのたびに宍道湖の水の色が微妙な変化をみせる。いま、鉛色ににぶく光る宍道湖に沿って、国道九号線を出雲に向けてしばらく走るうちに、厚い雲が切れて、まだ雨も残っているのにまぶしい光が広い帯のようにさしてきた。出雲大社についたときには、雨はきれいにあがっていて、鬱蒼《うっそう》たる木々から垂れる雫《しずく》が水晶のように光った。重厚な檜皮葺《ひわだぶき》の屋根からモウモウと立ちのぼる水蒸気が白い雲のように棚引いている。

　豊作祈願の献穀祭でにぎわう境内のそこかしこに、一と目で新婚旅行中とわかるカップルが、おみくじを引いたり、写真を撮《うつ》したり、いかにも楽しげである。拝殿の奥の、ここから先は御初穂料を出さないと入れてもらえない瑞垣《みずがき》のそばに、〈結婚御礼――特別のお取り扱いを致します〉という札が掲げてあるところは、さすがに縁むすびの大元締だけのことはある。そういえば、早く出雲へ飛脚を立たせ結びちがいのないように、という都々《どど》逸《いつ》があった。神在月《こより》の例の会議の席上、神々が家族合せのカードのようなものをこしらえて、そいつを紙縒で結びつけるたびに、一組ずつの鮮《あざら》けき好配が誕生するのだそうだ。

　仕合せに顔を輝かせたカップルを羨《うらや》ましげに眺める健忘に、漢東さんが声をかけた。

「出雲大社といいますと、みんな男女の縁結びのことばっか考えちょられますが、そげなことではあ（り）ません。わしとあんた、わしと亀羅氏、こういうおたがいの交《まず》わりも縁《えぬす》ですぞ」

はあ、はあと神妙にうなずいていた健忘が、にやりと笑ってつぶやいた。

「そんだば、レンズビアンの仲も縁《えぬす》ですか」

健忘が出雲弁をあやつると、どうしても東北弁になってしまう。事実、出雲の言葉には東北弁によく似たところがあることもたしかだが、それにしても「レンズビアン」は場所柄不謹慎であった。

3

出雲名物荷物にゃならぬ
聞いてお帰れ安来節

広い座敷で、さっきからきれいなお姐《ねえ》さんたちが裾をからげて威勢よく踊っている。まん中でひときわあでやかな姿をみせているのが、安来節三大流派の一派を継ぐ二代目お直さんで、ふっくらとした顔に桃割れくずしの髪がよく似合う美女である。家元、名人、准名人、大師範、師範、准師範、初級、一級、二級、三級と、厳然として十階級にわかれる正調安来節のランクの、お直さんはまだ若いから師範だそうだが、声の艶《つや》といい張りといい節回しといい結構なものである。もっとも少々結構すぎて、舞台向けに洗練されすぎたような気がしないでもない。十年前に聞いた老妓の安来節が耳の底に残っているが、あれはもう少し素朴な節回しだった。そうして同じ文句がこんなふうに聞えた。

出雲名物《えずもめいぶち》ヌもつにゃならぬ
チいてお帰れ安来ビシ

あの老妓はどうしたろう。名前も何も忘れてしまったが、達者でまだ歌っているのだろうか。十年という時間は決して短くない。十年の間には、人も街も、ゆっくりと、しかし確実に変ってゆく。さっき宿に戻る前に、天井の店「天要」をたずねたら、あのときと同じ造りのまま暖簾をおろしてひっそりとしずまり返っていた。お上さんが亡くなって、それで一年半ほど前に店を閉じてしまったのだという。おやじのほうも七十を過ぎて、毎日病院がよいをしているらしい。十円の値上げを「どげで思いなァんすか」と真剣に尋ねたときの、いかにも一徹な面構えを懐かしく想起しながら、十年一昔というからなあと思った。

松江大橋に響く下駄の音にラフカディオ・ヘルンが魂を奪われたというあの静けさが、十年前にはまだ残っていた。こんど来てみると、橋の上は車でうずまっているし、すぐ隣に九分どおり完成した宍道湖大橋が南北両岸からにょっきりのびて、ただし橋梁《きょうりょう》の中央部分がまだつながっていないものだから、間の抜けた勝鬨《かちどき》橋を見るようである。その宍道湖大橋の北側に、人びとがいみじくも「温泉団地」と名づけた新しい温泉街が忽然《こつねん》と出現していた。店が変って、人が変って、風景が変って、だが、人の心は少しも変っていなかった。路上で老婦人に「天要」の所在を尋ねたら、すれちがった自転車の老人を追いかけて、ぺこぺこ頭をさげて教わってから、改めて戻ってきておそろしく丁寧に教えてくれた。松江大橋のたもとのこの古い旅館では、かゆいところに手のとどくという、とっくの昔に忘れていた言葉を思いだした。ただキメのこまかなサービスというのではなくて、サービスの一つ一つに心がこもっている。

突然爆竹がはじけるような音がして、見上げると安来節社中のお姐さん全員が、手に手に紅白の房のついた細い筒を持って、激しく床を叩いてリズムをとりはじめた。筒の中に寛永通宝が十二文ずつはいっていて、それがザッザッと歯切れのよい音をたてる。銭太鼓《ぜにだいこ》と呼ばれる曲打ちの安来節である。

松江大橋流れよが焼けよが……

しだいに唄のテンポが早くなって、踊り子たちはリンボーダンスのように背をそらし、銭太鼓を打ち鳴らしながら少しずつ体を起してゆく。正確なその銭太鼓のリズムにひたっているうちに、急速に酔いがまわってきた。目の前のお直さんのふくよかな顔がいつのまにか老妓の顔になって、あのときの哀調も含んだ節回しが聞えてきた。お直さんと老妓の顔がぐるぐるまわりはじめた。そのへんに、神様たちもうろうろしているはずだから、ひたと目をすえて見つけてやろうとしたのだが、いくら眺めても神さまの顔だけはどうしても見えなかった。おかしいな、われわれは神々の先遣隊、先遣隊の目に見えないはずがないのにと思ったりしているうちに、とろとろとねむくなってわからなくなった。

白い飛礫《つぶて》の――札幌

1

威風あたりを払う八の字髭《ひげ》の、ぴんと張った先端のかたっぽだけにつらゝがさがって、それが途中から曲って垂直に二寸ばかり垂れているもんだから、右側が八の字髭、左半分が鯰《なまず》髭というようなことになって、それでどことなく相対《シンメトリー》を欠いたウィリアム・S・クラーク博士のお顔であった。胸像の、首から胸にかけてぽってりと雪が残り、しかし両肩はすっかり露出していて、だからちょうど白い涎掛《よだれかけ》を掛けているように見える。お頭《つむり》にもふわりと雪の綿帽子。銅像というより西洋地蔵とでも形容したいような、それは愛嬌《あいきょう》のある風情であったが、ご本尊はおそろしくむずかしい顔をして、白一色の北大構内を睨《にら》みつけていた。

彫りの深い顔である。雪の反射を浴びて、顔面のあらゆる起伏が濃い影を伴っている。高い鼻梁《びりょう》、くぼんだ眼窩《がんか》、とびだした顴骨《けんこつ》、眉間《みけん》の縦皺《たてじわ》……。見るからに精悍《せいかん》そのものといった表情である。精悍にして一徹。

札幌農学校の初代教頭としてク博士が着任したのは明治九年のことだが、早速制定された寮規則にいわく。

「生徒ハ米飯ヲ食スヘカラス」

新教育はパンと肉とスープから、というわけであろう。米飯ヲ食スヘカラス。いかにもそんなことを言いだしそうな、この銅像の面構えである。それでいて、ちゃんとあたたかい血が通っているというふうな、何やら懐かしい心ぐみを感じさせるような顔でもある。

そういえばあの寮規則には後段があって、次のように続いている。

「但シらいすかれーハコノ限リニ非ス」

じっと見つめていると、なかなか味のある風丰《ふうぼう》に見えてきた。ふだんはけむたいが、いざというときに頼りになる苦労人の伯父さんといった趣で、これはやっぱり明治の顔である。裡《うち》から発散するものがある。そういう一種の精気に触れてこようというのが、今度の旅の主目的である。

もう長いあいだ鬱状態が続いている。遊びに行っても飲みに行っても心がはずまない。原稿用紙に向うとさらにはずまない。仕方がないから、ぼんやり煙草を吸いながら、銷《しょう》沈《ちん》した心の中をただのぞいてばかりいる。原因はいろいろあって、早い話がここ数年極端にお金の具合が悪くなったことも恥ずかしながらその一つで、それにはそれだけの理由もあれば事情もある。気持が塞《ふさ》ぐ原因の多くは、この程度のくだらないことばかりだが、くだらないことが積り積るとどうしても憂鬱になる。憂鬱は沈澱《ちんでん》し凝固する。その結果いつとはなしに、ものの考え方が退嬰《たいえい》的になる。これがいちばんいけない。

こういうときには、たとえば見知らぬ土地の、身も心も凍《い》てつくようなうらぶれた飲み屋で、飲んだくれて反吐《へど》はいて、そうしてわれを忘れてしまえば、これは一つのショック療法として悪くないと思うのだが、そういうことが私には苦手なのである。つまりひよわなのである。何とかしなくてはいけない。その土地の空気を吸うだけで、精神のカンフル注射になるようなところに出掛けて、心に何かを注入してきたい。

札幌に行こうと思う。第十一回冬季オリンピック札幌大会の開幕を目前にして、おそらく街そのものに精気が漲《みなぎ》っているにちがいない。その潑溂《はつらつ》とした部分に、蝦夷《えぞ》百年、開拓の歴史が重なる。中年、じゃなかった、少年よ大志を抱け、である。行って何をしようということもないが、心の昂揚《こうよう》がそこにあるのではないかと考えてやってきたら、札幌は十八年ぶりの大雪であった。

2

さっきまで時おり薄日がさして、そのたびにクラーク博士の髭先のつらら《﹅﹅﹅》がキラリと光ったりしていたが、いつのまにか空が低くなって、灰色の雲から白いものがまたちらちらしはじめた。まだ三時を少しまわったばかりだというのに、濃い夕闇が迫りかけている。つららと髭の境界線がよくわからない。模糊《もこ》としたそのあたりに目を注いでいると、不意につららがピクンと動いた。足許《あしもと》から冷気がのぼってきて、背中がぞくぞくする。振り返ると、いままでいた健忘たちの姿が見えない。雪のポプラ並木でも撮影に行ったのだろう。あとを追おうとしたとき、不意に、低い、くぐもるような声が聞えた。

「ポプラ並木なんぞつまらんぞ」

　びっくりして見上げると、博士の髭がもぞもぞ動いている。水を浴びたような気がして、思わず息をのむと、髭がにやりと笑った。

「そう髭、髭いうものではない」

「こ、これは大変失礼申し上げました」

「わしの顔を、どうしてさっきからジロジロ見つめておるのかね」

「そ、それはですね、先生の発散なさる精気に吸い寄せられて、それでつい……」

「おう、そうかね。ときにこっちにはいつ来た」

「はあ、昨日のお昼ごろに著《つ》きました」

「驚いたじゃろ、この雪に」

「いえ、むしろ興奮いたしました。なんですな、雪というものは人の心を昂揚させるもんですね」

「そうかのう。雪なんというものは寒いばかりではないか。それに、こうつもると目を傷めてかなわん」

無理もない。雪原のような北大構内の一隅に昼も夜もこうやって身じろぎもせず、しかもク博士はサングラスをかけていないのである。だから、博士の場合は例外。雪は人の心を躍動させる。

降りしきる雪の中を、昨夜は健忘たちと遅くまで飲み歩いたが、ふだん梯子《はしご》酒の大嫌いな私が、ほんの二、三十分で率先席をたって次なる店を目指したのである。それというのも、美女に囲まれて飲んでいるときよりも、吹雪の街を歩いているときのほうがたのしかったからである。煌々《こうこう》とネオンがともる繁華街に人影はまばらで、それは人出が少ないからではなくて、実はつい最近この下に日本一の大地下街が完成したためなのだが、それにしてもこれだけの大通りが無気味なほどしーんとしているのは、自動車の騒音をはじめ、音という音が雪に吸いこまれてしまうからだろう。しずまり返った大通りを歩いていると、白い金米糖《こんぺいとう》を小さく砕いたような雪がパラパラとぶつかって顔が痛い。その白い飛礫《つぶて》のような雪の粒がたちまち眼鏡のレンズに付着して前方が見えなくなる。目を伏せて、フレームの隙間から足許だけを見ながら防寒靴の踵《かかと》を踏みしめると、キュルキュルと一と足ごとに音がしてなんとも爽快《そうかい》な気分であった。

「そうか、足があるとそういう愉快を味わえるのだな」

「あ、心ない話をいたしました。すみません」

「気にせんでもよろしい。この雪がそれほど気にいったのなら結構々々。ほかに札幌の街で印象に残ったのは」

「地下鉄ですね」

地下鉄といっても、十四駅十二粁《キロ》のうちの約六粁までは地上を走る。その高架部分はことごとく半円形の除雪シェルターに覆われていて、ガラス張りの温室が蛇行《だこう》しているようである。近代都市の大腸のようでもある。開通式を二日後にひかえて、無人の試運転電車がシェルターの中をすべるように走ってゆくのが遠くからでもよく見える。一日に二十万三千人の乗客をさばくそうだが、これでラッシュアワーのピーク時に見たら、さしずめ人間のダストシュートだな、と思った。

「くだらんことを連想するものだ」

「しかし、ちょっと象徴的な光景だと思いますよ。全駅これ無人改札だし、自動販売機は千円札でお釣りが出てくるし、いうなれば機械文明に奉仕する人間の――」

「しッ、だれかきた」

すでに灯がともって、そのためにかえって暗くなったような正面の講堂風の古ぼけた建物から、二、三人の学生が出てきた。あたりを見まわすと、楡《にれ》、石櫧《いちい》、ヒマラヤ杉、ヨーロッパクロマツ、そういった巨木が白いマントをすっぽりかぶったような姿で夕闇に沈んでいる。サクサクと音をたてて、学生たちが通り過ぎていった。

「先生」

「なんだ」

「先生は、大志を抱けとおっしゃった、あれはどの程度の大志ですか」

「どの程度ということはない。人によりけりだ」

「少年よ大志を抱け。……中年はもう手遅れでございますか」

「さればさ、それも人によりけりよ」

「はあ」

「だいたい君には好奇心がない」

「はあ、自分でも足りないと——」

「足りないのではない。まったく欠如しておる。好奇心がなければアンビッシャウスの抱きようがあるまい。永六輔をみなさい、野坂昭如をみなさい、連中は好奇心の塊ではないか」

「ですから、私も一念発起、オリンピックの前景気を見にきたんです。あしたはスキーのジャンプ練習を見物してきます」

「そいつはよしたほうがよかろう。ああいうダイナミックな光景は、ほかのものが見れば心の昂揚をおぼえるが、君のようなものが見てごらん、インフェリオリチー・コムプレックスがつのるばかりじゃよ」

「そんなものですか」

「そんなものさ。ウウ寒い。わしはもう寝るぞ。君も早くホテルに戻りなさい。戻って、亀羅氏のことでも考えるんだな」

「――先生」

知ってらしたんですか、と尋ねようとしたら、先生は一点を凝視して、もう口をきかなかった。

3

言うまい、書くまい、と考えていたのである。だが、ホテルの自室に戻って思い返した。少なくともこの「阿呆旅行」の読者に対して、私は義務を負う。書かなくてはいけない。

亀羅氏は、実は、亡くなりました。

この旅行に出る三日前に、亀羅氏こと松崎國俊カメラマンは病院で静かに息を引取った。病因は胃癌《いがん》。三十八歳の若さであった。

第一回のお伊勢参り以来、毎月行を共にしてきた無二の伴侶《はんりょ》である。思いが溢《あふ》れて言葉にならない。葬儀の翌日、札幌に向う飛行機の中で、私たち三人は亀羅氏のことについては一と言も口にしなかった。眼下にひろがる雲海を眺めていると、一年の旅の記憶が鮮烈に甦《よみがえ》る。網走の雪、能登沖の鰤《ぶり》漁、ハワイの海、庄内の落日……そうしてその庄内の旅が、亀羅氏の最後の仕事になった。

ホテルのベッドにもぐりこんで、厚いカーテンの隙間から漏れる雪あかりを見るともなしに見つめていると、亀羅氏のおだやかな笑顔が目の前に浮んできて、なかなか寝つけなかった。

目が醒《さ》めたら十時を過ぎていた。健忘の部屋に電話をしたが、呼出音が鳴るばかりで、そういえば、あしたは朝早くから撮影に出掛けるから江國さんはゆっくり寝ていて下さい、と健忘たちが言っていた。カーテンを引くと、雪はまだ降り続いている。頭がぼんやりして、寝不足のようでもあるし、寝が足りすぎたようでもある。ベッドに腰を掛けて朝刊をひらいた瞬間、目の前がすーっと暗くなった。

桂文楽死去。享年七十九歳。肝硬変。日大病院。三遊亭圓生談。突然で。惜しい人を。そんな活字が断片的に目にとびこんできて、瞼《まぶた》の裏側でぐるぐるまわるようであった。新聞を手にしたまま、降りしきる雪を私は茫然と見つめた。見つめながら、これと同じことが、熊本のホテルでもあったな、と思った。あのときは百閒先生。いままた文楽さん。

私なんぞが旅に出ようが出まいが、そんなこととは関係なく、逝《い》く人は逝ってしまうのであるけれど、しかし、旅先で訃《ふ》に接する気持は何ともいえない。文楽さんとのおつき合いも、振り返ってみるとずいぶん長い。不意討ちの訃報に、かぞえきれないほどの思い出が一時に脳裡《のうり》をかけめぐって、考えがまとまらない。行くのじゃないよ、というクラーク博士の忠告を無視して、きょうは宮の森ジャンプ競技場に出掛けて、笠谷選手や藤沢選手の豪快な飛行を見てこようと思っていたのだが、いまはもうそれどころではないという気分である。どこへも行く気がしない。きょうは最終便で帰る予定になっているのだが、それまでどうしようかと思う。

ベッドにひっくり返って、亀羅氏のことと文楽さんのことを考えているうちに、じわじわ涙が出てきて、涙が出たまま眠ってしまった。次に目が醒めたときには、雪は吹雪模様に変っていた。窓のすぐ向うに褐色のビルがあって、その先にブルーがかった灰色のビルがそびえていたのに、褐色の建物がぼんやり見えるだけで、灰色のビルはまったく見えない。

鉛色の空から、こまかな雪があとからあとから降ってくる。真綿《まわた》をちぎったようなという形容があるけれど、この雪は真綿ではない。紙吹雪のごくこまかいやつ、あるいは無数の綿虫《わたむし》のようである。

　綿虫やそこは屍《かばね》の出でゆく門

という石田波郷《はきょう》の絶唱を思いだした。

暫《しばら》くすると、雪片がひとまわり大きくなって、ふわふわした花びらが、大きな四角い窓を横切ったり、下から上に舞い上ったりして、なんとなく情景にまとまりがつかない。頭の中がからっぽになって、どこからか風が吹き抜けていくような感じがする。

風が強いらしくて、遠くの方で、白い雪けむりがまき上って渦を巻いている。視界はゼロに近い。不意にドアを叩く音がして、振り返ると健忘と二代目亀羅氏が、

「こりゃ、今夜の飛行機、欠航ですよ」

と言いながら、寒そうな顔色をして立っていた。

欠航か。それもいいだろう、と思った。心の底の一部が沈んで、一部が昂揚している。なんだか収拾がつかない。収拾がつかないまま、札幌にきてよかった、という気がしだいにしてきた。

滾《たぎ》るまで――秋田

1

　炎天のプラットホームの中程に出迎えの一団が人垣を作っていて、大方よほど偉い人が同じ汽車で、この湯沢の町にやってきたのだろう。大臣かな、県知事かな、それとも故郷に錦を飾る成功者が寄付でもしに帰ってきたのか、とぼんやり考えながら、列車の最後部のあたりから一人でとぼとぼ歩いて行くと、人垣の前列に白衣姿も凛々《りり》しい看護婦が十五、六人整列していて、それが一人のこらずすこぶる美しい顔立ちで、化粧っけのない若い肌にぴちぴちとした精気が漲《みなぎ》っていて、眩《まぶ》しいような、うっとりするような光景に、あわてて人垣の裏側を通り抜けようとしたとき、白衣の天使たちがいっせいにぴょこんとお辞儀をして、先生ようこそ、というような顔をしたもんだから、びっくりして、面喰って、地面から足が浮き上って、なんだかふわふわするような心持になったのは、無論、私のことではない。

東北大学医学部を卒業して医局に残った若き日の杉本元祐先生が、三週間の約束で秋田県湯沢市の中央病院に派遣されることになって、はじめて湯沢駅頭におり立ったときの模様は、だいたい右のようなことであったらしい。昭和十六年夏のことである。

たった三週間勤務するだけの新米の医者を総出で迎えてくれたホスピタリティにうたれて、それで一層美人ぞろいに見えたのかもしれないが、そういうことを割引いても、なおかつハッとするような美しさであったそうである。

早速、杉本先生歓迎会が開かれて、きれいどころが何人も呼ばれた。そのなかに、目を見張るようなういういしい美少女がいて、ただし、着ているものはメリンスの粗末な着物で、どう見ても芸者ではなし、仲居でもなし、結局なんだかわからないまま、宴会のあいだじゅうその子の顔ばかり見ていたそうだ。

杉本先生の専門診療科目は産科婦人科である。商売女のための検診日というものがあの頃はあって、着任後何日かたった検診日に、あのういういしい少女がやってきた。聞けば、酌婦として客をとらされているのだという。吉原に秋田女性ばかりを集めている店があって、そこへ送り込まれる前に、ここで娼妓としての訓練を受けているらしい。かぞえで十七歳だというその子のあどけない顔を、杉本先生はいまだに忘れかねている。丸顔で、目がぱっちりしていて、肌が雪のように白かった。秋田おばこの美しさが杉本先生の心をとらえた。それで——それだけではないにしても、三週間の予定で赴任した湯沢の町にとうとう三十一年間住みついて、そうしていま、こうやって病院の近くの小料理屋の座敷で向き合って、その杉本先生の話に私は耳を傾けている。

　三尺も四尺もつもった雪を肴《さかな》に、秋田の酒を酌みかわしながら、一夜秋田美人の話を聞くのをたのしみにしてきたのだが、そのうちの二つまでアテがはずれた。杉本先生はご酒をほとんど召し上らない。おまけにこの暖冬で、雪がまったくないのである。このあたりは十一月に霙《みぞれ》が降って、十二月に根雪になって、一月二月は豪雪というのが例年のことだと聞いてきたから、なんだか肩すかしをくわされたような気分である。

「かぞえで十七っていえば、いまの高校一年生ぐらいですわな。それが客をとらされるんですからひどいもんです」

「いたいたしいですね」

「秋田美人の典型的な顔をしてましたが、性器の形もよかった。恥毛の密生度も適当に美しいし、外陰部の肉づきもふっくらしていたし……」

　医学博士の口からすらりととびだすこういう言葉には、当然のことながら猥褻《わいせつ》感は少しもない。

「一時はね、わたし、医者を廃業しようかと本気で考えたこともあるんです」

「はあ」

「医者を廃業して、美人の研究に没頭したいと思った」

美人というものは、それほどいいものなのである。私も健忘も、それから二代にわたる亀羅氏も、もとより美人には目がない。だから、昨年の夏、山形に庄内おばこをたずねたわけだが、庄内おばこをたずねて秋田おばこをネグレクトするのは片手落ちというものである。あのときは幸いにおふみさんという恰好のガールフレンドにめぐり逢えて、そのために、もっぱら情緒的、官能的な旅に終始した。今回は一つ、科学的、客観的にいこうかと思う。

2

湯沢北高校一年生A子さんの身長は一五八センチである。わけあって、これを二〇九センチに変えてみる。そうするとほかの数値（単位はすべてセンチメートル）も同じ比率で変化すること左のごとし。

〈A子さん〉

身長	二〇九・〇
頭部の長さ	二八・三
眉間から後頭部	二〇・七
鼻の長さ	六・七
鼻の高さ	二・〇

口唇の幅　五・一
左右の目の内側間隔　四・〇
同外側間隔　一二・三
どうして こんな換算をするのかというと、ミロのビーナスの身長が二〇九センチなのである。身長をそろえることによって、全体のバランスを比較してみようという魂胆なのである。
〈ビーナス〉
身長　二〇九・〇
頭部の長さ　二六・七
眉間から後頭部　一九・九
鼻の長さ　七・二
鼻の高さ　二・三
口唇の幅　四・六
左右の目の内側間隔　四・四
同外側間隔　九・五
ほかにもまだこまかい数字がたくさん並んでいたが、わずらわしいから省く。要するにA子さんの顔立ちがミロのビーナスによく似ていて、しかしA子さんはとび抜けた美人というわけでもなんでもないごく平均的な娘さんなのであって、したがって秋田おばこの顔の成り立ちはビーナスのそれに近い、ということを杉本先生はこういう数字で実証なされたのである。昭和三十年から十年間にわたって、杉本先生は一万人の秋田女性についてさまざまなデータを測定した。おばこビーナス説はほんの副産物である。一万人のうち七千人が県内各地の女子高校生。いずれも三代前からの秋田県人であることを前提とした。

「秋田に美人が多いのは、なんといっても風土と水のおかげですね。日本でいちばん日照時間が少ない。雪どけ水に漂白作用がある。だから、秋田の女性は肌が白く、髪にうるおいがあります。生れたての赤ん坊を秋田につれてきて育ててごらんなさい。たしかに色が白くなりますよ」

「はあ」

「つるッとした感じが秋田おばこの特徴です。丸顔と瓜ざね顔の中間で、頰と顎《あご》の線がなだらかでふっくらとしています。唇は小さいんだが肉が厚い。瞳《ひとみ》が黒くて大きい。眉毛と睫《まつげ》が濃い」

「なるほど」

「したがって性器も……」

職掌柄どうしても話はそういう方向をたどるのである。それでいよいよ佳境にはいろうというときに、好事魔多し、病院から急患の報せがとどいたために、それなりけりに終って、だからこの話はこれでおしまい。

　翌日も雪は降らなかった。秋田地方気象台の調べによると、いまごろまで積雪がなかったのは明治三十六年以来六十九年ぶりのことだと地元の新聞が報じていた。新聞は「秋田魁《さきがけ》新報」。この題字を見るたびに、反射的に「秋田花魁《おいらん》新聞」と読みたくなる。落語全集の読みすぎかもしれない。

　おばこビーナス説を聞いたばかりなので、湯沢の町を歩きながら、目がひとりでに若い女性の顔を求めてきょろきょろ動いてしまう。それでそのつもりで見るもんだから、魚屋の店先にも、レコード屋の店内にも、たばこ屋の軒下にも、ビーナスがうようよしている。美人ぞろいで有名だとタクシーの運転手に教えられた宝石研磨工場を見学したときには、前後左右ことごとくビーナスだらけで目移りがして困った。なかに一人、昨年度のミスなんとかコンテストの優勝者がいるのだけれど、ほら、この列のいちばん奥にいるあの子、あ、いま右手を動かしたあの子ですよ、と工場長氏が教えてくれなかったら、最後までわからなかったにちがいない。ミスなんとかが、ちっとも際立たないのである。それぐらいどの子も美しく馨《かぐわ》しい。「秋田音頭」の文句は嘘ではなかった。

　　秋田にくるなら
　　心コかたくもて
　　小野の小町の生れたところ

美人がうようよ

うようよいる美人が、しかし、ある年代を境にパタリといなくなるのは、これ、どういうことなのかと思う。湯沢、十文字、横手、秋田、男鹿《おが》と、どこへ行ってもそうだった。これがあの光り輝く秋田おばこのゆきつくところか、と思わず目を疑いたくなるような中年並びに老年女性がむやみに目立つのである。花の命の短きこと、女の中年のむずかしいこと、こいつは全国共通にはちがいないが、それにしても、落差が大きすぎる。二十五、六歳までがビーナスで、そこから先が卒都婆《そとば》小町、と私の目にはうつった。無慙《むざん》やな、とつぶやきたくなるような顔をあちらこちらで見掛けるたびに、杉本先生の言葉が耳もとによみがえった。

「思春期の秋田女性の美しさは、こりゃもう世界一。ところが凋落《ちょうらく》の度合いも世界一。結婚するとガクンと容色がおとろえて、子供の一人もできると、これがあの人かと思うぐらいひどいことになる。これはねえ、秋田美人をはぐくむ要素が、年をとると逆に作用するんです。雪どけ水の漂白作用、紫外線の少なさ、お米にたよる食生活、塩からい副食物、そういったものが肌の大敵になるんですね」

3

秋田市内に出て、一夜あけたらようやく雪が降ってきた。ただし、ご祝儀程度の降り方である。小さな雪の結晶がアスファルトの上をころころと転がってゆくのを宿の窓から眺めながら、なんということもなく不満である。がぶがぶお茶ばかり飲んでいるところへ女中が這入《はい》ってきて、梵天《ぼんてん》まつりを見物しておいでなさいとすすめてくれた。

近くの三吉《みよし》神社の狭い参道を若い連中がかけのぼって、極彩色の纏《まとい》のような梵天をわれさきに奉納する行事だそうで、近寄ると怪我をするおそれもあるから気をつけたほうがいいという。よっぽど荒っぽい喧嘩《けんか》まつりらしい。

市のはずれの、国道からちょっとはいった小高いところに三吉神社はあった。石の鳥居の両側に、すでにおおぜいの人たちがつめかけていて、制服のおまわりさんが整理にあたっていた。その人垣を左右にかきわけるようにして、梵天を先頭にした法被《はっぴ》姿の一団がかけ込んできた。鳥居の下で立ちどまって木遣《きや》りのような歌をうたっているところに、べつの梵天の一隊が到着して、たちまち押し合いがはじまったが、二、三度もみあっているうちにするりと鳥居をくぐって、くの字に続く参道をかけのぼって見えなくなった。しばらくすると次の梵天が二、三組やってきて、同じようなことをして消えてゆく。上の境内の方から、のんびりしたスピーカーごしの声が聞えてきた。

「こちらは警察です。ご参考までにお知らせします。ことしは七十八本の梵天が奉納される予定であります。梵天は続々到着いたします。一般のかたは、梵天奉納の時間帯のあいだに参詣《さんけい》して下さい。参詣は時間帯のあいだに……」

しきりに「時間帯」「時間帯」と連呼している。テレビの見すぎかもしれない。のんびりしたアナウンスの調子が不意に切迫したものに変った。

「あ、梵天奉納にかこつけた喧嘩はやめて下さい。喧嘩はやめるッ。本殿横の警察官、早く制止して下さい。喧嘩はしないッ」

おもしろそうなことがはじまったらしい。人ごみをかきわけて、参道の上の境内にのぼってみた。ぎっしり見物でうずまった境内の突当りに賽銭箱《さいせんばこ》があって、その向う側に梵天を入れようとするグループと、そいつを邪魔しようというグループが激しくもみあっている。見ていると、なにかルールのようなものがあるらしいのだが、よくわからない。梵天そっちのけで、まっ赤な顔をした男とまっ青な顔をした男が殴り合いをしている。まっ青な男のほうは、目のふちが切れて血を流している。

「喧嘩はやめなさいッ。警察官、制止して下さい。一般の人、近寄らないで下さい。つづいて梵天が到着しました。あと続々到着します」

アナウンスが終るか終らないうちに、赤や緑の布をひらひらさせた三、四本の梵天が入り乱れてかけ込んできた。

「きたきた、ずっぱり（たくさん）きたド」

うしろの声に気をとられていたら、体がふわって持ち上って、もみくしゃの流れに巻きこまれてしまった。脱出しようともがけばもがくほど前方へ押し出されてしまう。そのまま流れに身をまかせていると、背中にかぶさるような形でだれかが押してきて、それがどうも女性の見物客らしい。ふわふわとした手応えを背中で受けとめながら、この感じにおぼえがある、と思った。

きのう秋田に著いてすぐ、男鹿半島を車で一周してきた。寒風山《かんぷうざん》の向う側に北浦という小さな漁港があって、海面すれすれに海猫が乱舞する波打際に、ゴルフボールぐらいの大きさの、色とりどりの丸いものが無数に打ち上げられていた。一つ一つの球体が、さらにたくさんの小さな丸い粒で形成されていて、これが鰰《はたはた》の子であった。よく見ると、小さな粒の一つ一つに、ポツンと黒い点が光っている。これが眼球なんだそうである。何千何万何億という小さな目が、むなしく虚空を睨《にら》んでいる。浜一面に敷きつめたようにこいつが打ち上げられていて、しかもほとんどがまだ生きている。足の踏み場もないから、その生あるものの上を踏んで歩くのである。ぷよぷよ、ぷりぷり、ふわふわ、それはなんともいいようのない奇妙な感じであった。

あのときの感じを、背中からぎゅうぎゅう押しつけられているうちに思いだした。心コかたくもて……美人がうようよ……『秋田音頭』の文句を思い出しながら、首をねじるようにして振り向くと、着ぶくれた老婆がひしゃげたように背中にへばりつきながら、さしのべた右手のさきに十円玉をしっかり握りしめていた。

「おばあさん、危ないよ」

「ふわ、ふわ」

　何かつぶやいているのだがまるっきりわからない。おばあさんだけでも流れの外に押し出そうと思って、体の向きを変えたとたん、ガツンという音がして頬っぺたを張りとばされた。痛みは感じなかった。

「喧嘩しないッ、喧嘩しないッ。一般の人、早くどいて下さい」

拡声器から流れる例の声がひどく遠くに聞えた。あっちでもこっちでもバシッという音がする。すぐ右手のところで、若いおまわりさんが帽子の顎紐《あごひも》をひきちぎられて、顔のまん中に一発かまされていた。裸同然の逞《たくま》しい肉体と肉体のあいだにはさまれて、もみくしゃにされているうちに、なんとなく腹が立ってきた。だれでもいいから、一発お見舞い申そうか、という気分になって、それで自分にもまだそういう滾《たぎ》る気持があったのかと思ったら、急にうれしくなった。

海内旅行——鹿児島航路

1

「お客様にお願いとご注意を申上げます。本日は風波が激しゅうございますので、本船も」

やさしいチャイムで始まる船内放送が、さっきから何度も同じ文句を繰返している。

「本船もかなり動揺すると思われます。船旅に自信のない方は、早くお寝《やす》みになられますよう」

寝るより楽はなかりけり。慢性寝不足をかこつ身に、早く寝ろよ、のアナウンスはまことにありがたい。ありがたいが、なにぶんにもまだ六時半である。一時間ばかり前に食堂に出掛けて、中老年婦人の頼母子《たのもし》講のような団体さんといっしょに早目の夕食をすませて、それでもうすることは何もない。自室に戻って風呂に這入ったら、浴槽《バスタブ》の表面に大きな三角波が立ってぱしゃぱしゃと打ち寄せた。ゆうべも今朝もそんなことはなかったのに、おかしいな、と思いながら風呂から上ったところでこのアナウンスである。備えつけの浴衣の袖に手を通そうとしたとき、すーっと足許が沈んで、なるほど揺れが激しくなってきた。

鹿児島と名古屋を結ぶ高速フェリーさんふらわあ丸の特等船室は、バス・トイレ・応接ソファつきの瀟洒《しょうしゃ》な二人部屋である。就航したてだから、新しい塗料の匂いが充満していて、それがいかにも船の匂いである。ツインベッドの、きのうからむなしくあいたままのほうに腰をおろして、窓のカーテンをあけると、外は黒一色、灯《あか》り一つ見えない。揺れ方がしだいに大きくなってきて、まっ暗な窓に飛沫《しぶき》がすごい勢いで砕け散る。高さというのか深さというのか、地上四階地下二階、十五メートル余のビルのようなこの船の、いま私がいる部屋は三階なのだから、飛沫の具合から案ずるに、大海原のまん中で船は木の葉のように翻弄《ほんろう》されているのかもしれない。

こんなときに本を読んだり字を書いたりすることがよろしくないことはわかっている。二つ並んだベッドのあいだに据え付けてあるテレビ受像機のスイッチをいれてみたが、どのチャンネルもシャーシャーと音がして、白い線が画面を走るだけであった。

「えへへ、どうです一人旅は」

どこかで健忘の声がする。振り向くと、部屋のすみの洋服箪笥《だんす》の脇腹にぶらさげてある靴べらが、メトロノームをさかさまにしたようにカチンカチンと大きく揺れているばかりである。

「健忘君か。助けてくれ。退屈で退屈で……」

「でしょう。だから僕らといっしょにくればよかったのに」

それがそうはいかない事情があって、今回ははじめからしまいまで別行動ということになった。健忘と亀羅氏は三日前に出発して、名古屋港からの処女航海に乗り込み、鹿児島で撮影をすませて空路帰京。いれちがいに私が鹿児島に直行して、健忘たちが乗り捨てたさんふらわあ丸の帰りの便に乗り込む。就航第一便の、要するに下りに乗るか上りに乗るかのちがいだけで、実質に大差はなさそうにみえてさに非《あら》ず。

健忘たちは名古屋港を十六時三十分に出港して船中一泊、鹿児島港着が翌日の十九時三十分。すなわち所要時間二十七時間。それが復路のこの便は、鹿児島港を二十二時三十分に出て、名古屋港が二日目の払暁四時。所要時間二十九時間半と、たかだか二時間半のちがいだけれども、こちらは船中二泊。二泊と一泊では大ちがいである。同じ船が同じ航路を往復して、どうしてこうちがうのかというと、途中高知港に立寄って、下り便は一時間、上り便は三時間半碇泊《ていはく》するためで、差引きなるほど二時間半かと、わかったような気になるのだが、二時間半でどうして一泊ふえるのか、そのへんのところがよくわからない。

海外旅行に日付変更線がつきものであることは知っているが、海内旅行にも似たようなものがあるのかしらん。

「重ねてお客様に申上げます。船旅に自信のない方は、早くお寝みに……」

「無理をいってはいかん。まだ七時前ではないか」

「船内をお歩きの節はかならず手摺《てすり》におつかまり下さい」

「お歩きにはならないよ」

空耳《そらみみ》の健忘を相手にするより、現実のアナウンスにいちいち口をさし挟むほうが、多少とも手応えがあるようである。売店から仕入れてきた罐《かん》ビールを飲みながら、奈落の底に落ち込むような揺れ具合にじっと身をまかせていると、また一つちがった声が聞えた。

「どげんです、船旅は」

きのうの親切な運転手である。

鹿児島空港に著《つ》いたのが午後二時半で、出帆まで八時間もある。とりあえずタクシーに乗り込んではみたものの、どこへ行くというあてもない。コースを考える上に必要なのだろう、今夜は何旅館に泊るのか、と運転手が訊《き》くので、どこにも泊らないと答えて事情を説明したのだが、二十五、六の人のよさそうなこの運ちゃんは、なかなか納得してくれない。

「船でどこまで行かるッとですか」

「うん、名古屋まで」

「そげんなら名古屋に用事があっとですね」

「名古屋では新幹線に乗るだけさ」

「新幹線……東京へ行かるッとですか」

「東京に帰るんだよ」

「ふーん、東京から何しにこられたとですか。鹿児島になんか用事でも……」

「べつに鹿児島に用はない」

「そんなら何しにこられたとですか」

「船に乗ろうと思って」

「船に用があっとですね」

「いや、用というわけじゃない」

「結局ですね、どげな旅行じゃっとですか」

あのときの運ちゃんの訝《いぶか》しげな顔が、ゆらゆら揺れる船室《キャビン》の壁に、浮んだり消えたりした。

2

船長以下七十八名の乗組員と、乗客千百二十四名、それに乗用車二百台、大型トラック八十四台、ただし満員になれば、の話であって、きょうは一体どのくらい乗っているのか、船じゅうがシーンとしずまり返っているもんだから、さっぱり見当がつかない。

総噸《トン》数一万一千噸、全長百八十五メートル、幅二十四メートル。ジャンボ・フェリーを呼称するだけあって、船内は非常に広い。広いけれども、なに、広いといったって船は船である。レストランシアター、グリル、バー、居酒屋、サウナ風呂、ロビー、娯楽室、麻雀《マージャン》部屋、子供部屋と、めぼしい施設を一巡するのに十分とかからない。

昨夜は海もおだやかで、午前零時近くになってから、レストランシアターで映画を上映するという。ブラック・タイの紳士に、肌もあらわなイブニングの淑女、銀盆片手にそのあいだを縫う白服の老ボーイ、煌《きら》めくカクテルグラス。そんな光景がチラと脳裡を掠《かす》めないでもなかったが、外国航路じゃあるまいし、それにフェリーといえばつまりは実用船だし、まさか木戸つかれることもないだろうと思って、セーター姿でのぞいてみた。レストランシアターの室内装飾はカラフルでたいそう若々しい。プラネタリウムのようなドームの下で、赤いソファやグリーンの椅子がきらきら光って、総理府の〝青年の船〟もかくやと思われたが、映画会に相集う顔ぶれをつらつら打ち眺むるに、これはまるで〝老年の船〟である。浴衣の衿許《えりもと》からメリヤスのシャツをのぞかせたじいさまだの、襦袢《じゅばん》とも寝巻ともつかないセルの着物に腰紐一本の初老婦人だの、ネッカチーフで頬かぶりをして、衿首にハンカチを巻きつけたばあさまだのが、しきりにキョロキョロしていた。上映作品は植木等主演「日本一のワルノリ男」。

どうも間がもてない。寝ても起きても所在がない。それでも二十六ノット（時速四十九キロ）で航行中はまだよかった。翌日の昼間に高知港に入港して、そのまま三時間半碇泊しているあいだの所在なさといったらなかった。もちろん上陸は自由で、市内見物のマイクロバスも待機していたが、南国土佐の名が泣くような寒さと氷雨《ひさめ》に、下船する気も起らない。ロビーでぼんやり煙草を吸っていたら、失礼ですが、麻雀やりませんか、と見知らぬ青年に声をかけられた。黒のとっくりセーターにカーキー色のズボンをはいた屈強な若い衆である。長距離トラックの運転手だそうで、仲間の一人が高知で下船してメンバーが欠けてしまった、よかったら是非つきあってもらいたい、半荘《チャン》二、三回どうです。

「よし、つきあおう」

「ありがたい、みんなよろこびます」

なかなか折り目正しい口をきく青年で、あとの二人も、気のよさそうな、さっぱりした若者だった。畳敷きの麻雀部屋で、思いもよらぬメンバーと卓を囲むことになったが、洗牌《シーパイ》や打牌《タアパイ》の手つきから察するに、三人ともかなり場数を踏んでいる感じである。手ごわい相手だぞ、と警戒しながら打っているうちに、ずるずると三人のペースにはまって、あっというまに籌碼《チュウマ》（点棒）がなくなった。三枚目の北《ペイ》単騎に放銃したり、四門張《スーメンチャン》の立直《リーチ》をかけて嵌張《カンチャン》の満貫に放銃したり、やることなすこと裏目に出て、手のほどこしようがない。こういうときには、座布団を裏返すとか、手洗いに立つとか、何かちょっとしたことでよいからゲンなおしを考える必要がある。それでズボンのポケットに手を入れたとたんに、名刺入れに挟んでおいた木の葉のことを思いだした。早速引っぱりだして、指につまんでひらひらさせたら、三人の青年が妙な顔をした。

「なんです、その葉っぱ」

「これ？　これはね、博打《ばくち》の木」

「博打の木？　そんな木があるもんか」

あるんだなあ、それが。鹿児島に何用あって、と執拗《しつよう》に訊問《じんもん》した例のタクシーの運ちゃんがようやく納得して、納得するとあとはもうこちらが恐縮するほど親身になって、鹿児島市内の名所を懇切丁寧に案内してくれたのだが、桜島を眼下に望む城山の展望台で一服つけているときに、思いだしたようにいいだした。

「ここに博打の木ちゅうのがあっとですよ」

「博打の木？」

「幹がね、四季ごとにつぎつぎに皮がはがるッとです。身ぐるみはがれるッかい博打の木……」

「へえ、そりゃ是非見て帰ろう」

城山の一帯は森林公園になっていて、六百種に及ぶ亜熱帯植物が繁茂自生しているから、いざ探すとなるとなかなか見つからない。諦《あきら》めて車を引返していたら、城山中腹の西郷洞《どう》窟《くつ》の前で車をとめて、ああ、こいです、たぶんこン木です、と運ちゃんが教えてくれた。

椿《つばき》か榊《さかき》のような葉をつけた大きな木である。なるほどつるりと一と皮むけたあとらしく、百日紅《さるすべり》に錆《さび》色のペンキを塗ったような幹をしている。バラ科の常緑喬木《きょうぼく》、暖地に自生、樹皮が絶えずはがれ落ちるのでこの名がある。和名バクチノキ、別称毘蘭樹《びらんじゅ》、と帰京後字引を引いたら書いてあった。ジャンプして一枚毟《むし》り取っておいた、その博打の木の葉っぱをひらひらさせたときから、ツキの様相が一変して、たて続けに大きな手をあがった。

「ちぇッ、へんな葉っぱ」

とっくりセーターの青年が、口をとがらしてぼやきはじめた。

船中のあれこれを思いだしながら、ますます激しくなるうねりに身をゆだねているうちに、罐ビールが三本空になった。

3

夢も見ないで熟睡して、目が覚めたら海はもうすっかり凪《な》いで、機関の振動だけがこきざみに伝わってくる。夜中の、いまは二時か三時か、妙な時間に目が覚めたぞ、困ったな、と思いながら枕許の時計を見たら、まだ九時半であった。酔いも醒め、頭もすっきりしている。いい具合に揺られたせいか、少々空腹の気味でもある。

もう一度セーターに着がえて、三階中央のバーに出掛けたら、がらんとしたカウンターの向う側で、バーテンがにやりと笑って「大丈夫でしたか、船酔いは」と言った。あの大《おお》時化《しけ》のときは、潮岬《しおのみさき》の沖合を航行中だったそうで、カウンターの上の灰皿がいっせいにするすると滑って、押えるのに苦労したという。

「就航前の実習で、外国航路の貨物船に乗務したんですが、東シナ海で猛烈な時化にあって、ひどく酔っちゃいましてね、でもさっきの時化は、あのとき以上でした」

鹿児島の繁華街・天文館通りのバーで働いているところをスカウトされたというバーテン氏は、船の勤めは傍目《はため》に派手だけれども、とくに給料がいいというわけでもないし、これでいろいろと苦労も多いのだというような意味合いのことを、問わず語りに呟《つぶや》いた。

「どう、一杯飲まないか」

「はあ、いただきます。お客さん、鹿児島で天文館通りに行かれましたか」

「行った。行ったけど、あまり印象に残ってないんだ」

出港までの時間を持て余して、天文館通りをぶらぶら歩いているさいちゅうに沛然《はいぜん》と雨が降ってきた。目の前に、鶴田浩二主演のやくざ映画の看板があったので、雨宿りと時間つぶしを兼ねてとびこんだら、同時上映のピンク映画がはじまったばかりのところで、結局鹿児島までピンク映画を見にきたようなわけか、と思ったらなんだか阿呆《あほ》らしくなって、とたんに、親切な運ちゃんに最後に案内された島津別邸の磯庭園で見た珍鳥を思いだした。

嘴《くちばし》が白、頭が濃紺、背中があざやかなブルー、羽根が茶色で尾が灰色という色見本のような鳥で、大きさはカラスぐらい。奄美《あまみ》大島と徳之島だけにしかいないルリカケスというカラス科の鳥で、天然記念物で鹿児島県の県鳥だ、と札に書いてあった。ちょうど閉園の時間で、拡声器から螢《ほたる》の光が流れてきた。そのメロディーに合わせて、ルリカケスがまるで歌をうたうような調子で鳴きはじめた。

「寂しかア、行かんでくれ、と泣いちょっとです」

と運ちゃんは言うのだけれど、私の耳にはどうしても「阿呆、阿呆」としか聞えなかった。

阿呆阿呆、か、とルリカケスの鳴き声を反芻《はんすう》しながら水割りウイスキーを飲んでいたら、いつ這入ってきたのか、若い男がとなりに腰をかけて、バーテン氏と懐かしそうに話をしている。

「会わないねえ」

「すれちがいだからね」

バーテン氏と同室の、この青年はめし炊き係である。毎朝四時に起きて二斗のめしを炊くのが任務だそうだ。

「スチーム釜《がま》ってのは、なにしろはじめてだもんね。だれも教えてくれる人がないから苦労しちゃった。実習航海じゃ、みんなにさんざん恨まれたなあ」

「当り前だよ。ぐちゃぐちゃか、ボロボロ。ひでえめしだった」

「だけど、就航にやっと間に合ったよ。どうにかまともなめしを炊けるようになったもんな。そのかわり、ほら、あっちもこっちも、火傷《やけど》でたいへん……」

「ねえ君、君も一杯飲まないか。きょうはもうお客はこないだろ？　な、いいじゃないか」

「じゃ、いただきます」

「いただきます」

二人ともたいそう気分のいい青年で、それで気持よくグラスを重ねるうちに、ハッと気がついたらもう一時をまわっていた。あと三時間で名古屋港である。

ああ名山——富士を見に行く

1

巨人大鵬《たいほう》と、そこまではだれでも思いつくが、あとに玉子焼とつけたのはどこのどなたの才覚なのか、その非凡な閃《ひらめ》きに舌を巻く。女子供の、というより不特定多数の最大公約数的嗜好《しこう》を象徴して余すところがない。この上さらに何かをつけ加えるのは野暮というものである。で、野暮を承知で——

巨人大鵬玉子焼富士山。

富士山は、だれが何といっても日本の名山である。名山すぎるのである。あまりにも美しく、あまりにも整いすぎている。過ぎたるは猶《なお》及ばざるが如し。富士山の不幸は、栄光を一身に浴びすぎたことにある。霊峰不二、日本一のふじの山、フジヤマゲイシャガール云々《うんぬん》。試みに日本電信電話公社東京電気通信局発行『東京23区50音別電話帳（下）』で富士を名乗る店なり企業体をひいてごらん。

フジ　二八六
ふじ　三二三
不二　四八四
富士　四五八八
　計五六八一

このほか煙草の富士、特急富士、銭湯の壁という壁の富士、山本富士子。

これだけ氾濫《はんらん》すると、感動も感銘もない。ふん富士山か、という気になってくる。どうしたって、巨人大鵬玉子焼の系列である。だから、富士山を好きだというのには多少の勇気を要するのだが、しかし、いいものはいい。富士山はすぐれた山であり、表情ゆたかな山である。その表情をつぶさに見てこようと思う。

「富士を見に、と言えば五文字ですむとこを、それだけ弁解しないと言えないんですか」

「弁解というわけじゃないんだが」

「自意識過剰だなあ」

ハンドルを握りながら健忘がせせら笑った。何を小癪《こしやく》な、と思うけれども、うっかり運転者《ドライバー》にさからって、事故でも起されたらかなわない。

「だいたい江國さんはですね」

「いいよいいよ、ほら、富士が見えてきた」

中央高速道路に入ってまもなく、右側に競馬場、左側にビール工場、そのビール工場のはるか向うに、白い三角形がぽっかり浮んでいる。雲一つない上天気なのに、空一面霞《かすみ》がかかって、それで、いまにも溶けてしまいそうな淡い淡い三角形である。

「どれ、どこです」

「ほら、左手だよ、左手の……あれ？」

一度目を離すと再び捉《とら》えにくい。それほど淡いのである。きょろきょろ捜していたら、隣の亀羅氏に「あっち、あっち」と肩をたたかれた。いつのまに移動したのか、右手前方の低い丘陵の上に、白い頭がちょこんとのぞいている。ああなるほど、と言っているうちに、フロントガラス越しにぬっと上半身が現われたかと思うと、また別の山にさえぎられてたちまち見えなくなった。神出鬼没。

小仏《こぼとけ》峠の長いトンネルを抜けると、不意にピントが合った。澄み切った青空に、雪の皺《しわ》まではっきり数えられるまっ白な頂上。大きさもいままでの三倍ぐらいである。

　青ぞら高くそびえたち
　からだに雪のきものきて
　かすみのすそをとおくひく
　ふじは日本一の山

——「尋常小学読本唱歌」

中央高速の終点は河口湖である。それを終点まで行かずに、大月インターチェンジでおりようかと思う。

「大月でどうするんです」

「ちょっと寄り道をして行きたい」

「何かあるんですか」

「あるかもしれない、ないかもしれない」

聞いた話である。銀座のバーのさるマダムが、いずれ事情あってのことだろう、箱根の温泉街から単身タクシーをチャーターして、長距離ドライブと洒落《しゃ》れ込んだ。どこでもいいから景色のいいところをまわって頂戴かなんか言って乗り込んだのだが、運転手はぶすっとしてロクに返事もしないで、車を走らせはじめた。いくつも山を越えて、どんどんどんどん淋しいところに向うもんだから、彼女、すっかりこわくなって、ここから引返して頂戴、と喉許《のどもと》まで出かかったとき、キイッと音をたてて車がとまった。

「お客さん、財布出しなよ」

来たな、と彼女、蒼《あお》くなったそうだ。

「よお、五百円札あるかい」

五百円のチップですめば安いものだ、と彼女がこわごわ差し出すと、シートから身を乗り出すようにして受取った運ちゃん、くるりと五百円札の裏を見せて——

「ほら、この富士山の写真、ここから撮ったんだよ。どう、いい景色だろ」

それがたしか大月付近のことだったと聞いた。そこへ寄って五百円札の富士山を見てこよう。

「ほんとかなあ。大月からどう行くんです」

「わからない。とにかく駅に行ってみよう」

行ってみて驚いた。中央線大月駅上りホームに、ゆうに三メートルはありそうな三面体の大看板が立っていて、墨痕《ぼっこん》あざやかに書いてある。

五百円紙幣富士の撮影地
雁《がん》ガ腹摺山《はらすりやま》登山下車駅

この山から見る富士のあまりの美しさに見とれて、飛んでいる雁が腹をすったところからガンガハラスリヤマと名づけられたのだ、と改札の駅員が教えてくれた。直截《ちょくせつ》素朴な命名法がおもしろい。行ってみようかと思ったが、かなりの道のりだという。

「どうしよう」

「やめときましょうよ」

健忘ガ尻込《しりごみ》山、か。

2

ここぞ御殿場夏ならば
われも登山をこころみん
高さは一万数千尺《すせんじゃく》
十三州もただ一目《ひとめ》

——「地理教育鉄道唱歌」第十五番

一度も登らないやつは莫迦《ばか》で、二度登るやつはもっと莫迦だ、というようなことを聞いたことがあるが、私は富士山に三回登って莫迦の上塗りをしている。中学で一回、高校で一回、大学で一回。だからもうずいぶん昔のことで、もちろんいまのように五合目六合目まで車ですいすいというわけにはいかなかったと思う。杖《つえ》をついて、高山病の頭痛をこらえながら六根清浄《ろっこんしょうじょう》、六根清浄と登っておりてきた。三度とも、室《むろ》の臭さと不潔さに閉口したことをおぼえている。いまはもっときれいになっているのか、それともああいう高いところは、いつまでたってもあの通りなのか、もう登る気はない、というより登れそうもないから、どちらでもかまわない。

はじめて登ったとき、八合目の室に煎餅《せんべい》布団が重なり合うように敷きつめてあって、あれはどういうわけか、頭と足と一人ずつたがいちがいに寝かされた。夜中に目がさめると、隣の若い娘のスラックスに包まれた足が目の前でもぞもぞしていたので、齧《かじ》りついてみたいような、裾から手を入れてみたいような、妙に悩ましい、あやしい気分をはじめて味わった。中学二年生といえば満十四歳で、十四歳なら当然の成行か、あるいは少々早熟だったか。総理府青少年対策本部編『青少年の性意識』によれば、性にめざめる時期は男子の場合、中学時代三九・八パーセント、小学生時代二八・〇パーセント、中学卒業後一三・一パーセントだそうである。十四歳ならまずまず世間なみというべきだろうが、この数字は昭和四十六年十二月現在、すなわちポルノ時代のまっさいちゅうにはじきだされた数字だから、それがそのまま終戦直後にもあてはまるかどうかはわからない。

山中湖畔のホテルの大きな窓いっぱいにかぶさるように聳《そび》え立つ富士山を仰いで、二十数年前の春期発動期のことどもがしきりに思いだされる。

「そうですか、そんな甘い記憶があるんですか」

「いや、むしろほろ苦い」

「いずれにしても、老いの繰り言ですね」

「老いの繰り言とは失敬な」

「いいじゃないですか、浅間《せんげん》さんみたいで」

河口湖から山中湖に向う途中の富士吉田口に、北口本宮冨士浅間神社はあった。参道入口の高札にいわく。

〈我国に於《おい》ては往古より神を尊び親を敬う習はしが人の心の生活の基礎となり、有名神社に対しては一の宮二の宮三の宮総社、降《くだ》つては官幣社、国幣社、府県郷社、村社等の社格を以《も》つて敬神の念は一段と昂揚《こうよう》された。それなのに昭和二十一年戦後の措置として官国幣社以下の社格は廃され、一律に宗教法人となった（後略）〉

ああそれなのに、それなのに、と愚痴をこぼす神社というのもめずらしい。

「うん、あの高札の文句は、人間味にあふれていてなかなかよかったね」

「そうですかねえ、エヘヘ」

眼下の山中湖に人影はまるでない。こまかな縮緬《ちりめん》波が春の陽光をいっぱいに浴びてチカチカ光っている。気が遠くなるような静かな午後である。東海道側から見る富士山より、はるかに大きくて均整のとれた、実にいい形の富士山をじっと眺めていると、その純白の胸にホテルごとすっぽり抱きかかえられるような心持である。

3

完全に除雪されたクロソイド曲線の道路を、車は快適に走っている。通行料千二百円の富士スバルライン。去年五月の連休には、終点の五合目から御殿場まで数珠つなぎに自動車が列をなしたそうだが、いまは季節がまだ早い上に、平日の午前中ということもあって、前後に一台の車もない。

道の両側につもった雪と、抜けるような空の青さの強烈なコントラストが目に染みるようである。一合目二合目と登るに従い、富士山のアングルがさまざまに変化して、いま端然として大仏のように構えていたのが、次の瞬間、横ずわりのなまめかしい風情を示したかと思うと、あるときはピラミッド、あるときは白いボタ山といったふうなのである。

四合目の展望台と駐車場を兼ねた広場に、高校生の修学旅行バスが十数台とまっていたが、われわれの車と入れちがいに引き返して行ったあとは、にわかにシンとした。ここから先はまだ通行禁止である。ふり仰ぐと、頂上の測候所が呼べば答えそうな近さに見えた。七合目あたりの雪の肌が、ぴかぴかというより、ぬめぬめという感じで光沢を放っていて、白鯨《モビイ・ディック》のお腹《なか》を見るような、どことなく無気味な様子である。その右手に、巨大なパレットナイフで削《そ》いだような断層が広範囲にひろがっていた。昭和二十九年（死亡15）と三十五年（同10）に雪崩《なだれ》による大量遭難事故が発生した大沢崩れである。この暖冬で、つい最近も小さな雪崩があって、だからほれ、このへんの木が倒れたままずら、と小型トラックを即席の屋台にして店を開いているおでんやのおっさんが言った。

亀羅氏が三脚にセットした一〇〇〇ミリの望遠レンズをのぞいてみると、雪と氷の凄絶《せいぜつ》な山肌が目にとびこんできた。夏と冬では天地の差で、夏の富士山なんて子供でも登れるとわかっていながら、ここによくまあ三回も登ったものだ、と二十年たってぞっとした。

「やっぱりかなりの迫力だ」

「さすが三千メートル級の山だよな、日本の山ばなれしている」

うしろで健忘と亀羅氏がしきりに感心しているところに、おでんやのおっさんが声をかけてきた。

「下の天気はどうだったかね」

「朝のうちは曇ってたけど、いま登ってくるときは快晴でしたよ」

「ふうん、そうかね。しかしあしたまで天気がもつかどうかあやしいもんだなあ。あしたは土曜日だから、降られると商売あがったりだよ」

「だいじょうぶでしょ、このぶんなら」

「いやア、この暖かさはまずいねえ。ほれ、このへんの雪なんかきのう一日でこんなにとけただよ」

なるほど、広場一面雪どけのぬかるみ状態になっている。展望台から見おろすと、眼下に灰色の雲が棚引き、雲の下に南アルプスの山々が紺色に連なっていた。風はつめたいが、気温そのものは大層あったかい。

「こらッ、おまえたち通行止の字が読めねえのか」

突然大きな声がしたので振り向くと、スキー道具を積んだ赤い乗用車が、禁を破って五合目を目指そうとしているところだった。アノラックに毛糸の帽子をかぶった穴熊のような風丰《ふうぼう》の男が、けわしい顔をして乗用車の連中を叱りとばしている。穴熊氏は、片手に無

線機を持って、ちょうど上からおりてきたところらしい。這《ほ》う這《ほ》うの体《てい》で退散しかけた連中を呼びとめて、

「スキーやるなら、この下のほうに行ってみな、いい場所があるよ」

と親切に教えてから、こちらのほうに歩いてきた。深みのある、いい顔をしていた。富士スバルラインの山梨県事務所の人で、昭和三十六年の建設工事着工以来足かけ十二年、富士山の懐ろで暮しているそうだ。その穴熊氏が、小手をかざすようにして頂上を眺めながら、

「雪崩がくるなあ、きっとくるぞ」

と半分ひとりごとのように呟いた。

4

富士山四合目から世田谷のわが家の玄関まで、河口湖、中央高速、甲州街道と、途中多少の寄り道をしながらゆっくり走ってわずか二時間半である。こんなに富士山が近いとは思わなかった。みるみる遠ざかる山は雪で、周囲にひろがる畑は早くも麦秋で、車の中は上着を脱ぎたいほどの暑さで、これを要するに春・夏・冬三位《さんみ》一体のドライブを終えて、健忘が言った。

「よかったですね、富士を見に行って」

「うん、やっぱり名山だなあ」

「巨人大鵬玉子焼富士山ですか」

「玉子焼以上だった」

「ま、ともかくお疲れさまでした」

「さようなら」

日本山岳史上最大の大量遭難が富士山御殿場口で発生したのは、その翌々日であった。低気圧突走り連休悲惨、下山急ぎ疲れ凍死、視界ゼロ吹雪地獄、春のアラシで底雪崩、霊峰一転して魔の山……新聞の大きな見出し活字を追いながら、なんだか狐につままれたような気持だった。だが、遺体発見の現場を克明に写すテレビの画面を茫然と見つめているうちに、あのぬめぬめした気味の悪い山肌と、きっとくるぞと雪崩を予言した穴熊氏の低い声が、ありありとよみがえってきた。死者二十四人。十八歳から二十何歳までの、ことごとく若い命であった。

み雪は咽《むせ》びぬ　風さえ騒ぎて
月も星も　影をひそめ
みたまよいずこに　迷いておわすか
帰れ早く　母の胸に
――「七里ケ浜の哀歌」

明治四十三年一月、十二の若い命が海に消えたとき、真白き富士の嶺《ね》、と人びとは歌った。昭和四十七年三月、二十四の命が富士に消えて、しかし歌は残らない。残るのは親御さんの痛痕の涙だけであるのか。

旅に病んで——高山

1

飛騨《ひだ》は襞也《ひだ》。山襞の襞である。地名や国名の由来なぞというものは諸説粉々としているのが常で、飛騨の場合も例外ではないのだが、重畳《ちょうじょう》たる山々に囲まれた高山の街を実際に歩いてみて、なるほどなあ、と思う。

乗鞍《のりくら》、焼岳、穂高、槍、何、何、何。

そっちの方面に興味も知識もまったく持ち合わしていない私でさえ、名前だけは承知している。ただし、どれが槍やら穂高やら、識別はとんと不可能で、不可能でも一向にかまわない。どれがどれだかわからぬその山々が、雨にけむる静かな城下町をすっぽり包み込んで、薄暮の空にいまくろぐろと溶けはじめた。遠近感が急速に失われて、山襞が曖昧《あいまい》にぼやけて、それで脳味噌の襞もゆるゆるに弛《ゆる》んで、いまにも脳味噌が溶けて流れだしそうである。高山名物の朴葉《ほおば》味噌が大層うまかった。葱《ねぎ》と油を加えた赤味噌を大きな朴の葉っぱの上で焼き焼きたべるのである。溶けて流れる脳味噌を朴葉に載せて、じゅうじゅう焼いて食ったらどんな味がするか。頭の中に靄《もや》がかかって、おまけに脳味噌が溶けはじめたもんだから、ろくなことを考えない。

寒気がして、全身がひどく懈《だる》い。足許がふらついて、宙を歩いているような気分である。熱が出てきたらしい。寒い、寒い。

「寒い？」

旅館で貸してくれた透明なビニールの傘をくるくるまわすような仕種《しぐさ》をしながら、健忘が怪訝《けげん》な顔をした。怪訝な顔をするのはいいが、傘をくるくるやられると、なんだか目がまわるようで、はなはだ迷惑である。古いおちついた町並みにビニール傘はいかにもそぐわない。高山には蛇の目の傘がよく似合う。このあたりの旧家のしきたりによると、出入りの者が蛇の目をさすことは許されなかったそうで、彼らは常時番傘を使用する。階級制度が傘にまで及んでいたのだ、と古老に聞いた。不埒《ふらち》千万というような気もするし、けじめがあって悪くないような気もするし、なにぶんにも頭が朦朧《もうろう》としているので、考えることがまとまらない。

「寒いって、寒いはずないでしょ、いちばんいい季節じゃないですか」

それはそのとおりで、冬の長い高山には、春と初夏とがいっしょにやってくる。噎《む》せ返るような新緑のあいだに、梅と桜と桃と李《すもも》と辛夷《こぶし》が思い思いに咲き誇って、そこに絹糸のような雨が音もなく降っているので、描きかけの油絵を水彩画家が引きついでさらに墨絵で仕上げをしたような景色である。

「桜もいい色してますね。東京の桜とはまるで品種がちがうみたいです。それに、この水のきれいなこと、ほら見てごらんなさい」

京都の加茂川に擬せられる宮川の流れを指さして、健忘がしきりに、どうだどうだという顔をするから、何か答えなければ悪いと思うのだけれど、口をきくのも億劫《おっくう》である。目の前の朱色の中橋《なかばし》をぼんやり見ていたら、欄干の下に取付けてある投光機に灯《あか》りがはいって、明るくなった川面《かわも》のまん中に、大きな鯉がたくさん集まってきた。顔をあげると、夕闇がにわかに濃くなって、健忘の姿がぼーっと幽霊のように見えた。暗い道をふらふら歩きながら、右に曲ったり左に曲ったりするうちに方向感覚がなくなって、宿に向っているのか、それとも遠ざかっているのかさっぱりわからない。土産物屋の明るい電燈の光が、へんなぐあいに滲《にじ》んで見える。熱で目がうるんでいるためかもしれない。通りすぎようとしたら、中から若い女客二人が連れ立って出てくるところで、二人とも国鉄のディスカバー・ジャパンのポスターからたったいま抜け出してきたような服装をしている。

「二十八、二十九……」

健忘が小声で呟いた。昼すぎから散歩に出て、女性だけのグループ、もしくはひとり旅と思われる女の子とすれちがうたびに指折りかぞえて、あと一人で三十人。みんな申し合せたように、姿かたちが同じパターンである。ブラウスに毛糸の胴着《ベスト》にブルージン。あるいは、パンタロンをはいて、長袖シャツの上にどういうわけか半袖セーター。だいたいこの二つのバリエーションである。

「あ、三十、三十一、三十二」

典型的な国鉄ポスター風三人連れが、ひょいと角から現われた。手に手にみたらし団子の串《くし》を持って、醬油の垂れを舐《な》め舐め歩いてくる。どうでもいいが、あの串をどこに捨てるつもりなのだろう。高山の道路は、どんな細い路地でもおどろくほどきれいで、塵《ちり》一つおちていない。昼間聞いたばかりのM氏の声が耳許に甦《よみがえ》る。

「この町ではな、ああいう振舞いをもっともはしたないこととして、どこの親も躾《しつけ》をしてきたんじゃが……」

M氏は、ユニークなローカル紙を昭和二十三年以来発行しつづけてきた初老の飛驒人《びと》である。この町を愛することでは人後におちない。それだけに、昨今の異常なまでの高山ブームに少々困惑気味とお見受けした。

「高山は、おだやかな、ええところじゃったが、だんだん崩れて、だゝちかんゝ（埒あかん＝駄目になるの意）ようになってまったわいなあ。と言うて、観光客にはきてもらわにゃ困るし、痛し痒《かゆ》しですな」

雨は殆どやんだが、悪寒はつのる一方である。今夜は、隣町の古川に夜祭りを見物に行く予定だったが、これでは到底だっちかん。一人で先に宿に戻って、布団にもぐりこんだら急に心細くなってきた。うつらうつらすると、どこかで一杯飲んでいたり、書斎で机に向っていたり、だれかと麻雀《マージャン》の卓を囲んでいたりして、旅に病んで夢は枯野を一向にかけめぐらないのである。

2

講談や落語の世界で活躍する名匠左甚五郎は飛騨高山の産である、と、そういう話題をあんまり強調すると高山郷土館長・小林幹《みき》翁に叱られる。痩身《そうしん》鶴の如き体軀《たいく》を羽織袴《はかま》に包んだ翁は、背筋をしゃんとのばして長嘆息なさるのである。

「左甚五郎だの、陣屋跡の血染めの門だの、史実にないことを観光業者が宣伝するので、よう衝突するんです。そうすると市会議員から、観光の邪魔してもらっちゃ困る、なぞと文句をつけられたりするんじゃが、わしゃ、いつでもクビにせい言うて突っぱねとるんです」

だから大きな声では言えないが、落語に出てくる飛騨の甚五郎は、江戸の大工が小遣どりに作った踏台を一瞥《いちべつ》するなり、こらあかんな、と憫笑《びんしょう》して、その理由をいともあっさり言ってのける。

「この踏台は百年もたん」

その「百年」という一と言で、お客がドッと笑うのに、高山のお客さんはクスリともしなかった、と安藤鶴夫氏がむかしびっくりしておられた。踏台が百年もつのは、高山の人にとっては当り前のことで、そんなこと、おかしくもなんともないというんだね、だからキミ、あのくすぐりは高山では通用しないよ。

しないはずだ、と重要文化財日下部《くさかべ》民藝館の内部をくまなく見学して、実感とともに安藤さんの言葉を思いだした。百年どころか、二百年でも三百年でももちそうな調度民具がごろごろしている。飛驒建築の精髄といわれるこの豪邸は、甚五郎ではないほんものの名工川尻治助が心血を注いだ作品で、明治十二年に出来上ったものだそうだから、ことしが九十三年目。火災にさえ遭わなければ、何百年たとうがびくともしないだろう。巨大な恵比須・大黒二本の柱の上に縦横に組まれた梁《はり》と束柱の、そのゆたかな空間に百年の風格が漂っている。

昨夜二度も寝巻をかえるほど盗汗《ねあせ》をかいて、それで熱がさがったとみえて、きょうは朝から気分がよかったのだが、日下部邸見学の途中で、また寒気がしてきた。どういうわけか右の奥歯が痛みはじめて、頰に手を当ててみるとズキンズキンと脈を搏《う》っている。豪快無比な建物に圧倒されて、自律神経のバランスが滅茶苦茶に崩れてしまったのかもしれない。

ろじ、おいえ、なかのおいえ、かずき、とおり、くちかずき、くちのま、仏間、ほんざしき、つぎのま、台所。

階下だけでこれだけあるのである。台所といっても三十畳ぐらいの、要するに大リビングルームである。十畳の本座敷がばかに小さく感じられる。四方柾《まさ》の床柱、縮緬《ちぢみもみ》の天井、座敷に付属した憚《はばか》りは、大も小も一回ごとにとりかえる仕掛になっているよし。

「建築に際して、予算などというものは念頭になかったようですなあ。吟味した材料を必要量の何倍も取り寄せて、そのなかで極上のものだけを使ったんですね。捨てたぶんで貸家を何軒か作ったんだが、いまでも全然いたんでいないんだ。ふつう貸家の耐用年数はせいぜい二十年ぐらいでしょう。それが百年もってるんだから、わたしも驚きましたな」

第十一代当主日下部禮一氏は、悠揚せまらぬ微笑を浮べて述懐なされた。品のよい銀髪、おっとりとした風丰《ふうぼう》。戦前まで、この屋敷で暮しておられたそうである。

「いまはもう住めんですよ。だいいち人手がありませんからね。子供たちもみんな東京住まいで、家内と二人暮しですから、こんな広い家で暮したら、毎日家内とかくれんぼでもせにゃならん」

三期十二年高山市長の椅子にあったこの名望家は、そう言って温和な顔をほころばせた。

やわらかい採光の二階に、さまざまな生活の道具が陳列してある。見るからに頑丈な男用の箱枕に「谷九・五十之内」と書いてあるのは、江戸時代両替屋として栄えた頃には谷屋九兵衛を名乗っていたので「谷九」、それでこの枕は「五十之内」なのだから、何かのときに屈強な男衆を動員して、少なくとも五十人まで宿泊させることができたのだろう。となりの部屋に、超達筆の女文字の手紙が飾ってあった。「かみかけいのりまゐらせ候」「やまやま御嬉しく」「いまにいまにわすれやらず」などという色っぽい文面に続いて、おや、と思うようなことが認《したた》めてある。

　なをまた　ゆふ夜御もふ（申）し候には廿日すゑに　いちど御かよひのよふに御申しなし
　候へは　くれぐれも　御？（二字不明）様には　此《こ》たびは　御だましなく……

　末尾を「あらあら申のこし候めでたくかしこ」と結んで「野越より」とある。いわずと知れた吉原の花魁《おいらん》からの文《ふみ》である。何代目の当主に宛てたものかは不明だが、花の吉原で「御だまし」遊ばされたのが、この日下部さんではないことだけはたしかである。

3

桔梗《ききょう》、小桜、千鳥、小柳、錦、宝……

　きのう野越花魁の文を見たばかりなので、どれもこれも遊里の源氏名のような気がして悩ましくなるのだけれど、宮川の東を流れる江名子川にかかる、これ、みんな橋の名前なのである。ほかに、助六、愛宕《あたご》、東《あづま》などという橋もあるそうだ。

　この江名子川に沿った高台の町を総称して「空町《そらまち》」と呼ぶ。大工、左官、塗師《ぬし》などが住んだ職人町で、昔ながらの雰囲気《ふんいき》がまだ色濃く残っているという。ディスカバー・ジャパンは古い町家が並ぶ三町《さんまち》筋（上一之町・上二之町・上三之町）だけに限ることはないのだから、是非、空町の一帯もご覧なさい、と日下部民藝館の山下孝太郎氏が、一日、案内役を買って出てくれた。

「高山の裏町散歩もいいもんですよ。観光客がきませんから、静かでおちつています。生憎《あいにく》お天気がようないのでお気の毒ですが……」

　きょうも朝から雨。春と初夏がいっしょにくる土地だから、雨も、春雨と梅雨が示し合せていっしょに降っているのかもしれない。体調のほうも相変らずで、熱がどうしてもさがらない。手足がバラバラになったようである。だが、山下氏推薦の裏町散歩は非常におもしろかった。家と家のあいだの、体を横にしなければ通れないような細い路地を抜けながら、坂をのぼったりおりたりしていると、生活の匂いが鼻先に漂うのである。火伏の神を祀《まつ》る秋葉神社の祠《ほこら》がいたるところで目につく。

「秋葉さんは市内に三十四社あります。高山という町は地形の関係で、大火が多いんです。だから火災予防には非常に気をつかっているわけです」

　それで思いだしたが、いましがた通った白山神社の下に、高山市消防団第一分団第一班という消防施設があって、車庫のような木造の建物にこんな文字が大書してあった。

〈喞筒庫〉

喞は「そく」又は「しょく」。水を注ぐという意味で、喞筒は「しょくとう」、水鉄砲、ポンプの意、と、あとで辞書を引いたら書いてあった。だれにも読めないような、こういう古めかしい表記が、いまでも生きて使われているところが、いかにも高山らしいという気がするのだが、案外、日本中の消防施設で使われていて、ただ気がつかなかっただけなのかもしれない。

「言葉といえばねえ」と山下氏が、高山独特の語法を教えてくれた。

古くは金森藩の城下町、のちに幕府直轄の天領となった高山では、三町筋に富裕な商人が、空町に職人が、八軒町に百姓が、それぞれ住んでいた。それで、いつとはなしに呼び方が定まった。

三町の「衆」。空町の「者《もん》ども」。八軒町の「奴《やつ》ら」。

こうはっきり差別されると、さすがに鼻白む。そのほか、どこそこ町の「手合い」という呼称もあったそうだが、熱で頭がぼやけていたから、町名を忘れてしまった。衆・者ども・奴ら・手合い――そこに現代の観光客が加わったら、どう呼ばれただろうと、病んだ頭で考える。ディスカバー・ジャパンの輩《やから》め、か。

「いいえ、いいえ、若い観光客のかたがふえるのは結構なこっちゃ、と思います」

空町の高台から三町筋に抜ける海老坂《えびざか》上の古美術店の主《あるじ》が言った。

「みなさん、古いものにたいへん興味がおありのようで、矢立、煙管《きせる》、煙草入れ、若い女性のかたですと、簪《かんざし》やら櫛《くし》やらをよう買《こ》うていかれます。何にも使いようのない品物も、うまいこと工夫なさいますなあ。木製の歯車を花台になさったり、鳴子にぶらさがっている木ぎれに紐《ひも》を通してペンダントにされたり、わたしらのほうが教えられて見直すことも多いんです。ま、粗茶ですがおひとつ」

高山随一の目ききといわれる主が、ゆっくりといれてくれた玉露を口に含むと、とろりとした甘味が舌を這《は》って、こんなにおいしい玉露は近年稀《まれ》であった。すーっと懈《だる》さが抜け落ちるようで、このぶんなら、今夜一と晩寝れば体調も回復しそうである。回復したところで帰京しなければならない。滞在を一日のばそうかな、と玉露の最後の一滴を味わいながら考えたが、決心はなかなかつかない。

美しや毒の島――徳之島

1

ゆっくりと高度を下げはじめた飛行機の小窓に、南の海がせり上ってきた。鉛色の大海原がいつのまにかあざやかなエメラルドグリーンに変り、それがまた、海の底の底まで透き徹《とお》っているもんだから、底の具合によって微妙に色調を異にする。水深何メートルだか何十メートルだか、珊瑚礁《さんごしょう》がくっきり見えるところは地図模型のようだし、砂地の加減か、こまかいタイルがゆらゆら揺れる温泉の大浴場を思わせる部分があるかと思うと、ホテルのプールを真上から覗《のぞ》いたような、とろりと澱《よど》んだところもあったりして、さまざまに変化する色調の、どれもが目を見張るほど美しい。こんなに美しくて、しかもこれ、雨をついての飛行なのである。

きれいな海だなあ、と思わず呟《つぶや》いたら、窓際に坐っておでこをガラスにくっつけるようにしていた娘さんが、くるりと振り向いて、

「こんなんじゃないんよ」

と言った。二十二、三の、顔立ちのはっきりした子で、派手な服装と化粧から察するに、キャバレーかバーにでも勤めているのだろうと思うのだが、たしかめたわけではないから、あるいはちがっているかもしれない。きょうのこの海には半分の値打もない、お天気のいい日に空から見せたかったというような意味のことを、関西弁のイントネーションで彼女は口にした。屈託のない、いい感じの物言いであった。それにしても、この天候でこれだけ透明度を保っているのだから、なるほど、快晴だったら気が遠くなるほどの美しさにちがいない。海の底ごとせり上ってきた水面を掠《かす》めるようにして、飛行機は滑走路にすべりこんだ。

徳之島空港の待合室には出迎えの人がおおぜいつめかけていて、それで狭いロビーに土地の言葉がたちまち充満した。「やあやあ」「よく来たよく来た」といったふうなやりとりが大部分なのだろうが、それがまったく聞きとれない。外国語同然といいたいところだが、外国語でも単語の一つや二つは察しがつく。いま耳にとびこんでくる言葉は、徹頭徹尾珍紛漢紛なのである。

「ユーチャーヤー」

「オボラダレン」

うしろで聞きおぼえのある声がしたので、ふりむくと、さっきの娘さんが母親らしい老婦人とうれしそうに話をしていた。

「ナイワトーリテアナミュ？　ニーチャータガ」

「カワイメーレニナテ、ニッシリナラダッタ」

しいて文字に写せばこんなところだが、実際には、これに独特の抑揚がつくし、おまけにおそろしい早口ときているから、一回や二回聞いたぐらいではメモもできない。あんまり不思議な言葉だったので、娘さんに乞うて、もう一度ゆっくり一語ずつ再生してもらったのが右の会話で、翻訳すれば左のとおり。

「よく来たね」

「ありがとう。少し痩《や》せたんじゃない？　会いたかったわ」

「かわいい娘になって、見ちがえるよう」

なるほどカワイメーレか、と、言われてみれば思い当るが、よく来たねがどうしてユーチャーヤーになるのか、そのへんはもう理解の埒外《らちがい》である。これが同じ日本語か、と呆気《あっけ》にとられるようなそういうやりとりが、あっちからもこっちからも聞えてきて、南の島にやってきたのだなあ、という感慨はまず三半規管に押寄せて、それから徐々に胸中にひろがっていった。

島へ行こうと言いだしたのは健忘である。これだけほうぼうに出掛けて、まだ一度も島に行っていないのは不都合である。だからぜひ行きたい、いや行くべきである、とひどく熱心なのである。

「行きましょうよ島へ。どうですか、南の島というのは。そうだ、徳之島がいい。奄美大《あまみ》島の先で、沖縄の手前です。なに、飛行機を乗継げばわけはないです。いいですよ、島は」

これがわからない。日本全体がそもそも島国ではないか。日本列島の大きな島から小さな島に渡って、それでどうしようというのだろう。わざわざ行かずとも、島国根性なら、おたがい、イヤになるほど持ち合せているじゃないか。島、島、と、そんなに島に行きたいのなら、どう、江の島にでも行こうよ。

「そんなこと言ってるから駄目なんです。あのね、いまは離島ブームなんですよ。いいから黙ってついてらっしゃい」

「………」

「どうしました?」

「実は……」

「実は何です?」

実は、蛇がこわい。小さな山棟蛇《やまかがし》を見ても、私、足が竦《すく》む。世の中でいちばんきらいなものである。徳之島といえばハブの棲息地《せいそくち》ではないか。ハブというのは有鱗目《ゆうりんもく》マムシ科ハブ属の毒蛇で、体色は淡黄灰色の地に雲形の斑紋、頭部は平たく匙《さじ》形……と書きかけただけで鳥肌だってくる。

その匙形の頭をにょろりと擡《もた》げた剝製《はくせい》の蛇が、空港ロビーの売店に二匹も三匹も無造作に飾ってあって、これはハブではなくてコブラなんだそうだが、蛇恐怖症の目にはどっちだって変りはない。ぞっとするような剝製を背にして、母娘《おやこ》はまた何やらたのしげに話しはじめた。

「△□○×？」

「□×△×○○！」

まるっきりわからないけれど、わからないなりに、聞いていて心が和《なご》むのである、うしろの、あの気色の悪い剝製さえなければね。

2

北から南に、喜界島、大島本島、徳之島、沖永良部《おきのえらぶ》島、与論島と飛石状に連なる奄美群島のなかで、徳之島は本島についで二番目に大きい。面積二百四十七平方キロ、周囲約百キロ。その百キロの至るところに、蘇鉄《そてつ》、阿檀《あだん》、ガジュマル、木麻黄《もくまおう》といった熱帯植物が生い茂り、その間にハイビスカスとカンナと朝顔と山百合《やまゆり》が咲き乱れていた。

「ハイビスカスには何百という種類があるそうですが、色はだいたい赤とピンクと黄色で、赤いのには八重と一重があります」

道はかなり悪い。それでハンドルを右に左に忙しくあやつりながら安《やす》さんがいう。

「島で.紅葉する木はウルシとハゼの二種類だけです。それが一月末に紅葉するんですが、そのとき桜が満開になります。紅葉と桜がいっしょなんです」

島のタクシーはどれも親切だが、安さんはその上、植物学に造詣《ぞうけい》が深い。

「ほら、あの阿檀の実がね、もう少しするとオレンジ色になって、たべられるようになるんです。子供のころよくたべたけど、いまの子供は見向きもしませんね。あれ、たべたあと口のまわりがかゆくなるんですよ」

いろいろ教えてくれるのはまことにありがたいが、舌を噛《か》まなければよいが、とハラハラする。そのくらい道が悪い。そのかわり、とびとびに舗装されてはいるものの、ぜんぶ合わせても三分の一に充たない。百キロの間に信号というものが一つもない。

「タイヤの寿命がね、本土のタクシーに比べたら四分の一ですよ」

安さんというのは、安兵衛とか安雄とか、そういう名前の愛称ではなくて、安という姓なのである。

「安さんは、徳之島のどこ?」

「はあ、ボマです」

母間と書いてボマ。高倉造りと呼ばれる茅葺《かやぶ》き屋根民家の集落地である。母間の北の高台にわれわれの泊っているホテルがあって、そこがサン。徳之島町山と書く。山《さん》の裏側にある蘇鉄の群生林のあたりがテテ。手々である。

景勝地にもおもしろい名前がついていた。珊瑚礁が侵蝕《しんしょく》されてさまざまな洞窟《どうくつ》を形成している奇岩城のようなところが犬の門蓋、これをインノジョウフタと読む。切りそいだような絶壁から下を覗いたら、まっ白に砕ける波の底を、目のさめるようなコバルトブルーの武鯛《ぶだい》が三、四尾と、黄色と赤に塗りわけた熱帯魚の見本のような魚が悠々と泳いでいるのがはっきり見えて、釣りの好きな亀羅氏が、あ、あ、あ、と奇声を発した。その犬《いん》の門蓋《じょうふた》と関係あるのかないのか、たぶん、ないのだろうけれど、島の西南端に突き出た岬《みさき》が犬田布岬で、このほうはイヌタブと素直に読む。はるかに沖永良部島をのぞむこの岬の沖合に、戦艦大和が沈んでいるそうで、巨大な慰霊塔が岬の突端に聳《そび》えていた。がらんとした駐車場の向うの、茶店のような飯場のような小屋から、ボリュームをいっぱいにあげた詩吟の声がガンガン響きながら流れてきた。

　名声高き戦艦大和
　敵弾飛来す数万砘《トン》
　火の海血の海地獄海……

小屋の中に這入《はい》ってみると、薄暗い納屋のような空間に、実にありとあらゆる品物が脈絡なく展示してあった。変色した戦艦の写真、錆《さ》びついた大砲の破片、ハブの生殖器、むかしの機織《はたお》りの道具、古ぼけた弁当箱、大正何年かの法政大学卒業証書。岩井記念館と名づけたこの小屋の主《あるじ》、岩井喜一郎館長は赤銅色の顔に茫々たる顎鬚《あごひげ》をたくわえたことし八十の翁である。いつのまに這入ってきたのか、定期観光バスの超グラマーのガイド嬢が、岩井翁の背後を通り抜けようとした瞬間、翁の右手がうしろにまわったかと思うと、目にもとまらぬ早さで、はちきれそうな紺サージのミニスカートの中心部を下から上にさっと撫《な》であげた。

「キャーッ、ナンボジランボーガ、ナニヲスルカ（何するのエッチ！）」

「ウハハハ……キンムハナーガリ十七、八ナテヤ（気分だけはまだまだ十七、八じゃよ）」

ウハハハと豪快に笑いとばす八十翁の手練の早業に、亀羅氏がまたしても、あ、あ、あ、と叫んで目を丸くした。ご老体に漲《みなぎ》るこの活力は、ことによるとハブ酒とかハブ粉とか、そういうもののご利益《りやく》なのかもしれない。

3

蛇に睨《にら》まれた蛙《かえる》という言葉を、むろん、言葉としては百も承知していたが、実地に見たのははじめてである。

一瞥、総毛立つようなハブの群れのまん中で、おとなの拳《こぶし》ぐらいの緑色の食用蛙が、まるで化石か庭の置物になってしまったように、さっきから微動だにしない。聞けば、さっきからではなくて、生き餌《え》として放《ほう》り込まれたきのうの午後から、ずっとこうやって身をかたくしているのだそうだ。ひたと一点を見つめたままの両の眼《まなこ》の前を、時おり、するすると一メートルぐらいのやつが動いたりするのだが、蛙はぴくりともしない。すぐ横に、腹が異様にふくれたのがどてんと横になって、あきらかに食後の休息をしている。とぐろを巻いているやつ、半分だらんとしているやつ、のろのろと移動中のやつ、灰色のやつ、黒いやつ、赤っぽいやつ、そいつらがたがいに縺《もつ》れ合い、絡み合い、層をなしてにょろによろしている。深い、大きなコンクリート槽《そう》のこの中に、いま大小千二百匹のハブと一匹の蛙が呼吸をしているのである。

絶対に見に行くまい、と決めていたのに、健忘と亀羅氏がハブよりこわい顔をして「駄目です、見なくちゃ」と厳命するもんだから、二人の気魄《きはく》に気圧されて、それで首根っこを押えられるようにして、とうとうこのハブランド、又の名をハブタン毒蛇研究所に連れてこられた。

「ハブはね、ほとんど視力がきかないんです。そのかわり音とか動きに敏感で、相手の体から発散する熱線に反応してパッとやるわけです。蛙はそれを本能的に知ってるんですね」

白いヘルメットをかぶった所長が、長い竿《さお》のような捕獲棒で、大きいのや小さいのを掬《すく》い上げては、ぶらさげたり絡ませたりしながらいろいろ説明してくれたのだけれど、気味の悪さのほうに気をとられて、大方忘れてしまった。熱線にパッと反応する、という右の説明も、果してあのとおりだったかどうか頗《すこぶ》る心許《こころもと》ない。蛇に睨まれた蛙の、無念無想の顔だけが、いつまでも頭の底にこびりついている。

明治十年刊の『沖縄志』にいう。

「毒気歯牙《しが》ヨリ発シ忽《たちま》チ死スル者アリ死ニ至ラザル者モ多クハ廃人トナル」

血清療法がすすんだ現在では、死亡者はほとんどいなくなったそうだが、「ほとんどいない」ということは「ほんのわずかいる」ということだろう。「ほんのわずか」の仲間入りだけはしたくない。

「そういうふうにノイローゼ気味になるお客さんが多いので手を焼いとります」

徳之島観光協会の事務局長氏が、苦笑しながら教えてくれた。

「去年の調査では、この島に棲息しておるハブは二十万匹と推定されとりますが、観光客の咬傷《こうしょう》被害例は一件もありません。昼日中そのへんの草むらから出てくるなぞということは、まず絶対にありません」

「まず絶対に」の「まず」というのがどうも気になっていけない。ホテルに戻ってから、役場でもらってきた『町勢要覧'72』という小冊子の頁を繰っていたら、〔行政管理の特色〕の欄に、こんな項目があった。

「**5　ハブ咬傷患者に対する治療費補助**　ハブ咬傷患者の治療費の本人負担分を全額町が補助している」

安心したらいいのか、怯《おび》えたらいいのか、考えているうちにお尻のあたりがむずむずしてきた。たとえようもなく美しい自然にめぐまれたこの島に、二十万本の凶悪な紐が蠢《うごめ》いているとは、なんという皮肉であろうかと思う。思いながら、とろとろと三十分ばかり睡ったようである。枕許の電話のベルで目が覚めた。夕食の仕度がととのったという知らせの電話だった。

ゆっくり顔を洗ってから階下の食堂におりてゆくと、健忘と亀羅氏が浮かない顔をしてテーブルに著《つ》いていた。原因はわかっている。三十卓ほど並んでいるなかで、カップルならざるテーブルはわが卓だけなのである。あとはぜんぶ新婚客で、したがってどちらを向いてもおたがいさまという意識が働くのだろう。それぞれ相当な態度を競演している。昨夜もその前の日もそうだった。じろじろ窺《うかが》うつもりなぞ毛頭ないけれど、わっとばかりに目のはしにとびこんでくるのだから仕方がない。新婦たちはそろって垢《あか》ぬけた服装をしていて、なかなかの美人ぞろいである。

「そりゃそうなんですよ。ハネムーンで離島にくるっていうのは、新婚さんのエリートなんです。飛行機代だけでも大変ですもん」

最初の日は、ゆとりをもってそんな解説をほどこしていたりした健忘が、三日目ともなると、ほとほとげんなりして、不機嫌そのものの顔をしてふくれている。右手のテーブルで、いまのいままで顔を寄せ合うようにして刺身をたべていたカップルの、女性のほうが食事の途中でぐったりと椅子の背に凭《もた》れて、一見して全身ばらばらという風情を露骨に示すのを見て、健忘が怒り狂った。

「いや、ちょっとあれは……その、ひどいですよ、その……失礼じゃないか、これ、ちょっと……うーん、徳之島じゃない、ドクの島ですよ」

毒気隣卓ヨリ発シ忽チ死スル者アリ死ニ至ラザル者モ多クハ廃人トナル。健忘の状態は、その一歩手前のようである。

百鬼園先生町内古地図——岡山

1

墨の香が、深《しん》とした座敷にうっすらと匂うようであった。

忘却来時道

忘却ス来時ノ道。「寒山詩」の、十年帰不得（十年帰ルヲ得ザレバ）のあとに続くこの五言を先生はことのほか気に入っておられたらしい。私の知る範囲でも何人かの人が同じ書跡を所蔵しているし、印刷物でも過去に何度か目にしたこともあって、だから格別珍しいというものではないけれど、いまここで見るこの幅《ふく》ぐらい文字と場所とがぴったりの、掲げるに所を得たものはあるまいと思う。

「郷里の町内の岡崎屋に真さんと云う幼友達があつて、私が箏《こと》を習ひ始めた中学生の当時、よくその家に遊びに行つては箏を弾いた」

随筆集『鬼苑横談《きえんおうだん》』に収録されている小品「長磯」の一節だが、これはいちばん手近にあった一冊を手にとって、任意に頁を繰ったらたまたまこの部分が目にとまったというだけのことで、幼な友達岡崎屋の真さんの話は、先生の作品群の至るところに繰返し出てくるから、いまさら説明には及ぶまい。その「岡崎屋の真さん」のお宅の、奇跡的に戦災を免れた奥座敷の本床《ほんどこ》に、この軸はゆったりと懸っていた。

「榮さんはの」

真さんが、とつられて私がそんな失礼な呼び方をしてはいけない。岡崎真一郎氏は備前岡山の素封家の裔《えい》で、つい最近まで瓦斯《ガス》会社の社長をしておられた岡山財界の長老である。明治二十三年生れの満八十二歳。榮さんの百閒内田榮造先生は二十二年生れで一つお年嵩《としかさ》だけれど、同じ古京《ふるぎょう》町の目と鼻の先に生れ、尋常小学校以来の同級生であって、だから、内田君は、内田はな、とそういう表現をなさったのははじめの二た言三言だけで、八十年はたちまち一と跳び、あとは榮さん榮さんという呼び掛けがごく自然に口をついて出て、岡崎翁の端正温雅なお顔に、みるみる懐旧の色が溢《あふ》れた。

「榮さんはの、こーまい（小さい）時分から書はうまかったな。森谷金峯ちゅう書家の先生について、懸腕直筆《けんわんちょくひつ》、きちんと本式に習ったんじゃから。どう、これもなかなかええじゃろ」

五つの文字に精気が漲っていた。二十数年前、すなわち百閒先生還暦前後の揮毫《きごう》である。ただし、二十数年前に先生が岡山市古京町のこの座敷で筆をとったというわけではない。東京麹町《こうじまち》の例の三畳間が三つつながった百閒邸に、岡崎の真さんが志保屋の榮さんを訪ねて、シャムパンの振舞《ふるまい》にあずかりながら書いてもらったものだそうである。

「榮さんいうのは、ありゃ我儘《わがまま》な男でな。岡山が恋しゅうてならんくせに岡山が嫌いなんじゃ。それで死ぬまで戻らなんだ。六高の何十年祭の時に、いっぺん講演に戻れいうてやかましゅうすすめたら、そんなら帰《い》のうか、というて、いったんはその気になっとったんじゃが、とうとうそれもようせなんだ」

十年帰ルヲ得ザレバ、である、忘却ス来時ノ道。岡山々々と言い暮しながらついに古里に足が向わなかった先生の顰《ひそ》みに倣《なら》ったわけでも何でもないのだが、私も、百閒百閒と呪《じゅ》文《もん》のように唱え続けながらついに先生の謦咳《けいがい》に接することなく終ってしまった。その間の心理的事情については、以前にも何度か触れたし、先生の没後刊行の緒《しょ》に就いた『内田百閒全集』（講談社刊）の月報にも書いたことなので、以下、二重三重の重複になるのだけれど、この際お許しいただきたい。

百閒文学の、私は長いあいだの熱烈な愛読者、というより寧《むし》ろ狂信者であった。信者だから、百閒先生のことは何でも存じ上げている。麹町六番町六番地のお住まいの間取りから、お膳の上のご馳走の配置まで、手にとるように思いえがくことができるし、おそるおそるお側に伺候《しこう》すれば、先生の息遣いから体臭まで、おそらくこんな感じであろう、という具合にすこぶる具体的肉感的に察しがつく。したがって、ひとたび目をつむれば、いついかなる時でも自由自在に百鬼園訪問を果すことができる。『日没閉門』なんのその。先生のほうでも、貴君《きくん》、そりゃ怪《け》しからぬ、そいつは理不尽というものだよ、などとは決しておっしゃらない。そういう訪問ならば已《や》むを得ない。已むを得なければすなわち仕方がない、と幻の先生はいわれるにきまっている。そういうふうにして、幻の謦咳に接して、接しすぎてとうとうほんとうの百閒先生にお目にかかる機会を失してしまった。先生が彼岸の人になってしまわれて、やっぱり一度でもよいからお目にかかっておけばよかったと思う半面、これはこれでよかったのだという気持も強くする。おそれもなく名作『阿房列車』にあやかるこの企画を立てたのも、直接存じ上げなかったからこそできた所業であり、これでもし一度でもお目通りしていたら、こんなへっぽこ文章、とても書けるものではない。その以て非なる『阿呆旅行』の旅先で先生の訃《ふ》に接して、ホテルの狭い部屋の中を新聞片手にぐるぐるまわった話は「うわの空旅——熊本」ですでに書いた。ぐるぐるまわりながら、いつかは岡山に行こう、行って古京町をぶらぶら歩いてこようと、とりとめのない頭で考えたことをきのうのことのように思いだす。

「そんなことをされては困る」

と先生は塋下《えいか》で、苦々しい限りだといったような顔をしておられるだろうなと思う。追慕のあまりという口実を設けて、他人の私なんぞが、縁《ゆかり》の古京町や百間土手を歩きまわったりすることは、先生の神経を逆撫《さかな》でにする行為なんだけれども、先生は死んじまったんじゃないか、死んじまったんだから仕方がないじゃありませんか、というようなことを考えながら、先生の大好きな汽車、ではなくて、「ひかりは西へ」のポスターと共に岡山まで延びた新幹線ひかり57号に乗り込んだ。

百鬼園、と躍るような筆勢で認《したた》められた落款《らっかん》をじっと見つめているうちに、薄暗い床の間の掛軸の中に体ごとすーっと吸い込まれていくような、一種の安息感に包まれて、このとき私は、いまはじめて晴れて先生に会えた、と思った。

2

きのう乗ってきたひかり57号が、一と筋の青い線となって遥《はる》か向うの鉄橋の上を、右から左にするすると流れてゆくのをぼんやり眺めながら、これが百間川の百間土手か、と無理に感慨を湧《わ》き立たせようとしたのではないのだが、一面に野の草が生い茂り、ところどころに除虫菊や薊《あざみ》が咲き乱れている土手の、そのへんからいまこの瞬間榮造少年がとびだしてきても少しもおかしくないような、それは懐かしい景色であった。なんとなく気持が浮き浮きしてきた。旅に出てこういう気分になるのは、私の場合、珍しいのである。ひろびろとひろがる百間土手の空気が甘くておいしくて、それでいつもは靄《もや》がかかっている頭の中がいくらかすっきりしたようで、先生の文章の断片がいくつも脳裡《のうり》を過《よぎ》る。

「百間は今でも使つてゐるので、何の事だと人に聞かれるが、岡山市の東北郊に山陽本線の旭川《あさひがわ》の鉄橋があつて、その少し東に百間川の鉄橋と云ふのがある。百間川と云ふのは、川と云つても水は流れてゐないのであつて、昔岡山の城下を大水から救ふ為に、設計した放水路なのださうであるが、旭川の鉄橋より大分上流の辺りから、旭川を二タ股《また》に割る様な水路が出来てゐて、その両側に土手があり、それが蜿蜒《えんえん》と何里も続いて、九蟠《くばん》と云ふ所から海に注ぐ様になつてゐる。その堤と堤の間、つまり百間川の幅が百間あるから百間川と云ふのであつて」(『百鬼園俳談義』・全集第四巻)

百間の「閒」は「間」の同字だそうである。先生が「閒」を意識的に用いはじめたのは昭和十九年刊の『戻り道』からで、完全に統一したのは二十年以後だ、と、これは先生がいうのではなくて、先生より先生のことに精通している平山三郎氏が書いておられるのだから絶対にまちがいはない。

堤の上から見おろす百間川の川底は見渡す限りの田畑で、枯れた紫雲英《れんげ》が一面に密生していた。その川底から湧きいずるように、る、る、る、る、る、と蛙の大合唱が片時も絶えないのである。新幹線の鉄橋とは反対側の、やっぱり遥か向うに国道二号線の百間橋が夏霞《なつがすみ》の中に望見されて、しかし、考えてみればどちらの橋も先生はご覧になっていない。鉄筋コンクリートの立派な百間橋の手前に、白い細い道が一本走っていた。畦道《あぜみち》のような、これが旧国道で、だからちゃんとアスファルト舗装がしてあって、それが夏の日を浴びてキラキラ光っているので、なおのこと白く見えたけれど、かりにアスファルトでなくても、もともと岡山の道は白い。花崗岩《かこうがん》の多い地質のせいだろう。どこを歩いても白い。

なだらかな起伏にとむ山道のようなところを、岡山に著いたすぐその足で「初平」の当主松田貟《さだむ》氏のご案内で果樹園に向いながら、きのうも道は白かった。きれいな小川が、白桃畑やマスカットの温室群の、そこかしこを縫うように流れていた。透き徹った流れの中に、鮠《はや》だの蜊蛄《ざりがに》だのが勿体《もったい》ないほどたくさん泳いだり蠢《うごめ》いたりしている。うっとり見とれていたら、突然飛礫《つぶて》のようなものが頬を掠《かす》めて、ハッと息をのむとたんに、目の前でポチャンと音がしたかと思うと飛礫は四肢をぴんと伸ばした青蛙であった。

「かわずとびこむ水の音、ですね。いいなあ、田舎は」

と感に堪えた面持で呟く健忘の横で、亀羅氏はさっきからしゃがんだまま熱心に流れを覗き込んでいる。

「うわあッ、いるいる、でっけえ鯎《うぐい》がすいすい泳いでるよ、ほらほらほら」

「ど、どこどこどこ」

二人とも明らかに躁状態である。

桃園の前のこんもりとした藪《やぶ》の中で、頻《しき》りに鶯《うぐいす》が鳴いている。長く引っ張るその音色を切裂くように、キ、キ、キと鋭い声で張り合っているのは百舌《もず》だろう。ほかにもいろいろいるようだが、名前がわからない。鳥たちの降り注ぐような声の間隙《かんげき》を縫って、耳のうしろのほうで、また別の鳥が鳴いた。一と声だけだったが、てっぺんかけたか、とそれは明瞭に聞えた。

「あッ、時鳥《ほととぎす》だ、時鳥。てっぺんかけたか。ね、時鳥でしょ」

どんな時でも風流心がまったく欠如している健忘が、興奮して叫んだ。声がうわずっている。

「ええ、そうですよ」

松田さんがくるりと振り向いて、何をそんなに燥《はしゃ》いでいるのかと訝《いぶか》しむような表情を浮べながら、口の中でぼそぼそと、

「いろんな鳥が鳴きよります。雉《きじ》はキイキイいうて必ず二た声ですわ。鶯なんぞは夏の終りごろまでよう鳴いとります」

と答えて、一個ずつ渋紙の袋をかぶせた白桃がたわわにぶらさがっている大きな桃の木を見上げた。いが栗坊主の、いかにも村夫子然とした松田さんは、素早く虫喰いの桃をも

ぎとって、無造作にぽいと地面に棄てたが、細い柔和な目がその一瞬おそろしく鋭い光をおびて、すぐまた元の目に戻った。

「これだけ作っていても、ほんとうに自分で気にいる桃は、一年に、まあ二個ですなあ」

五年前に八十九歳で亡くなった先代利七翁も、まったく同じことを口にしていたという。一個は陛下に献上するぶんで、然らば残りの一個は、と人に問われて「それは儂《わし》がたべるんじゃ」と翁は答えたそうである。

「百閒さんのお宅にも、ようお送りしましたな。先代が生きとったら、百閒さんの若い時分のこともお話しでけたんですが、わたしは知らんのです。百閒さんの昔からの友達いうたら、岡崎さんのほかおられんでしょう。みなもう死んでしもうて、昵懇《じっこん》にしとった郷土史家の岡長平さんも去年亡くなりましたし、あとは、うん、後楽園の浩養軒のご主人を訪ねたら何かわかるかも知れん」

また遠くの鉄橋の上を、ひかり号の青い帯がこんどは左から右に一直線に流れた。空川《からかわ》の百間川を吹き抜ける涼風を頬に受けながら、初平当主のきのうの言葉を思いだして、いまから後楽園に行ってみようかと思う。

3

「長安一片月

古里さむくころも擣《う》つなり

きぬたを打つ音は、もう帰つて来ないだらう。牛込市ケ谷の合羽《かつぱ》坂にゐた時、近所のお婆さんが、きぬたを打つてゐたと云ふ。その翌年《よくとし》から止《や》めてしまつて、それでお仕舞になつた。

世の中の移り変りで、消えて無くなる物の多い中に、呼べども戻らぬ一つ、きぬたに幼時の思ひ出をからめて、三好野のお照さんや浩養軒のおゐんちやんを煩はした。老いのくり言、きぬたの音の如くさびしいな」

先生の最後の本になった『日没閉門』のそのまた最後のほうに載っている「みよし野の」という切々たる文章の、これが結びであった。忍び寄る老いに、肉体も精神もふっと透明になったような時期の、夢は古里をかけめぐる想いを、縹渺《ひょうびょう》たる筆に託したこの一文には、惻々《そくそく》として迫るものがある。

第六高等学校の生徒が、お照さんやおゐんちゃんの、先生の表現を借りれば「名詮自性《みやうせんじしやう》の美人」ぶりに血道をあげたのは、明治四十年前後である。レストラン浩養軒の創始者は、もと県立師範学校の教頭で、「青葉しげれる」の作曲者でもある国文学者だそうである。お名前を奥山朝恭《ともやす》という。昭和十八年に八十六歳で亡くなった朝恭先生のご子息で、ことし七十二歳の清氏は、名園後楽園の一角を占める浩養軒のロビーで、後楽園の鶴のようなお顔に微笑を湛《たた》えて語ってくれた。

「おゑんさんはな、そりゃもう別嬪《べっぴん》じゃった。海老茶《えびちゃ》の袴《はかま》に黒紋付の羽織を着て、客席でサービスしとったが、明治四十四年に家《うち》を辞めて、大阪の天王寺の薬屋に嫁に行きましたわ。大正九年の岡山の大水の時に見舞に来てくれたが、その後のことは知りません。生きとったら八十ぐらいのお婆ちゃんじゃろ」

浩養軒を出て、その足で後楽園の園内をぶらぶら歩いてみた。ゆったりとカーブする曲水の流れの向うに、烏城《うじょう》の天守閣が黒く光っていた。能舞台のような石橋を渡りながら、また先生の文章を思いだした。

「古京で育つたので、子供の時はしよつちゆう後楽園へ遊びに行つた。（略）庭内の一木一草にも馴染《なじみ》がある。（略）いつか岡山に帰る折りがあつたら、気がかりだから一番に後楽園へ行つて見たい様にも思ふし、（略）この儘《まま》見ずにすませたいと云ふ気もする」（『荒手の大銀杏と後楽園の藪』・全集第三巻）

『第一阿房列車』から『第三阿房列車』まで、走行粁《キロ》数二万五千八百キロ、網走、鹿児島間を四往復半（平山三郎著『実歴阿房列車先生』）というあれだけの大旅行をした先生が、しかし「一番に行つて見たい」後楽園に戦後足を踏み入れた形跡はない。岡山はいつも素通り。なぜかというと――

「公会堂だの、医科大学だの、天満《てんま》屋だのと云ふものは私の岡山に何の関係もない」（『山屛風《びょうぶ》』・全集第二巻）

「私は長い間岡山を見ないので、勝手が解らないけれど、人の話に聞くと、石山の上に住宅が建つてゐると云ふので、甚《はなは》だ面白くない。（略）東京の知人が、岡山に行つてゐる間、石山の借家にゐた様な話を聞いた時、何だか自分の思ひ出を汚された様な気がした」（『郷夢散録』・全集第二巻）

我儘で贅沢《ぜいたく》で、繊細で狷介《けんかい》で、意地っ張りで弱虫の、お祖母《ばあ》さん子の糞《くそ》じじいめ、と肚《はら》の中で叫んでいるうちに、なんだか涙が出てきそうになって、それであわてて後楽園を出た。

4

日盛りの古京町の、うねうねと曲る細い通りを往ったり来たりした一部始終を、ここで詳細に筆録する元気はない。戦災で亡失した地方都市の、どこででも見受けるおよそ変哲もない裏通りに、この町もなっていた。なるほど「私の岡山に何の関係もない」と先生が手まわしよく拗《す》ねたのも無理はない。

出来たてほやほやのモルタル造りの小さな郵便局が、プラモデルのようにちょこんと建っている。老舗《しにせ》志保屋の、このあたりが昔の店先だったと教えられた。

「私の生れた郷里の家は造り酒屋だつたので、屋敷の中が広く、秋の今頃になると、六つの倉と臼場《うすば》のどこの隅でもこほろぎが鳴き立てた。中学を卒業する前に家が貧乏したので（略）、さうなつてから後の秋の夜に鳴きしきつたこほろぎの声は、何百とも何千とも知れないりうりうと云ふ節が撚《よ》れ合つて、一つの大きな流れにかたまつた」（『新月随筆』・全集第三巻）

りうりうとこおろぎが鳴いた志保屋は、しかし、まるっきり跡形もなくなったわけではない。郵便局の裏手に住宅があって、その向うから国道二号線に接するところまでに新しい造り酒屋の事務所や工場や酒倉が並び、その一つが昔の志保屋の何番倉かであった。

「私の生家『志保屋』は、酒倉が幾棟かあり、子供心にも大したものだと思つたが、それは主として祖父榮造が建て、後に父久吉がこれを増して一先《ひとま》づ盛んにした様であるが、物しく志保屋などと云つてゐても、その昔は塩を売つてゐた利吉と云ふ私から云へば曾祖《そうそ》父《ふ》の代の塩販売の店を志保屋と云つただけの事で、何しろ泡沫《ほうまつ》一朝でお店はつぶれ、私は文士見たいな事になりました」

『日没閉門』に収録されたこの「目出度目出度《めでためでた》の」は、あとに「枝も栄えて」「葉が落ちる」と続く自伝的エッセイ、エッセイというより私小説、私小説というより遺書に近い。〝私文学〟の一つの峰ともいうべきこれらの文章の前に、昭和四十七年の古京町の報告なぞ意味をなさない。寧ろ先生の文章から手掛りになる部分を丹念に拾い出して、「先生の古京町」を復元するほうがよほど気が利いている。そういうこともあろうかと思って、百鬼園先生町内古地図の下図を書いて岡山まで持ってきた。「岡崎屋の真さん」の岡崎翁のお宅に押し掛けて行ってのこのこ上り込んだのは、実はその下図にお目通し願いたかったからでもある。

「おう、そうじゃそうじゃ、あそこに蒟蒻《こんにゃく》屋が、そういえばたしかに店をだしとった。便利草紙の店？　うーん、そないな店は知らんぞ。ようまあ榮さんは、こまごまとおぼえとったもんじゃのう」

校訂を乞うた下絵を手にしたまま、岡崎翁は一瞬遠くを見つめるような表情を浮べて口をつぐんだ。

床の間の軸の、墨の香が不意に一段と濃厚に漂うような気がした。忘却ス来時ノ道。五

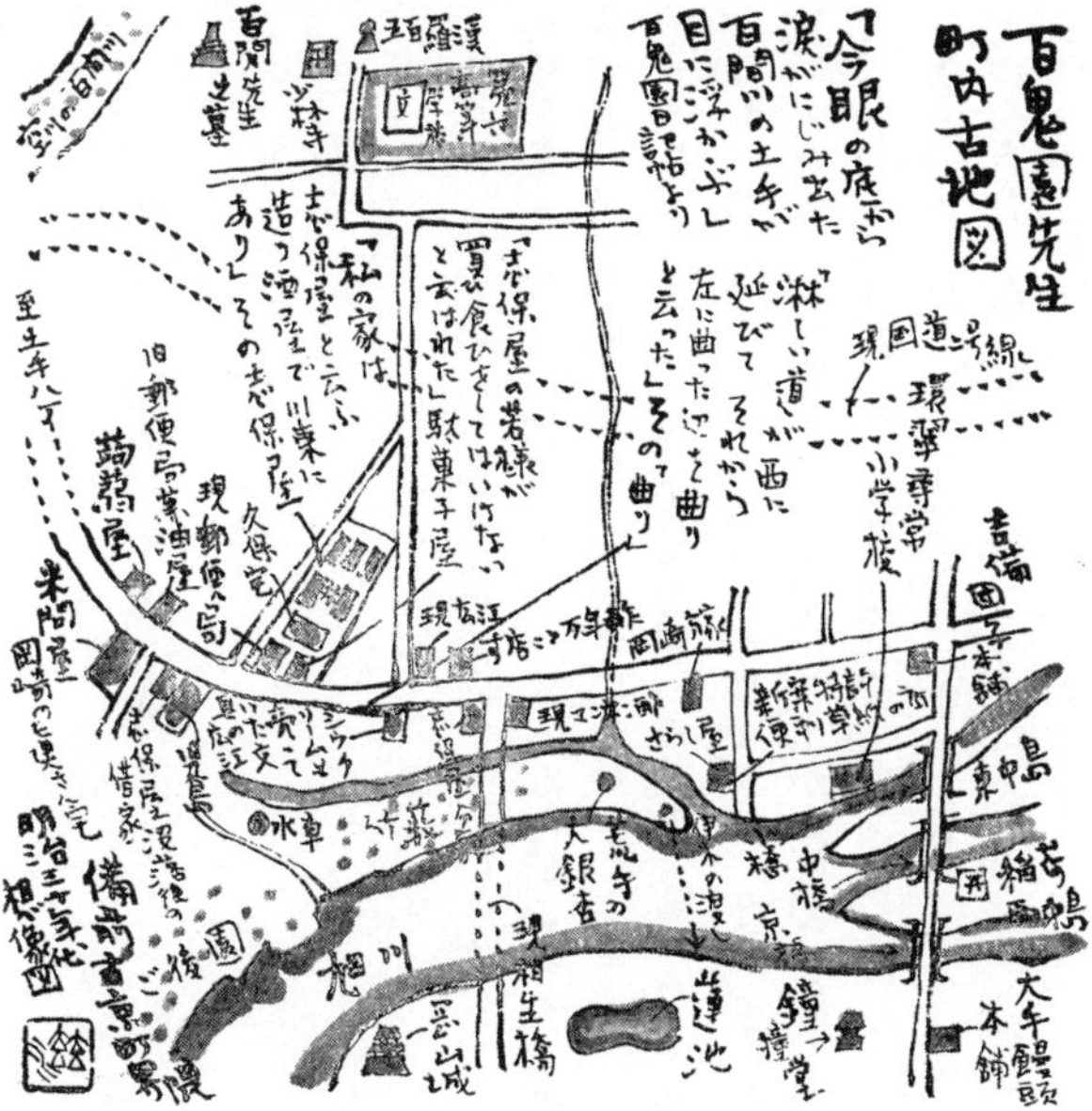

(古地図復元・著者)

つの文字の奥から、先生の不機嫌にふくれた顔が浮んできて、

「要らんことをするもんじゃない。早くひかり号に乗って帰んなさい。帰《い》ねというたら帰《い》ぬるんじゃ」

と、おしまいのお国の言葉のところで、先生の大きな耳がぴくぴくと動いたようである。

裸体写真撮影行——奥日光

1

電車はすいていた。四人掛けの向い合せの座席の、進行方向に向った窓際に亀羅氏、その横に健忘、健忘の前に私というふうな配置である。通路をへだてた隣の座席の窓際に二人のお嬢さんが向き合って坐っている。

一人は、茶色と黄色と青色の太い横縞の入った、一見水着の如き、囚人服の如き袖なしブラウスに、末ひろがりのブルージーンズ。足の裏がぜんぶ踵《かかと》のような分厚くてまっ赤な靴。大きなトンボ眼鏡。唇と手足の爪が真紅で、眉の剃《そ》りあとが青で、頬紅が濃いピンクで、目のふちが黒。まるで色神検査表である。

もう一人のほうも、ほぼ似たり寄ったりである。洗いざらしのブルージーンズ。涎掛《よだれかけ》をつなぎ合せたような、ぴらぴらくたくたのブラウス。左右にひろげるだけひろげて、ふくらませるだけふくらましたような髪の毛。

東武浅草駅を発車してからもう一時間になるというのに、彼女たちは一語も発することなく一心不乱に読書にふけっている。さっき、駅弁をたべていたが、そのときも、目は本から離れなかった。読書の虫である。色神検査表嬢の読んでいるのが「少女フレンド」、涎掛嬢のが「少年マガジン」。のぞいてみたら、ごちゃごちゃした漫画の中に、大きな字で「ドバー」「ダーッ」と書いてあった。

このお嬢さんたちが同行者であるという事実がなかなか信じられなくて、なんだか夢を見ているような心地である。

＊

奥日光へ行くのである。奥日光へ何しに行くのかというと、若い女性の裸体写真をとりに行くのである。どうしてそういうことになったのだか、よくわからない。旅先の宿で酔っ払って、一度ぐらい〝ヌード紀行〟というのをやらせてくれ、と冗談半分に私のほうから口走ったような気もするし、どうです、やりませんか、と健忘がにやにやしながら何かの拍子に言いだしたような気もする。そういえばいまは亡き初代亀羅氏も、いっぺんヌードをとりたいなあ、とこれは素面《しらふ》でよく呟《つぶや》いていた。亡き人の遺志を体《たい》するというような、律義なところが健忘にはある。それはまた編集上の利益にも合致することで、潑溂《はつらつ》としたヌードと美しい自然の組合せというのも、カラーグラビアの企画として悪くない。

それやこれやで実現の運びになったわけだけれど、健忘の胸中をつらつら忖度《そんたく》するに、もう一つの狙いがあったらしい。「阿呆旅行」も数えて二十二回目。二十二回ということは一年十カ月ということで、一年十カ月も毎月旅に出掛けていると、どうしても精神が鈍磨してくる。もはや尋常一様の旅ではダメだ、と健忘が賢明にも判断したのではないかと思う。

＊

「毎月旅行ができていいですね」
「ええ、まあ」
「でも仕事となるといろいろ大変でしょうね」
「はあ、そうですね」
「しかし東京を離れるだけでもせいせいするんじゃないですか」
「そりゃ、まあ、そういうことも……」

これまでに何度同じことを訊《き》かれたろう。そのたびにこんな返事でお茶を濁すばかりで、われながら煮え切らないことはなはだしい。訊く人の脳裡には、旅は楽し、という先入観が刻まれているらしいのだが、私のほうは、旅は憂いもの、という考え方をどうしても拭いきれない。毎月旅に出掛けるという企画に、いさんで、はりきって、いそいそと参劃《さんかく》したことに嘘偽りはないのだけれど、回を追うて息切れがしてきて、それでつくづく思うのだが、小生、本質的に旅が好きではなかったのかもしれない。旅にも才能があるとすれば、私には旅の才能がないのである。〝旅才〟ということでいえば、永六輔は旅の天才である。いつ、どこで会っても、いま旅から帰ってきたところか、いまから旅に出るところか、そのどちらかにきまっている。

いつぞや遊び仲間と二泊三日の小旅行に出掛けたときなぞ、待合せの新宿駅ホームに発車ギリギリにニューギニアからまっすぐかけつけて、小旅行を終えたその足で「ちょっと船に乗ってきまあす」と言い残して、Gパンにゴム草履、それに籐《とう》であんだヘンな買物籠一つといういでたちで、さっさとサンフランシスコに向けて飛び立って、しかもこのときの小旅行の幹事が永六輔だったのだからおそれいる。日本を代表する二大旅行家は芭蕉とロクスケである、とみずから豪語するだけのことはあると感じ入った。永六輔の身の軽さ、肉体の頑健さ、精神の柔軟さ、そういう天賦《てんぷ》の才は真似して真似できるものではない。テンポの早い、軽妙な彼の文体にしても同様である。一読、だれにでも書けそうな文章でいて、実際に書いてみるとああはいかない。せめて器だけでも六輔風に、すなわち心おぼえの断片を積み重ねて本稿と成す。

＊

終点の東武日光駅まであと三十分ぐらいというあたりから、二人のお嬢さんは安らかな寝息をたてはじめた。読書に熱中しすぎてくたびれたのだろう。色神検査表のほうがD嬢、二十歳。涎掛のほうがS嬢、二十一歳。

「よろしくう」

屈託ない笑顔を浮べて、さっき両嬢がぴょこりと頭をさげたとき、おやおや亀羅氏はヌード群像をとるつもりなのか、とびっくりして健忘に訊いたら、モデルはD嬢で、S嬢のほうはスタイリストなんだそうである。

「スタイリスト？」

「ええ、モデルの化粧や髪をなおしてやったりする仕事です」

「ふーん、スタイリストか。まずスタイリストにスタイリストをつけてやりたいね、あのひろがった髪を見てると……」

「シーッ、聞えますよ。苦心してああいうへアスタイルにしてるんですから」

そういう要らざる憎まれ口をきくから若い子に軽蔑《けいべつ》されて、相手にされなくなって、折角の旅がつまらなくなるんですよ、と言いたげな顔で健忘が、ふん、と笑った。

2

野外ヌードの撮影は、いろいろと条件がむずかしい。まず風光明媚《めいび》な景勝の地であること。ただし絵葉書的風景ではなくて、問題はあくまでカメラアングル。風景がよすぎて被写体のヌードが負けてしまっても困るし、その逆でも困る。色彩の条件があり、光線の条件がある。それらの諸条件の前提に天候の問題がある。快晴ならここ、曇天ならここ、雨だったらここ、というぐあいにあらかじめ何種類もの場所を考えておく必要がある。そうして、何よりかにより、絶対に人がこない場所でなければならない。景勝の地で、しかも人がこないところという条件がそもそも無理な話で、そんなうまい地点がそう簡単にころがっているわけがない。

健忘と亀羅氏が、それで、きのう日帰りでロケハンをすませてきている。台風何号とかの急襲で、きのうは朝から土砂降りの豪雨であった。篠《しの》つく雨の中をうろつきまわって、何カ所かの撮影予定地の目ぼしをつけた上で、夜おそく濡れ鼠になって帰ってきた。ヌードなりゃこそ、である。

＊

「もし、わたくしがカメラマンだったら、ですよ、わたくしでしたら、ここと、この先のこのあたりと……」

中禅寺湖畔のホテルの落着いたロビーで、Y支配人が地図をひろげて懇切丁寧に教えてくれた。

その地図である。細密巧緻《こうち》な手描きの奥日光全図で、これ、Yさんが自分の足で踏査した労作なのだが、要所々々に書き込んである注釈がすこぶるユニークである。

「コノアタリ事故多シ」

「石ゴロゴロ外車ハダメ」

みたいなもんだが、しかし、いい場所を教えてもらえて大いにありがたい。

「クレッソン自生地」

「シャクナゲ群落、カッコウ・ホトトギス多シ、車ココマデ」

「西湖（サイノコ）渓流ノ中ヲ歩ク、ツメタイ」

その西湖も悪くないが、もっと奥にはいった泉門池《せんもん》と、さらにその奥の切込《きりこみ》・刈込《かりこみ》両湖がすばらしい、わたくしだったらここで撮影します、とYさんが教えてくれた地点は、ことごとくきのうのロケハンの網からこぼれていて、濡れ鼠になった健忘と亀羅氏が気の毒みたいなもんだが、しかし、いい場所を教えてもらえて大いにありがたい。

＊

昭和十五年に開業したこの中禅寺湖Kホテルは、二十五年に全焼して、だからいまの建物は戦後の普請なのだが、がっしりとした造りに趣がある。趣をとどめたまま古びたところがいい。「戦後の建物」と聞くと、それだけで無価値のように考える癖が抜けない。考えてみれば、戦後といっても、いつのまにか二十七年たった。建物も二十年を越すとおのずから風格というものが備わってくるようである。その風格のあるホテルに、Yさんはいかにも似つかわしい。口をひらけば申し分なく懇切丁寧で、しかし余計なお喋《しゃべ》りはいっさいしないという、そこのところのけじめがきちんとしていて、こまかな気遣い、心くばりが、サービスの底に沈んでいる。久しぶりに、プロフェッショナルにめぐり会えた、という感じである。亀羅氏がうまいことを言った。

「翻訳小説にしか出てこないホテルマンですね」

「いいえ、わたくしはね、変人なんでございますよ。それだけのことで」

Yさん自身は、しごくあっさりと、そう言っている。「変人」という一と言に、Yさんの矜持《きょうじ》がこめられていることはもちろんだけれど、完璧《かんぺき》なホテルマンが「変人」と自称せざるを得ないような病的な風潮が、日本のレジャー産業を支配しているのだと思うとなさけない。

＊

ぴちぴちとした二人のお嬢さんが同行しているというのに、ついついY氏のほうにばかり興味と関心が向うというのは、もったいない話でもあるし、だいいち両嬢に失礼である。それで、何か話しかけようと思うのだけれど、どういう話題をえらんだらよいのかわからない。手はじめに、その「わからない」ということをわかってもらおうと思うのだが、その場合に「わからないのデース」と言うべきか「わからないノダ」と言うべきか、そんなことから考えはじめるもんだから、舌が縺《もつ》れて埒《らち》があかないのデース。

3

午前五時起床。健忘が運転するレンタカーに乗り込んで、朝靄《あさもや》をくぐり抜けるようにして撮影に出発。ガウンのようなチェックのコートを羽織ったD嬢の、コートの下は早くも素っ裸だそうで、考えてみれば、だれだって着ているものの下は素っ裸にきまっているわけだが、コート一枚というところにえもいわれぬ妙味がある。

無人の国道を十五分ぐらい走ってから、横道にちょっとはいったところで車を乗り捨て、そこから先は徒歩。どうしてそんなにたくさんの器材を必要とするのか理解に苦しむほどの大荷物である。比較的小さめのバッグをかついでみんなのあとに従ったのだが、何がはいっているのかおそろしく重くて、一足ごとに肩にくいこんでくる。何度も肩を替えながら、ヌードなりゃこそ、ヌードなりゃこそ、とつぶやいて、よたよたとついて行った。

＊

鬱蒼《うっそう》たる木立が、天然のエコーマイクの役割を果しているとみえて、頭上から降りそそぐ鳥の声が共鳴し合って、まるで交響楽のようである。その深い木立の奥に、濃いグリーンの水をとろりとたたえた泉門池があった。

「うわア、きれい」

「こわいみたいだわあ」

二人のお嬢さんが同時に叫んで、その瞬間、足もとの水面から鴨《かも》が五、六羽とびたった。池のふちに、覆い被《かぶ》さるように生えている水楢《みずなら》の巨木を指さして、亀羅氏が「じゃ、ここで一発――」と言った。

＊

ヌードモデルというものは、なかなかヌードにならないものだということをはじめて知った。

まずポーズを決める。ストロボの位置を定める。髪の乱れをなおす。光線のぐあいを確認する。殺虫剤のスプレーを撒《ま》く。画面に邪魔な石ころや木ぎれをどける。そのほか、こんなことまでというような、こまごましたことがらがたくさんあって、健忘がコマネズミのように動きまわってその作業を終えるまで、D嬢は例のコートを断断固として脱がないのである。

なんだ、ケチ、と思うようでは、もちろん小生もそう思ったのでありますが、思うようでは邪念のある証左で、D嬢が脱ぐのはカメラのレンズに向って脱ぐのであって、なにも小生や健忘のために脱ぐわけではない。レンズがパッと開いてパッと閉じる、その百分の一秒か、百二十五分の一秒か、五百分の一秒かが、いうなれば営業時間なのである。

＊

ついでにいえば、ヌードモデルというものが、非常なはずかしがり屋であるということもまたはじめて知った。羞恥《しゅうち》心と、それに伴う警戒心が人一倍旺盛《おうせい》なのである。もっとはっきりいえば、たとえ一と筋でも、一本でも、ひと房でも、断じて見せまいとする努力を常時傾けている。当然繁茂していて、当然目に触れるものを、一本たりとも見せてなるものか、という決意みたいなものが感じられる。まったく無意味な努力のようにも思えるし、その努力がいたいたしいようにも思えるし、そういうふうにがんばっているD嬢がとても気高くみえてきたり、一と筋見えても猥褻《わいせつ》なのに、髪の毛は何万本見えても猥褻ではないというのは不公平にすぎやしないかと思ったり、努力しているご当人より、傍観している当方のほうが、思いは千々に乱れるのである。その点、介添役のスタイリストS嬢のほうが場馴れしていて、

「ひゃア、見えちゃう見えちゃう」

とD嬢が悲鳴をあげるたびに、

「見えない、見えない、だいじょぶよ」

と叱咤《しった》激励してやまないのである。ただし、一朝コトあるときには、S嬢も少々狼狽《ろうばい》ぎみに叫ぶのである。

「あッ、見えるわよ、それじゃ。うん、見え見えよ」

見えてしまったD嬢の裸身よりも、「見え見えよ」というS嬢の発する一と言のほうに私はなまなましいエロティシズムを感じた。

＊

さて、準備万端ととのった。D嬢がいよいよコートを脱ぐのである。ごくりと唾をのみ

こんだとき、それまで曇っていた空がにわかに晴れ渡って、すーっと明るい夏の陽光が差してきた。D嬢の首筋が、逆光の中にぼんやり浮び上って、ふわふわとした産毛がキラキラ光った。D嬢のうしろの池の向うにこんもりと繁る木立の、同じグリーンが五段階ぐらいの微妙な色調に変化して、息をのむ美しさである。D嬢が、一つ大きく呼吸をして、パッとコートを脱ぎ捨てた。まっ白な裸身が、グリーンの背景の中に、溶けて流れて消えてゆくようであった。

北海わいん唄――池田町

1

　ダイニングキチンの横の廊下に、ぽっかり穴があいていた。潜水艦のハッチを思わせる狭い階段をおりきった瞬間、ひんやりとした冷気とともに、醇乎《じゅんこ》たる香りが鼻をうって、噎《む》せ返るようであった。

「ひゃア、下戸《げこ》だったらこれだけで酔いつぶれるかもしれない。いいな、いいな」

　下戸ではない健忘が、ぴくぴく小鼻をふくらませながら、このままこの地下室に幽閉されても苦しゅうないというふうな物欲しげな顔をして呟いた。君、囹圄《れいご》の人となるか。

「ほら、シャトー・ラトゥールだ、あ、シャトー・ディケムもある。囹圄の人に、うーん、なってもいいなあ」

　なにがしといわれる銘柄品の銘柄だけは奇妙に諳《そら》んじているのが健忘の特技で、飲んだこともないくせに、ご苦労なことだと思う。そんな……僕だって飲みましたよ。現にこのあいだもボルドー産の逸品をこの舌で味わったばかりです。それは聞いた。一本一万二千円のシャトー・マルゴー。そいつを安岡章太郎氏と二人で一本あけたそうだけれど、あれは君、この旅行から帰ったあとのことではないか。しかも、安岡さんと夕食をともにしたすぐその日のうちに、シャトー・マルゴーを飲みました、と鬼の首でもとったような勢いで電話をかけてきたということは、そういう上等のお酒をそれまで飲んだことがないことをみずから告白するようなもので、味を訊いたら、値段が気になって味まではろくすっぽわからなかった、と答えていたことをもってすれば、結局、飲まなかったのと同じことではないのかね。

こんな話を持ち出して、だから私がワインに精通しているというわけでは決してない。私が諳んじている銘柄といえば、赤玉ポートワイン、蜂《はち》ブドウ酒、サントリーのヘルメス卓上ワイン、キャノンワイン、マンズワイン、サドヤのシャトーブリアン、と、それぐらいであって、これらはぜんぶ味を承知しているから名前もおぼえている。舶来ワインも飲まないわけではないが、私の口にはいるようなのは舶来の駄ワインで、駄ワインならざるぶんとなるとたちまち縁が遠くなって、由緒正しきといったものは飲んだことがない。飲んだことがないから、私はいつまでたっても銘柄をおぼえない。飲んだことがないのに、健忘は銘柄を諳んじている。そこのところが違うだけで、超特級ワインをついぞ飲んだことがないという大根《おおね》のところでは少しも変りがない。そのことは、べつだん恥ずべきことでもなんでもなくて、上等の舶来ワインは滅多にあるものではないし、あっても法外に高い。つまり、芸術品なのである。

芸術品というところが気にくわない。ワインの身上はその日常性にあって、常時水の如く嗜《たしな》むのでなければ意味がない。サドヤのシャトーブリアンは大層うまいと思うが、値段の点で、水の如く飲むというわけにはいかない。それで、いつも頭の底にこびりついていることがある。

いまを去ること八年前、ブダペストで開催された第四回国際ワインコンクールで、世界の銘柄品を蹴《け》ちらしてまんまと銅賞をさらったのは、無名の日本製ワインであった。ここで無名というのは、知られざるという意味ではなくて文字どおりのまさに無名であって、漱石の『猫』流にいえば「我輩はワインである、名前はまだない」というような塩梅《あんばい》だったもんだから、あわてて即席の名前を藁《わら》半紙にガリ版で刷って壜《びん》にぺたんと貼《は》りつけて出品したという話も聞き及んで知っている。私のようなものまで聞き及んでいるぐらいであるから、この一件は有名な話で、したがって八年前の無名ワインはいまや有名ワインであって、それでいてとんと現物にお目にかかったことがない。なんでも産地の北海道と、あとは東京のIデパート一軒にごく少量卸しているだけで、それも卸すそばから奪い合いで売れてしまうらしい。ほかの百貨店と都内の一流ホテルから引合いが殺到しているのだけれど、醸造元が頑として応じないのだとも聞いた。

北海道十勝《とかち》国池田町の、その池田町役場醸造の十勝ワインは、だから幻のワインである。シャトー・ラトゥールがある、シャトー・ディケムもある、と健忘が物欲しげにきょろきょろしたそのあたりに、なるほど骨董《こっとう》品と見紛《みまご》う名酒たちが高貴な眠りを貪《むさぼ》っていたが、コレクション・コーナー以外の棚に目を転じると、ずらりと並んで横たわっているのはもちろん十勝ワインで、その数ざっと三千本。ただし、まだまだ余裕があって、ぎっしりつめたらちょうど一万本になるような計算で棚は設計されている。

自邸のこの地下の酒庫《ケラー》を、各年産の十勝ワインで一杯にして、毎日だか毎食だか、心ゆくまで味わいたいというのが、池田町町長丸谷金保氏の宿願だそうである。ことしで四十五年、まだ五十三歳の若さだから、さらに何年か町政に腕をふるうにちがいない丸谷氏の町長退職金がいったいどのくらいの額にのぼるのか、おそらく、むにゃむにゃ円ぐらいには達するにちがいあるまい。その退職金をこの町長は「いらん」と申される。

「くれるんでしたら、わしの退職金、ワインでいただきたい」

半分は冗談だろうが、しかし、半分は本気とみた。

「遠来の客人に、ひとつ、わが十勝ワインの傑作をご賞味いただきますかな。六九年産の赤。こいつは、フランス・ワインの一万円クラスを凌駕《りょうが》する味です」

〈永久保存〉と記された一群の中から、慎重な手つきで横にしたまま取出した一本を、教育勅語を奉戴する小学校長のように恭《うやうや》しく捧げ持って、そろりそろりと階段をのぼる町長さんのうしろから、私、健忘、亀羅氏の順でそろりそろりとのぼっていった。

2

爽やかな風が頬を嬲《なぶ》って、十勝平野はもう秋の気配であった。緑と黄色の絨毯《じゅうたん》を、どこまでもどこまでも敷きつめたような大地に、澄み切った空が覆い被さるようにひろがっていて、この辺の秋は、天高くという形容とはちょっと趣が違っている。とらえどころのない茫漠たる景色の中に体ごと吸い込まれて、そのまま溶けてしまいそうな、なんだか心細いような、しかし、悪くない心持である。

目が馴れるにしたがって、緑と黄色のそれぞれに何段階もの色調の変化を生じて、一面に市松模様の絨毯のように見えてきたが、色合いによる作物の区別はわからない。

「ほれ、あの濃いグリーンの部分が甜菜《ビート》です。その手前のもやもやっとした薄い緑のところがグリーン・アスパラガス。あっちの黄色っぽいのがスイート・コーン、こっちの背の高いのは同じ玉蜀黍《とうもろこし》でも馬に食わせるデント・コーンですわ」

あっちの、こっちの、と指さしながら、池田町役場企画室長東城敬司氏が教えてくれた。腕まくりするようにたくし上げた長袖タートルネックシャツのしぶい赤葡萄酒色《ワイン・カラー》が、初秋の逆光に滲《にじ》むようである。

人口一万三千人のこの町の主産業は農業だが、積年の赤字に十勝沖地震や冷害の打撃も加わって、財政疲弊の極に達したところで現町長があとを引継ぎ、葡萄栽培、ワイン醸造、食肉銀行《ミート・バンク》、町営レストランと、つぎつぎに奇手妙策を打ちだしたときには、町民一同呆気《あっけ》にとられて、だれ言うとなく丸谷氏に奉った異名が大法螺《おおぼら》町長、法螺吹き町長――

丸谷町政十五年の歩みを三分たらずに圧縮して、軽妙な調子で語る東城氏の赤葡萄酒色《ワイン・カラー》のシャツの右肩に、黒い羽をした蜻蛉《とんぼ》がさっきからこっちを向いてとまっている。人差指をくるくるまわして、その輪をだんだん小さくしていったらほんとに蜻蛉が釣れるかどうか、ちょっと試みてみたい衝動にかられたが、蜻蛉と一緒に東城企画室長まで釣れてしまったら困る。

「十勝ワインの昨年度の販売量は約千石です。販売高一億一千万円。町営レストラン利用者が一万六千人……」

すらすらと数字が流れて、蜻蛉はまだじっとしている。人差指がむずむずしてきた。

「一万六千人のうち、町民の利用者が二割、あとは町外からのお客さんです。東京あたりから飛行機でサッとやってきて、千五百円のステーキ定食たべてパッと帰る人も――」

あ、蜻蛉が逃げた。

「人もいるんですからね、日本も広いとつくづく思ったですね」

ワインとステーキの話が出たとたんに、健忘が舌なめずりをはじめて、気のせいか、喉《のど》仏《ぼとけ》が上下したようである。それで、町長邸でご馳走になったワインの、昨夜のあのやわらかな喉ごしを思いだした。ワインの良否はですな、色彩、透明度、香り、風味で決るが、もう一つ忘れてならないのが喉ごしで、よいワインちゅうのはですね、乾杯のたびに何十回でもスッとグラスを干せるようにだ、そういうふうに出来ているのだから諸君、

「そら乾杯」

「はあ乾杯」

「また乾杯」

「では乾杯」

「またまた乾杯」

というような仕儀《しぎ》で、町長さんの乾杯は昨深更に及んだのであった。

3

一　食前酒　十勝シェリー
一　葡萄酒　十勝ワイン六九年産（赤）
　　　　　　十勝ワイン七〇年産（白）
　　　　　　十勝ワイン七二年産（ローゼ）
一　スープ　コンソメ、鶉《うずら》卵・人参入り
一　アントレ　オックステイル・スチュウ

一　定食外　　温菜・スパゲティ添え
　　　　　　馬鈴薯、無塩バター添え
一　サラダ　レタス、胡瓜《きゅうり》、トマト、アスパラガス
一　食後酒　十勝ブランデー
　　　　　　　　　　　　　　　以上

白服蝶ネクタイのウェイターが、申し分のない丁重さでワイングラスに赤、白、ロゼとつぎわけて、一揖《いちゆう》して去った。庭の噴水に灯がともって、噴きあげる飛沫《しぶき》が赤くなったり青くなったりしている。どこからともなく流れてくるやわらかなバックグラウンドミュージックに耳を傾けていると、旅の疲れがすーっと抜けるようである。白ワインの適度な冷え方といい、口の中でとろけてしまうようなオックステイルの煮込みといい、これだけの店に名前がないというのがそもそも不都合である、と酔いかけた頭でぼんやり考える。もっとも、まるっきり名なしの権兵衛なのかというと、必ずしもそうとばかりもいえないようで、名前はつまり「レストラン」なのである。

この町で「レストラン」といえばここのことであって、ほかの飲食店はことごとく「食堂」というニュアンスなので、これで一向に不便はないのです、というような意味合いのことを、向い合った席の東城さんが斜め向いの健忘に話している。

「町営レストランとか十勝レストランとか、ま、俗称はありますが、決して正式名称とい

うわけじゃないんです。だから看板もだしていません。入口のドアのところに、ご覧になったでしょ、ただレストランと札が出てるだけです」

「ただレストラン、か。いっそ、多田レストランとしたらどうです」

「多田レストランですか」

「そうです、多少の多、田んぼの田を書いて多田レストラン。いかにもありそうで、自然なところがいいでしょ」

「うーん、なんだか無料レストランみたいですな」

ワインの酔いがおだやかにまわって、健忘と東城さんの掛合いが、ふーッと遠くに聞える。あたりを見まわすと、家族づれのお客が二た組、一見して旅行者とわかる三人組の青年が一卓、そのあいだを縫ってきびきびと動きまわる白服ウェイターの一人と目が合ったら、にっこり笑ってお盆を持っていないほうの手をふった。おや、と思いながら酔眼をこすって打ち眺むるに、どこかで見た顔で、よく考えてみたら、見たはずである。昼間いろいろ取材させていただいた池田町役場公営課内海英男課長補佐のお顔であった。そういえば、調理場のカウンターの向う側でかいがいしく働いているコック風の男性や、ウェートレス風のお嬢さんの顔にも見おぼえがある。思いだそうとして考えていると、東城さんがにやりとして言った。

「ええ、あれも役場の職員です。みんな正規の訓練を受けてますからね、忙しい時には役場総出ですわ。チーフコックは学校給食センターの責任者ですよ」

給食センターにくる前は、なんでも農協の調理師をしていた人で、町営レストラン開設にあたって「何を作れるか」という町長の問いに「はい、親子丼《どんぶり》とブタ丼ができます」と胸をはって答えたそうである。それで、急遽《きゅうきょ》、東京駅八重洲口のレストランに特訓留学をさせて、その甲斐《かい》あってこの腕前になった。

「うまいッ」

それまで黙々とフォークを口に運んでいた亀羅氏が、不意にびっくりするほど大きな声を出したのはいいとして、亀羅氏がいま頰張っているものを見れば定食コース外の馬鈴薯の丸茹《まるゆ》でである。掛け声に潮時というものがあるのは、何も歌舞伎の大向うだけではない。オックステイル・スチュウをさしおいて薯《いも》で奇声を発するという法はない。法はないけれど、しかし、あの馬鈴薯、うまかったなあ。特製バターが一人に四半ポンドぶんぐらいどすんと添えてあったが、バターよりも塩のほうがうまいようだ。

「うまいでしょ。この馬鈴薯はね、男爵という品種です」

むかし函館ドックの社長をしていたナントカ男爵が英国から輸入した新種で、正式にはアイリッシュ・コブラーというんです、と東城さんが蘊蓄《うんちく》を傾けた。

「ときに東城さん」

「なんです」

「昼間の東城さんのお話ですがね、池田町町長丸谷金保氏に、そのむかしニックネームがついていました」

「いや、ニックネームじゃなくて、悪口ですわ」

「なんというんでしたっけ」

「大法螺町長、法螺吹き町長……」

「してみると、東城さん」

「はあ」

「この馬鈴薯の品種名は〝法螺吹き男爵〟というのではありませんか」

赤白ローゼ、白赤ローゼ、赤ローゼ白、ローゼ白白、と順序不同支離滅裂に飲むほどに酔うほどに陶然としてきて、愚にもつかないことばかり口走るもんだから、東城さんが助けてくれといいたそうな顔をしている。

バックグラウンドミュージックが、静かなムード音楽から軽快なハワイアン・メロディーに変って、一層うきうきした気分になってきた。メロディーに合わせて、小さな橋よー竹の橋のシータと口の中でつぶやいているうちに、ハワイアンだか民謡だか、わけがわからなくなって、へハア、葡萄畑のソレソレ青あらし、池田よいとまたあの娘《こ》がいうたよ、と、この町にきてから聞き齧《かじ》った文句がひょいと口からとびだしたりして、北海わいん唄か、とぼんやり考えながら、すいすいといくらでも十勝ワインは喉をこしてゆくのである。

細胞入替え旅行——ヤング京都

1

浜名湖のあたりでちょっと雲が切れたと思ったら、名古屋の手前からまた一段と暗くなって、岐阜羽島を通過したとたんにすごい降りになった。その雨を刈込むようにひかり号が疾走しているので、雨脚はまったく見えない。見てなくても、墨絵が溶けて流れだしたような景色の連続で察しはつく。

二重ガラスの向う側に、大粒の水滴があとからあとから叩きつけられて、ぱちぱちと炒《いり》豆《まめ》が爆《は》ぜるような音をたてている。叩きつけられた水滴は、そのまま砕けもせずに長い尾を引いて、その尾を小刻みにふるわせながら突進してゆく有様が、なんだか巨人の精虫のようである。

つ、つ、つ、と横に走る無数の水滴をぼんやり見つめているうちに、二年間の旅の記憶が改めて甦《よみがえ》ってきた。その記憶の一つ一つに、ことごとく雨がつきまとっている。遠近とりまぜて、ずいぶんあちこちに出掛けたが、行先、季節の如何《いかん》を問わず、旅行中一度は必ず雨が降った。それで、三人のうち雨男《あまおとこ》は誰だ、と詮議《せんぎ》だか責任のなすり合いだかをするのが、しまいに旅先での恒例行事になった。

米原を過ぎて、雨はますます激しくなったようで、遠くの地面が歪《ゆが》んで見える。困ったことになったなぞという段階はとっくに通り越して、雨男二カ年の総決算にいかにもふさわしいという気がしてきた。降らば降れ、と思い定めてしまえば、篠《しの》つく雨の中を時速百七十キロでひた走る気分は、いっそ爽快《そうかい》である。

「なあ、そうじゃないか」

と、いつもなら隣の健忘に相槌《あいづち》を求めるところだが、最終回の今回は、あとで述べるような事情で私だけ出発が二日遅れて、それで話しかける相手がいないのが物足りない。ただし、物足りないのはいまだけのことで、この列車が京都に著《つ》けば、健忘と亀羅氏が改札口で待っている。

もういっぺん京都に行こう、といいだしたのは私である。第五回『留学以前』で飲んだ祇園の茶屋酒の味を忘れかねてというような、そんなさもしい料簡《りょうけん》ではない。今回は、祇園なぞには足も向けない。いややわア、お顔見せとくれやす、水臭おすえ、ああどす、こうどすというふうな京都ではない、もう一つの京都に接してこようと思う。

聞説《きくならく》、京都はナウな町でヤングの町でフィーリングの町なのだそうである。グループサウンズも、フォークソングも、我楽多屋《ブティーク》も、ヒッピースタイルも、すべてこれ、京都が発祥の地なりけり。現代若者風俗の原点ここにあり。その原点に触れて、若い感覚を吸収してこよう。この二年間、せっかく毎月旅に出る機会に恵まれたというのに、ふり返ってみると、私には少しも潑剌《はつらつ》としたところがなかった、と自分自身で感じている。だから京都に赴いて、ヤング京都の空気をふかぶかと吸い込んで、できることなら全身の細胞を入替えたい。

飛沫をあげて烟《けむ》るように蹲《うずくま》る京都駅に、ひかり59号は十何分遅れて辷《すべ》り込んだ。ホームの階段の、さらにもう一つ次の広い階段を途中までおりてゆくと、改札口の向うで健忘と亀羅氏が、来た来たというふうに顔を見合せながら、しきりに頷《うなず》いているのが目に這入《はい》って、なんだかばかに懐かしいような気がした。

「いらっしゃい」

「どうもどうも。すっかり待たせてしまって、君たち……」

「それでですね」

人の挨拶の腰を折るような接続詞を口にして、健忘が改まった顔をした。「実はお願いがあるんです」

「いいとも、なんでも聞くよ。何しろ最終回だからね」

「ええ、最終回ですからね、ちょっと趣向を考えたんです。それで、実はですね、モデルになってほしいんです」

「誰に」

「江國さんに——」

寝耳に水のお申し出だが、しかし、〝取材中の筆者〟というような写真も一度ぐらいはいいかもしれない。〝ヤングの美女たちに囲まれてご満悦の筆者〟などという写真ならますます悪くない。

「ね、いいでしょ」

「いいよ」

「じゃ、すぐ参りましょう。手筈はぜんぶととのえておきました。さ、早く」

あれよあれよというまにタクシーに押し込められて、降りしきる雨の中をぐるぐるまわって、河原町のたいそう賑《にぎ》やかな通りに屹立《きつりつ》するガラス張りのビルの前でおろされた。雑踏する入口の看板に「ファッションビル」と書いてあった。

2

「お待ちしてました。ではまわりましょうか」

ランジェリー・ショップの、色とりどりの下半身の向う側から現われたファッションビルの営業部長氏は、名刺を交換したとたんに、そういって先に立った。一階から最上階まで、どのフロアにもヤング向けのお洒落《しゃれ》の店がぎっしり並んでいて、華やいだ雰囲気《ふんいき》に目が眩《くら》みそうである。いつのまに追いかけてきたのか、GパンにTシャツに長髪という一見ヒッピー芸術家風の青年が、私の爪先から頭のてっぺんまで吟味するように眺めながら、営業部長氏と小声で話をはじめた。

「まずGパンですね。しかし、靴もこれじゃアちょっと」

「ああ、あの靴じゃサマにならんね。どんなのがいいかな」

「やっぱりズックの靴がいいでしょう。踵《かかと》をつぶして、突っかけみたいにして履いてもらいます。それから、シャツと胴着《ベスト》ですけど」

「うん、君に任せるよ」

「はあ、承知しました」

委細承知のこの青年は、通称「ドップリコの北川さん」という音楽マネージャーで、ドップリコというのはアングラレコードのグループ名らしい。口のきき方が折り目正しくて、態度物腰が優雅で、顔全体から受ける印象が非常に清潔な、よく見れば白皙《はくせき》の好青年である。そのドップリコの北川青年が、私のファッション・アドバイザーとして付添ってくれるそうで、ご好意はまことに忝《かたじけ》ないが、それで結局どういうことになるのか、戦々《せんせん》兢々《きょうきょう》たる思いを噛《か》みしめているうちに、あっちの店に這入《はい》ったり、こっちの店を覗《のぞ》いたり、そのたびに身につけているものを一枚ずつ脱がされて、気がついたときには紛うかたなきヒッピー中年に変身していた。

ズックの運動靴に、裾がだぶだぶにひろがったブルージーンズ。そのGパンの腿《もも》のあたりに、ちょこんとくっつけた蜂のアクセサリー。上半身は、ぴらぴらしたベージュ色のワイシャツを素肌に着込んだその上に、黒い毛糸の胴着《ベスト》。そうして、ルイ王朝風にウエストをきゅっと絞った深紅のベルベットのジャケットに、ブルーのサングラス。

「うん、さすがに見立《みたて》がいい。ばっちりキマっとるわ」

営業部長氏が満足そうに頷いた。キマっとろうがキマっとるまいが、そんなことはどうでもよろしいが、腰から両股《また》にかけてぴっちりくい込んだGパンが窮屈で、苦しくって、どうにも辛抱できかねる。

「そんなに窮屈ですか」

と北川青年は訝《いぶか》しげにいった。「おかしいなあ、寸法はいいはずですよ」

「はあ、実はステテコがめくれ上って……」

「えッ、そんなもの穿《は》いてるんですか。すぐ脱いで脱いで」

仕方がない。もう一度カーテンの中に這入って、仰せのとおりに修正して、これで万事すんだのかと思ったら、最後に連れていかれたのがコンパクトな美容室のようなコーナーで、では鬘《かつら》を、といわれたときには驚いたなあ、もう。

ここまで手がまわっているとは思わなかった。已《や》んぬる哉《かな》である。女のお化けみたいな長髪の鬘をかぶせてもらいながら、図《はか》られしか、と健忘のほうをふり返ったら、あわてて そっぽを向いた。背中が波を打っている。その背中を抱きかかえるようにして、亀羅氏が、く、く、く、と苦しそうに笑い声をこらえながらこっそり涙をふいていた。

亀羅氏は泣いて笑ったけれど、その姿で階下の喫茶室に這入って行ったら、また一人、別の長髪青年が待っていて、

「や、できましたね。うん、いいな。すごっくイカしますよ」

といった。ミニコミ雑誌「FREE・TOWN」の主宰者で、ヤング京都を代表する、はし本和よし君です、と横から健忘が紹介してくれたが、その健忘の顔が見えない。鬘が両頬に被《かぶ》さって、正面だけしか視界がきかないのである。かきあげてもかきあげても被さってくる長い毛が、鬱陶しくて、擽《くすぐ》ったくて、それで無意識のうちにしょっちゅう指で掬《すく》い上げるその動作が、ハッと気がつくと、いかにも女性的な仕種《しぐさ》になっていたのには、われながら愕然《がくぜん》とした。それはまあいいとして、鬘の内側のゴムが思いのほか強力で、頭の鉢をぐいぐい絞めつけてくるのである。金の輪をはめた孫悟空にでもなったような心持である。

「なに、すぐ馴れますよ。半月もかぶっていれば、自分の髪みたいになりますから」

はし本青年が至極あっさりという。冗談ではない。半月どころか、まる一日もつかどうかという感じである。

「こういうフリーなファッションを許容する部分が、京都にはあるんですわ。京都という町自体が極端なまでに保守的で、生活様式なんか絶対に変えさせない。そのための安全弁として、若者に新しいもの、奇抜なものを許しているんですね。それで――」

それで、統一の多元化が、インドアパークが、空間媒体が、喫茶店からの出発が、と、はし本青年の話はなかなか難解である。鬘をかきあげながら、その言葉に耳を傾けているところへ、わがファッション・アドバイザー氏がまた現われた。

「よかった、間に合いましたね。はい傘、はい小道具」

古風な蛇ノ目と、おんぼろの大きな革トランクを置いて、ドップリコの北川青年は出て行った。はし本青年が、

「いいじゃないですか。いい、いい。そのトランク、よく似合いますよ」

と莞爾《かんじ》と笑って、「じゃ、ご案内します」といいながら立上った。

雨は風を伴って、外は車軸を流したようである。あとで聞いたら、風速四十何メートルの台風がこの晩近畿地方を横断中だったそうで、その猛風豪雨の京都の町へ、はし本青年を先頭にとびだした。

3

耳を聾《ろう》するエレキ音の洪水のなかで、いずれも同じヤング風俗に身をかためた男女四、

五人が、廃品利用のような椅子に腰かけて、黙然と天井を眺めながら体を揺すっていた。ぼろトランクをぶらさげて、おずおずと這入ってきたヒッピー中年のほうなんか、だれ一人見向きもしない。完全に無関心というか無視というか、そういう徹底的な雰囲気に気圧されて、話の糸口が見つからない。ヤングとの対話を図ろうなぞというのは、どうやら不逞《ふてい》の料簡だったらしい。

だいいち、この騒音では対話どころではない。右隣のテーブルで、二人の青年がさっきから頻《しき》りに筆談に熱中している。二人とも実に物馴れた手つきで、しかも無類の熱心さで、メモをやったりとったりしているので、ことによると本物かもしれないと思いかけたとき、片方の青年が不意に鉛筆を放り出して「睡くなった、ちょっと寝てくる」と絶叫のような呟《つぶや》きを残して出て行った。そっちのほうに気をとられていたら、左隣の健忘たちのテーブルから紙がまわってきた。

〈オモシロイデスカ〉
〈おもしろくないこともない〉
〈細胞ハ入替リマシタカ〉
〈大きなお世話だ〉
〈ゴカンソーハ？〉
〈筆談がじれったい〉

じれったくて、いらいらしてくる。水割りのお代りを指で命じておいて、そこらじゅうに積んである雑誌を手にとったら、どれもこれも少年ナントカ、少女ナントカという漫画雑誌ばかりである。小学三年生の私の娘にちょうどよさそうな、少女ナントカの別冊まんがまつり大パレード号というのが目について、ぱらぱらページを繰ってみると、「求む男性ヌード。どぎつくけたたましく、あなたのハートにせまっちゃう」なぞと、怕《おそ》ろしいような活字がずらずら並んでいた。

「さ、次の店に行きましょう」

はし本青年に促されて、蹌踉《そうろう》としてあとにしたいまの騒音空間が、どこの何という店だったのか、外に出たとたんにもうわからない。何しろ同じような名前の、同じような造りの、同じような感じの穴ぐらばかり三軒も四軒もまわって、だから頭の底がジーンと痺《しび》れたようになって、考えがまとまらない。

「もう一軒ご案内します。ちょっとおもしろい店でね、なに、すぐそこです」

すぐそこというのが、とんでもないすぐそこで、行けども行けども風と雨の中である。ヤングの「すぐそこ」を、健忘君、決して信用しちゃいけないよ、と二、三歩先をゆく健忘に声をかけたら、くるりとふり向いて、口をパクパクさせている。何をいっているのか、豪雨の音にかき消されてまったく聞えない。もっとも、雨のせいばかりではなくて、両耳をすっぽり被《おお》った鬘のおかげで、聞える音も聞えない。

耳は遠くなるし、視界は狭いし、おまけに命《めい》に依り素通しのサングラスを佩用《はいよう》している
もんだから、極度の近・乱視の私としてはお手上げである。水溜《みずたま》りに足は突っ込むわ、自
動車の飛沫は頭から浴びるわ、蛇ノ目の傘はお猪口《ちょこ》になるわという惨状のなかで、どうし
てこんな恰好でこんな目に遭わなきゃならないのか、と情けなくなった。
　憎むべきは健忘たちの画策だが、彼らに共同謀議を許したというのも、もとはといえば、
私が今度の旅行に遅れて加わったためである。
　どうして遅れたのかというその事情を、ここで書かなくてはならない。京都行が目前に
迫った日の早朝、私の母が死んだ。老齢ではあったが、しかし急死だったので、死に目に
会えなかった。そういうわけで健忘たちに出発してもらった。
　だから、つい三日前に私は私の母の葬式を出したばかりで、それで、いまこんな馬鹿げ
た扮装《ふんそう》をして濡れ鼠になりながら、土砂降りの中をほっつき歩いている。何の因果か、と
思ううちに、泣きだしたいような気持になってきた。べっとりと頬にからみつく鬢をふり
払いながら、なんという「阿呆旅行」であったろう、と思う。
　熊本で内田百閒先生、松江から戻って初代亀羅氏の松崎國俊カメラマン、札幌で桂文楽
氏と、大切な人をつぎつぎに失い、ぎりぎり最終回のいままた。
　二年間、二十四カ月というのは、やっぱり容易ならざる歳月であって、しかし、過ぎて
しまえばアッというまだろうと考えていたが、過ぎてしまったあとからふり返ってみても、

おそろしく長い二年間であった。

針のような雨の粒を顔に受けながら、旅は終った、と思った瞬間、軀《からだ》の芯《しん》を何かがスーッと吹き抜けていったかと思うと、この土砂降り、この服装が少しも苦にならなくなって、あ、いま細胞が入替ったな、と思った。

あとがき

「小説新潮」（自・昭和四十六年新年号 至・同四十七年十二月号）に連載した拙文を、掲載順にそのまま収録した。目的地の配列に一貫性がないのはそのためである。一貫性はないが、毎月旅に出るについては、それなりの内的必然・外的必然があったわけで、その流れのようなものをすこしでも汲《く》み取っていただけたら仕合せである。

歳月人を待たずというけれど、その歳月をもっと待たないのが雑誌の〃月号《がつごう》〃であって、新年号が店頭に並ぶのが十一月二十日前後で、締切が十一月上旬で、そのための取材はさらにさかのぼる。したがって、昭和四十六年の新年号から連載を開始したこの企画の実際のスタートは、前年秋からであった。即ち、昭和四十五年十月から四十七年九月までの、これは旅の記録である。記録といえば何やら仔細《しさい》ありげだが、なに、実質は旅の落書にすぎないことごらんのとおりである。

三人旅は一人乞食《こじき》、といって、三人という人数は旅行にはもっともふさわしくないとされているのに、最後までそれがそうでなかったのは、ひとえに同行に恵まれたためである。

健忘こと小説新潮編集部横山正治氏、亀羅氏こと新潮社写真部松崎國俊氏（初代）、同清水寛氏（二代目）の親身の協力を得て、阿呆旅行は曲りなりにも終りを全うすることができた。二年間二十四カ月という歳月の長さと重みについては、最終回で記したとおりである。

新潮社出版部初見國興氏の尽力で、本書刊行の運びになったが、今度ぐらいその上木が待ち遠しいことはない。刷上り次第、湯気の出るような第一冊を、何はともあれまっさきに届けたいところがあるからである。そのことを考えただけで、阿呆旅行中に断わりもなくもう一つほんとうの旅に出掛けてしまった初代亀羅氏の、温厚篤実な顔が目に浮ぶのである。

昭和四十八年十一月

江　國　滋

解説　または解説に代えて

宮脇俊三

解説者の役割は恐ろしい。

読者の邪魔をしないことが何より大切なのだが、何か書けば邪魔になりかねない。読者の純粋な鑑賞を妨げる。

もとより作品にケチをつけるつもりはない。解剖や分析をして味気なくする気持もない。そんな作品であったなら「解説」の執筆などお引受けしない。

けれども、誉《ほ》めるのもまた邪魔になる。読者の傍らでブツブツ言えば要するに迷惑なのであって、毀《き》誉《よ》褒貶《ほうへん》のいずれを問わず同罪である。「解説」とは、そういう無惨な宿命を負っている。古文書や古典の類の解説であれば、成立の経緯や底本について等々、鑑賞の前提となる知識を提供するのだから解説者は胸を張って登場できるが、現代作品の場合はそれに乏しい。ご存命中の著者が「あとがき」に書いていることで事が足りる。

本書の「あとがき」をお読みいただきたい。初筆と成立事情、関係者への感謝と鎮魂、それが通り一遍でなく温い心情がこめられて、わずか七百字余、簡にして要を得ている。

柔軟な文体ながら間然するところがない。いや、柔軟のゆえにと言うべきか。とにかく、これで用が足りている。

「三人旅は一人乞食《こじき》、といって、三人という人数は旅行にはもっともふさわしくないとされているのに」

とあって、そうだそうだと大いに同感していると、そのあとが、

「最後までそれがそうでなかったのは、ひとえに同行に恵まれたためである」

で締めくくられて、同行者の人柄まで滲《にじ》み出させてしまう。しかも「それがそうでなかったのは」という文の妙。そもそも江國さんの文章には付け加えるものがないのである。

と、早くも読者の邪魔を開始する仕儀となる。

それで、お願いなのだが、本文を読み終えるまでは、こんな解説など読まないでほしいと申し上げたい。当り前だ、読むものか、と言われると恥ずかしいが、どんなに本文が面白くても、ふと一服というときにパラパラと解説のページを繰るのはよくあることだ。私自身がそうだし、周辺を見回しても、そういう人が多い。しかし、どうか読了以前にはお読みにならないでいただきたい。邪魔をしたくないのです。

それでも、この解説を途中で読む人がいるかもしれないので、親切なイジワルをいたします。本文中のつぎの文章をどうか読み落さないように。もし気がつかなかったら、最初から読みなおしていただきたい。

「目はたのしくても、しかし、足は災難である」

「まろやかな自由の味がした」

「蚊帳《かや》をさかさに沈めたような網」

「だから、嘘かもしれない、ほんとかもしれない。どっちでもかまわない」

「焙烙《ほうろく》で豆を煎《い》るような会場写真」

「何百というお臍《へそ》が天日に干してある」

「天から機銃掃射を浴びているようである」

「それが骨に渋紙を貼《は》りつけたように見える」

「小さな雪の結晶がアスファルトの上をころころと転がってゆく」

「薄暮の空にいまくろぐろと溶《と》けはじめた」

「一見して全身ばらばらばらという風情を」

「我儘《わがまま》で贅沢《ぜいたく》で、繊細で狷介《けんかい》で、意地っ張りで弱虫の、お祖母《ばあ》さん子の糞《くそ》じじいめ、と肚《はら》の中で叫んでいるうちに、なんだか涙が出てきそうになって、それであわてて後楽園を出た」

きりがないので、以上で引例をやめるけれど、いずれも表現の的確さと巧みさに思わず唸《うな》らされた箇所である。

さて、読み終った読者とならば楽しく対話をかわすことができる。まだ邪魔のおそれはあるが、これからは私の責任ではない。

まず第一に挙げたいのは文章のうまさである。読書子に向って言うまでもないことだが、文章がうまいというのは単に文章作法に長じていることではない。これは文芸の根源にかかわる問題で、筆者の人間としての価値と文章の価値とが一体もしくは対等であるということだ。人間はくだらないが文章は一級などということはありえない。第一級の文章が書ける人は人間としても第一級なのであって、小学生の作文の点数とはちがう。ちかごろは代筆によるタレントの「著書」が横行しているが、唾棄《だき》すべきものであろう。話の内容が面白ければ「話」として紹介すればよいのであって、「文章」や「著書」にされると腹が立つ。

江國さんの文章は一級品である。冗舌に見えて無駄がない。ということは江國滋という人物が「冗舌に見えて無駄がない」ということである。

迂闊《うかつ》な読者には、筆の向くままに調子よく書き飛ばした、と見えるかもしれない。だが、とんでもない。一見、楽々と書き綴ったかのようで、なんらの抵抗もなく読み進んでしまうのだが、じつは粒々辛苦、頭を掻《か》きむしって刻み上げた文章である。それは俳句や短歌をつくるのに似ているかもしれない。

事実、江國さんは俳人でもあって、『俳句とあそぶ法』（朝日新聞社刊。昭和五十九年）という快著が話題になっている。さきの引例のような見事な表現は、そのへんから来ているように思われる。散文の世界を遊弋《ゆうよく》するかに見えて、俳句ならではの凝縮が随所にあり、硬軟自在だ。

俳句だけでなく江國さんは多芸多才な人で、落語の愛好者・研究家・作者であり、絵は素人とは思えないほど上手で、『旅はパレット』という画文集もある（新潮社刊。昭和五十九年）。奇術という、やらずもがなの手芸にも秀で、アメリカへの武者修行または道場破りの記録が『わん・つう・すりー』（文藝春秋刊。昭和五十八年）という本にもなっている。

本書でも、それらの多芸多才ぶりは仄《ほの》見える。「ととらく紀行」のなかで、ブリと古今亭志ん生との改名を並列して見せるあたり、落語研究者ならではのものがあり、「白い飛礫《つぶて》の」の章では、桂文楽の訃報《ふほう》に接して札幌のホテルのベッドにひっくり返ってしまう。この条《くだり》の文章は一段と見事で感動的だ。読了した人には無用だが、書き写してみたいので引用する。

「鉛色の空から、こまかな雪があとからあとから降ってくる。真綿《まわた》をちぎったようなという形容があるけれど、この雪は真綿ではない。紙吹雪のごくこまかいやつ、あるいは無数の綿虫《わたむし》のようである。

綿虫やそこは屍《かばね》の出でゆく門

という石田波郷《はきょう》の絶唱を思いだした」

あの北国の雪と結核療養所で死んだ波郷に思いをいたして、私も思わず目頭が熱くなってしまった。

江國さんは多芸多才すぎて、新潮社の編集者の話によると、「あの人の専門は何ですか」という電話がかかってきたりするそうだが、専門は紛れもなく「文章」であって、その他《ほか》はすべて余技だと、ご本人に確認したわけではないが私はそう思っている。なぜなら、他に本業があって書ける文章ではないからである。そのことは「はずかしい旅」を読めば、おのずから明らかであろう。ガキ大将だった自分のことは誰しも誇らしげに書くが、イジメラレっ子の境遇をこれほど冷静に書けるものではない。しかも上品なユーモアさえ漂っている。自己を第三者の眼で観照し尽そうとする姿勢こそ、文章の極意であり、本業に身を賭した者のみが書けることではないか。私はこの章で襟を正した。

「阿呆旅行」なんていう題をつけてトボけているけれど、これはただの旅行記ではない。もちろん行く先き先きでの観察は秀逸かつ活気に溢《あふ》れ、並みの旅行記の遠く及ぶところではないが、本書の真価は文人「江國滋」の三十歳代中期に接することにある。

（昭和五十九年十一月、作家）

巻末エッセイ

核　心

内田百閒という名前をはじめて知ったのがいつで、最初に読んだ作品が何で、どういうきっかけでその本にめぐりあったのか、というようなことは、昨日のことのように全部はっきり憶えているけれども、くわしい話はしたくない。してもおもしろい話ではないし、するのなら夜を徹して語り明かしてもまだ話し足りないと思うからである。

終戦直後の混乱期に、できたてほやほやの田舎町の新制中学に入学して、まったくの偶然によって一冊の百閒随筆を手にする機会に恵まれて、読んでみたら全然おもしろくなくて、けれども、娯楽も物資も食糧もなかったあの時代のことだったから、娯楽代りに、おやつ代りに、食事代りに、いやおうなくその一冊をわかる部分から再読、三読しているうちに、だんだんおもしろくなってきて、しまいに本がぼろぼろになって、それからのちも、繰返し読みふけってやまなかった、という話はすでに何度か書いたし、それ以上、つけ加えることは何もない。

子供ながらに名文のとりこになって、高校から大学に進むころには、いっぱしの百閒崇拝者を以て任じていた。愛読者から崇拝者へ、崇拝者から信者へと深入りするのはあの年頃の必然で、内田百閒教の、私は、若いときからの信徒であった。一方では、辰野隆《たつのゆたか》教の信徒でもあったわけで、神々二柱《ふたはしら》の存在が、わが青春の支えだった。

信仰の域でとどまっているぶんには人畜無害というものだが、それがまた一段とエスカレートして、百閒信者を通りこして、百閒病を自覚するようになったのはいつごろだったか。

大体いい文章というものには毒が含まれているものだが、百閒文章という病源菌は、さまざまな文毒のなかでも、とりわけ強烈かつおそろしい。潜伏期間の長きこと、ハッと気がついたときには、骨ぐるみ、脳まで冒されていること、そのおそろしさは梅毒に匹敵する。

ひとたび感染したら運のツキである。特効薬は、ない。読まないことが、唯一最良の特効薬なのだけれども、そんなことが可能なうちは、まだ病気とはいえない。禁断症状を伴う慢性中毒というのが、この病いのもう一つの特徴なのである。

私の百閒病はかなり重症だったから、全作品を何十回耽読《たんどく》したかわからない。だから内田百閒については何から何まで知っている。故郷岡山の古京町《ふるぎょうまち》界隈の委細はもとより、造り酒屋志保屋の一人息子として生まれたその出自から、わがまま一杯のおばあさん子として溺愛されて育ったいきさつまで、こしかたのすべてを知りつくしている、と長いあいだ思い込んでいたのだけれども、それがそうではなくて、いちばん肝心のところはぽっかり穴があいていることがだんだんにわかってきた。これでもかこれでもかというぐあいに身辺の日常や、自伝風の回想を、あれだけ克明に、あれだけ繰返し録《しる》しながら、ほんとうのプライバシーについては、みごとといっていいくらい口をつぐんでいるのが、百閒随筆の一特色である。

年譜を見ると、明治四十五年、二十三歳で堀野清子と結婚してから、大正十四年、三十六歳のときに家庭生活を放棄するまでのあいだに、百閒は五人の子供（二男三女）にめぐまれているのだが、愛児についての記述は、長男久吉という唯一の例外を除いて、全然なされていない。戸籍上の妻清子が死亡したのは昭和三十九年、百閒七十五歳の年であって、別居生活は実に四十年の長きにわたったわけだが、その間の説明もいっさいない。だだっ子がそのまま王様になったような百閒に長く仕えて最期をみとったのは、現こひ未亡人だが、ほんとうの糟糠《そうこう》の妻であったこひ未亡人についての記述は、ただの一行も見当らない。

高利貸に追われ、官を辞し、家庭を破壊し、独り超然と下宿屋にくすぶるという、まるで準禁治産者のような生活を、あれだけあけすけに綴りながら、プライバシーの核心については、かたくなに沈黙を守りとおした百閒随筆の中で、ほとんど唯一といってもいい例外が、単行本「有頂天」所載の「蜻蛉眠る」である。

二十六歳で早世した長男久吉への慟哭《どうこく》の記であると同時に、先妻とのすさまじい葛藤の告白でもあるこの作品には、さらに加えて、二女との悲劇的確執を暗示する予告めいた文章まで添えられている。

「父の與へた霊魂を泥土にゆだね、身を以て父に反逆して悔いない美沙（作中の二女の名）の事を思ひ、この父と娘の間の呪が結局町子（作中の妻の名）の私に対する凱歌である事を考へると、私はまだまだ自分の笞の短い事を嘆ずるばかりである」

これほど烈しい調子の文章は百閒文章の中でも稀である。この作品が「中央公論」（昭和十一年六月号）に発表されたときの題名が「相剋記」であったことも、全篇を読めば容易にうなずける。

ユーモアと飄逸《ひょういつ》が特色のように思われがちの百閒随筆だが、天衣無縫の生活態度の底にひそむ悲哀と苦渋もまた百閒文学の核を形成しているのであって、「蜻蛉眠る」は、さしずめその核が、百閒流ユーモアというオブラートのコーティングなしで露呈したものといえよう。

夫婦のあいだの抜き差しならない葛藤と憎悪が、ここでは綿密にえがかれている。それでいて、ここでもやっぱり、肝心要の、そこに至るまでの道程についてはまったく口をぬぐっている。最重要事項は、つねに秘匿されたままである。筆を抑えて書かない勇気、という見方もできるだろうが、私の受ける感じでは、逆である。

誤解をおそれずにいえば、百閒文学の特質は、勇気の欠落にある。

身につけているものを脱ぎ捨てて、裸にはなる。だが褌《ふんどし》だけは絶対にはずさない。しかもその褌は、いつでも切りたてである。八方破れの自画像をえがいて、つねに颯爽《さっそう》としている。百閒のカギがそこにある。

もう一度、年譜をたどってみる。起伏と波瀾に充ちた八十二年の生涯を通じて、百閒にとってもっとも重要であったと思われる出来事は、漱石との出会いでもなければ、家庭放棄でも、長男の死でもなくて、次の三項目につきるのではないか。

明治三十八年（十六歳）父死亡。倒産。

大正九年（三十一歳）祖母死亡。

昭和十年（四十六歳）母死亡。

志保屋の若様として一家中の寵愛と期待を一身にうけて育った独り息子が、少年期に父を失うと同時に家産も失って、以後、祖母の手で長ずる。父が入婿であったことを考え合わせると、おそらく〝女帝〟のような祖母だったのではないか。だから、実際には、生まれたときからのおばあさん子であったにちがいない。その祖母の死が、百閒三十一歳の年であった。母の死は、さらにそれから十五年先のことである。「蜻蛉眠る」にえがかれた妻との葛藤、憎悪の背景が、まさに、そこにあると考えることは自然だろう。

徹底的に祖母の影響下で長じた百閒ではあるけれど、早くして世を去った入婿の父に対する追慕の念は、祖母に対する以上に色濃いものがある。長男、久吉の名は、周囲の猛反対を押しきって、父の名をそのまま与えたものだった。「蜻蛉眠る」にこうある。

「私の生家は、父の代になつてから身代が潰れてしまつた。世業の酒造もやめて、父は失意の間に早世した。しかし私は段段物心がつくに従つて、父の失敗の跡に微かな遺光を辿る様な気がし出した。周囲の人人が事の後からのみ見て、父の事を兎や角云つても、私は胸奥秘かに肯《がえん》じなかつた。（略）家を潰した故人の名前などを、初めて生まれた子供につけたりしてはその子が可哀想ではないかと親類一統が私の命名を非難したのである。しかし私は聴かなかつた」

過度とも思える執着心と肉親愛は、あきらかに感性の異常発達に基いている。早く世を去りすぎた父と、長く世に在りすぎた祖母の、両方のきずなから、ついに逃れられなかったところに、百閒文学の本質がある。感性の異常発達と、弱虫で胆汁質という一個の体質が、「冥途」の世界を構築し、百閒随筆全般にわたる、あの比類なき文章を完成させた。

その文章の底知れぬ深さに惹かれて、われながら重症だと思う百閒病患者になったことは、はじめに記《しる》したとおりだが、百閒、百閒、と言い暮しながら、とうとう一度もその謦《けい》咳《がい》に接することなく終ったのは、私の幸運であった、と百閒没後十年目のいまにして思う。

百閒病の病勢進行中に、私は、たまたま百閒ともっとも縁の深い出版社に勤務していたこともあったし、私的な方面でもかなりの手づるがあって、そんなに尊敬しているのなら紹介するから訪ねたらどうだ、とすすめられたことも一再ならずあったのだけれども、私はそのつど辞退した。あのとき、もし百閒邸訪問を実行していたら、それから先きの展開が、私には手にとるように見える。

仰ぎ見る百閒先生の前に伺候して、恐懼《きょうく》感激することはもちろんだが、心酔の度合いがさらに深層化して、忠実な家来たらんとするにきまっている。そうなれば、愛《う》い奴じゃ、というふうに、たぶんなるだろう。私は鞠躬如《きっきゅうじょ》として王様に仕え、王様は心から奴隷をかわいがるだろう。そのうちに、王様の個性のつよさに、奴隷がたじたじとなる日がくるにちがいない。その気配をいちはやく嗅ぎとって、王様は不興を覚えるにちがいない。あとは、破門が先きか逃亡が先きか、であろう。敬愛の念に凝りかたまっていたぶんだけ、恨みつらみも深かろう。信仰者が信仰を捨てたときの悲哀は、骨髄に達して、終生癒えることはないだろう。そういう一本の道筋が、私の目にはっきり見えるのは、私もまた、人一倍弱虫で、胆汁質の人間であることを自覚するからである。

その謦咳に接することなく、わが心の「内田百閒」を愛し続けることができるのは、私の一生の仕合せである。

内田百閒著『有頂天』（一九八一年一一月、旺文社文庫）解説

阿呆旅行

初出：「小説新潮」一九七一年新年号～一九七二年十二月号
単行本　一九七三年十二月　新潮社
文　庫　一九八四年二月　新潮文庫

編集付記

一、本書は『阿呆旅行』（一九八四年一二月、新潮文庫）を底本として文庫化したものである。文庫化にあたり、新潮文庫版の解説を再録し、巻末エッセイとして、『絵のない似顔絵』（一九八三年九月、旺文社文庫）所収の「核心」を増補した。

一、底本中、明らかな誤植と考えられる箇所は訂正し、難読と思われる語には新たにルビを付した。ただし、本文中の地名や時刻表などは刊行時のままである。

一、本文中、今日の人権意識に照らして不適切な語句や表現が見受けられるが、著者が故人であること、執筆当時の時代背景と作品の文化的価値に鑑みて、底本のままとした。

中公文庫

阿《あ》呆《ほう》旅《りょ》行《こう》

2021年4月25日　初版発行

著　者　江《え》 國《くに》 滋《しげる》

発行者　松 田 陽 三

発行所　中央公論新社
〒100-8152　東京都千代田区大手町1-7-1
電話　販売 03-5299-1730　編集 03-5299-1890
URL http://www.chuko.co.jp/

DTP　嵐下英治
印　刷　三晃印刷
製　本　小泉製本

Published by CHUOKORON-SHINSHA, INC.
Printed in Japan　ISBN978-4-12-207057-8 C1195